Christiane. Noël 2009.

La fille du carillonneur

Jean-Jacques Antier

La fille du carillonneur

ÉDITIONS FRANCE LOISIRS

Édition du Club France Loisirs,
avec l'autorisation des Presses de la Cité

Éditions France Loisirs,
123, boulevard de Grenelle, Paris.
www.franceloisirs.com

ISBN : 978-2-298-02580-4

A mon regretté ami Raymond Ruffin,
chantre de la Résistance normande.
Et à son fils, Dominique Ruffin.

« On aimait Rouen pour son grandiose autant que pour son minuscule. La cathédrale, cet énorme navire du ciel, dont le portail était plus historié, plus fouillé que les plus belles poupes marines, effrayait presque par son immensité, sa complexité mesurée et démesurée, quand près d'elle s'entassaient les bicoques avec l'art charmant des demeures étroites.
Puis vint le cataclysme, le feu du ciel. »

Jean DE LA VARENDE,
préface de *Rouen désolée*

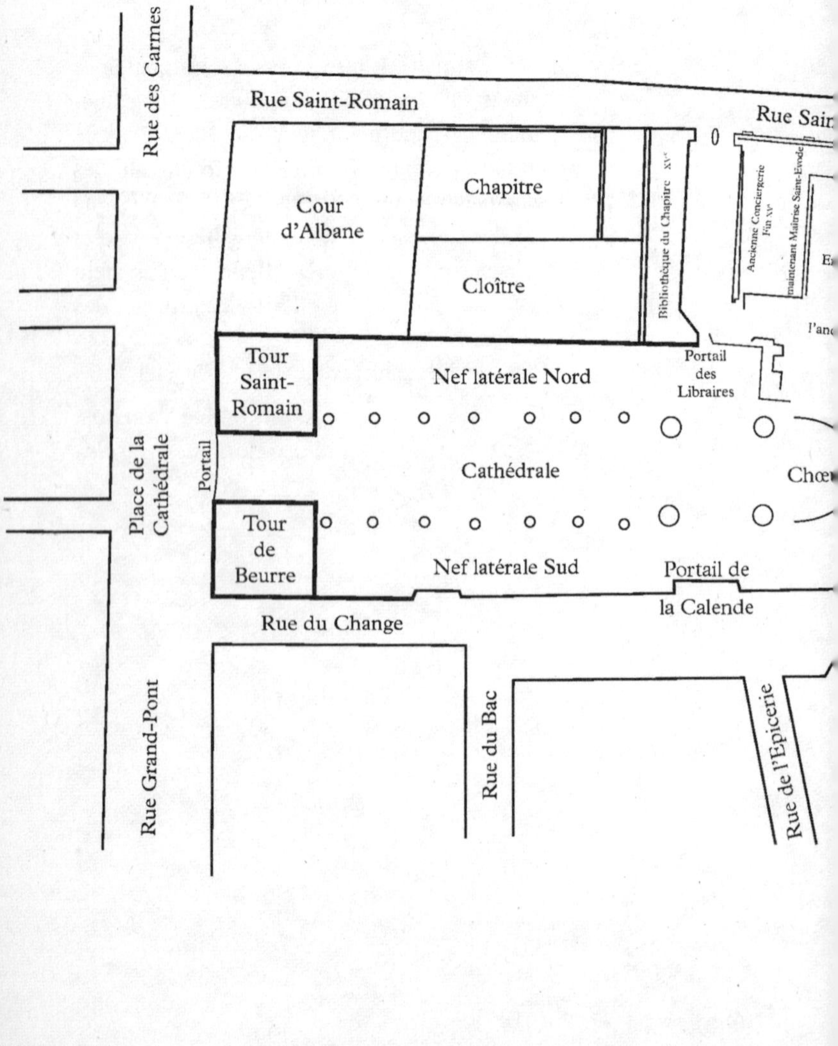
Rue des Carmes
Rue Saint-Romain
Cour
d'Albane
Chapitre
Cloître
Bibliothèque du Chapitre XVe
Ancienne Conciergerie
Fin XVe
maintenant Maîtrise Saint-Evode
Tour
Saint-
Romain
Nef latérale Nord
Portail
des
Libraires
Place de la
Cathédrale
Portail
Cathédrale
Tour
de
Beurre
Nef latérale Sud
Portail de
la Calende
Rue du Change
Rue Grand-Pont
Rue du Bac
Rue de l'Epicerie

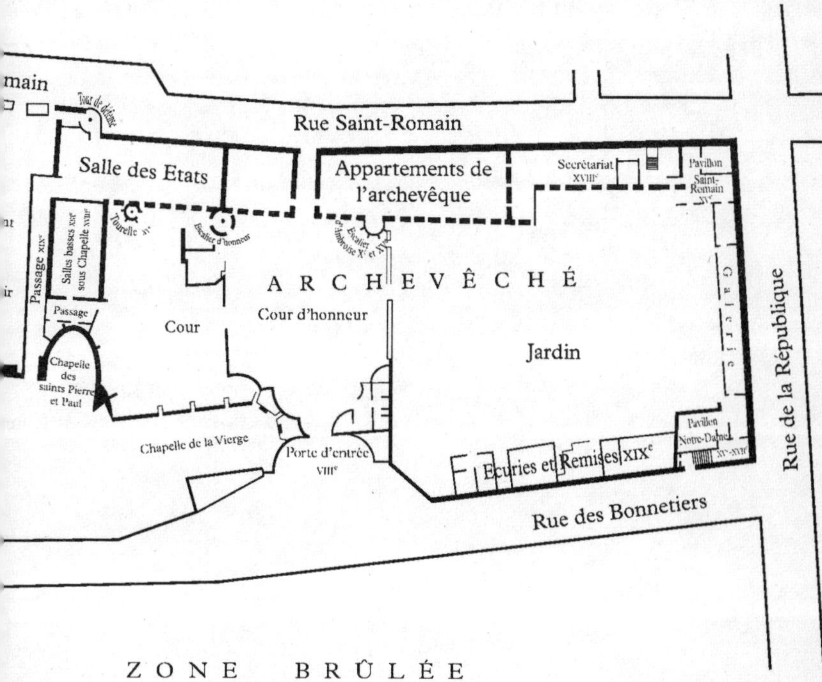
main
Tour de défense
Rue Saint-Romain
Salle des Etats
Appartements de
l'archevêque
Secrétariat
XVIIIe
Pavillon
Saint-
Romain
XVe
Tourelle XVe
Escalier d'honneur
Escalier
d'Amboise Xe et XVe
Salles basses XIIIe
sous Chapelle XVIIIe
Passage XIXe
ARCHEVÊCHÉ
Passage
Cour
Cour d'honneur
Jardin
Galerie
Chapelle
des
saints Pierre
et Paul
Chapelle de la Vierge
Porte d'entrée
VIIIe
Pavillon
Notre-Dame
Ecuries et Remises XIXe
Rue de la République
Rue des Bonnetiers
ZONE BRÛLÉE

PREMIERE PARTIE

Récit de Patrice

« Je n'ai qu'à me souvenir. La mémoire est là, toute prête, hallucinante. »

Julien GREEN, *Journal*

1

Notre attaque contre le vieux Donjon a été couronnée de succès. Louis, dit « le Pivert », et François, dit « le Pingouin », promis à une mort certaine, ont pu prendre la fuite. La Gestapo n'avait pas eu le temps de les torturer, nos amis se sont échappés sans laisser de trace, sinon des inscriptions patriotiques sur les murs gris de leur cellule, tandis que le Furet et moi, surgis comme des diables d'un souterrain du Donjon, les couvrions du tir de nos pistolets. De la sinistre maison de la Gestapo, rue du Donjon, les Allemands, surpris dans leur sommeil, dévalaient dans la rue. J'ai eu le temps d'en voir un, abattu à bout portant par une balle en plein front avec mon Browning 7,65. Cela m'a fait un choc, comme si je recevais la balle. C'est la première fois que je tue. Je ne voulais pas le tuer, mais il me menaçait de son MP 40, une arme autrement redoutable. C'était lui ou moi. J'ai tiré le premier. La vie, c'est cela ; et la mort : un pur hasard ?

Après un moment de stupeur, les Allemands se sont repris. Ils tiraient dans tous les sens avec leurs mitraillettes, dans l'axe de la rue et sur les façades des maisons. Pour couvrir notre fuite, j'ai alors lancé la bombe fumigène que les Anglais nous ont parachutée la semaine dernière dans la forêt Verte, avec un poste émetteur. En dix secondes la rue a été obscurcie par une fumée épaisse et noire. J'ai pu ainsi prendre la fuite à travers les rues de Rouen, où règne heureusement l'obscurité, imposée par le *black-out* de la Défense passive. Le Furet s'est échappé aussi, du moins je l'espère, dans une autre direction.

Jean, dit « le Furet », c'est mon chef. C'est lui qui a monté ce coup. Vingt-huit ans, un géant blond, parents déportés, regard farouche dissimulant un reste d'enfance inaccomplie, une volonté de fer au service de la Résistance, un mépris total de la mort.

Le point faible de l'ennemi avait été révélé par un policier français résistant. Les Allemands des garages, d'honnêtes mécaniciens venus d'Allemagne, n'étaient pas armés. L'ennemi ignorait alors qu'un souterrain secret relie les garages à la tour Jeanne-d'Arc, toute proche. Il suffisait, pendant la nuit, de neutraliser discrètement le soldat, unique gardien du garage, et de suivre le plan ultrasecret découvert par Jean aux archives du génie, indiquant, parmi dix autres, le souterrain conduisant à la tour. Ce réseau complexe avait découragé les Allemands, car ces anciens tunnels se terminaient par un effondrement.

Sauf un. Après déplacement de quelques pierres, ce souterrain aboutissait aux cachots du Donjon, peu gardés la nuit tant ils sont défendus par des grilles épaisses. Neutraliser les gardes ensommeillés, prendre leurs clés, distribuer leurs armes aux compagnons libérés puis faire une sortie dans la rue du Donjon n'avait pas été une mince affaire.

Et maintenant, je cours pour regagner mon refuge, au creux de la vieille cité, rue Saint-Romain, à l'ombre de la cathédrale. Il faut faire vite ; après ce coup, toute la ville va être verrouillée.

Passé la rue du Cordier, je ralentis pour reprendre mon souffle, puis je m'efforce de descendre la rue Beauvoisine avec l'air d'un passant ordinaire. Mais il n'y a pas de passant ordinaire dans cette ville fantôme, en cette nuit du 15 avril 1944. Le couvre-feu a été fixé à vingt heures par les Allemands, et minuit vient de sonner au beffroi d'une église. J'ai bien en poche mon *ausweis* de la Défense passive, un faux parfaitement réglementaire fabriqué par l'un de nos amis, expert à la mairie, mais que vaut ce bout de papier dans les circonstances actuelles, où tout ce qui bouge est suspect ?

Soudain, surgi devant moi, un inconnu m'aborde.

— Vous êtes blessé, jeune homme ?

Que me veut ce noctambule ? Avec son gros blouson et son béret basque, il n'a pas l'air d'un flic. C'est un ouvrier, sans doute un typographe du *Journal de Rouen*, qui va prendre son service rue de l'Hôpital. Il pointe son doigt sur ma jambe droite. Le bas du pantalon est déchiré, couvert de sang. Alors seulement j'éprouve une forte douleur. Une balle m'a éraflé le mollet. Rien de cassé, sinon je n'aurais jamais pu courir.

— Planque-toi, petit ! Ils arrivent !

A-t-il entendu les coups de feu ? J'aperçois les phares masqués de bleu d'une traction avant noire, une Citroën « onze légère » comme en utilisent les tueurs de la Gestapo. Je me plaque dans l'embrasure d'un vieux portail. La voiture passe en trombe, sans me voir. L'ouvrier a déjà disparu.

La douleur devient insupportable. J'ai peur de perdre connaissance. Je fais quelques pas, puis je m'abrite dans l'entrée d'une boutique : « Frivolités et accessoires pour mariées ». Avec mon mouchoir, je me confectionne un garrot. Peu à peu, je sens mes forces revenir. Le sang ne coule plus. Encore cinq ou six cents mètres, et je serai chez moi, à l'abri.

Dans ma poche pèse le pistolet. Le garder serait folie. Je le jette dans une bouche d'égout, avec ses deux chargeurs. Je songe à l'homme que cette arme a tué. Je revois encore son regard fou, chargé de haine.

Maintenant, l'œil aux aguets, le cœur battant, je descends la rue des Carmes, prêt à me jeter dans une voie latérale si je me sens menacé. La ville semble déserte, mais le danger est partout. J'arrive enfin place de la Cathédrale, dont la façade immense se dresse dans la nuit. Encore cent cinquante mètres, et je serai chez moi. Je tourne à gauche, rue Saint-Romain, et je me glisse comme un voleur, plutôt un assassin, vers mon repaire.

C'est une vieille maison du XVIe siècle, où j'ai loué deux pièces l'année dernière, après avoir quitté l'appartement de fonction de mon père à l'Hospice général, la nuit même de son arrestation, huit jours avant sa mort. Les Boches m'avaient manqué de peu.

La « onze légère » noire est là ! Elle stationne au bout de la rue Saint-Romain, devant ma porte. Qui donc m'a « donné », pour qu'on cerne déjà mon antre ? Trop tard pour faire demi-tour. Des barrages de police vont se mettre en place, je distingue déjà des ombres derrière moi. Je cherche désespérément une issue, ou un refuge. Les façades des vieilles maisons sont fermées, volets tirés, lumières éteintes. En face se dressent les bâtiments annexes de la cathédrale, et le mur de l'archevêché, portes et volets clos.

Ah ! Le portail de la cour des Libraires, qui donne accès à la cathédrale, est entrouvert. Sans doute une réunion tardive de la Maîtrise. Derrière moi, j'entends des ordres proférés en allemand dans la rue Saint-Romain investie. Je me glisse dans la cour, en referme discrètement la porte.

Obscures et silencieuses, ses arcades abritaient au Moyen Age des boutiques de libraires qui lui ont donné son nom, à côté de l'ancienne bibliothèque des chanoines. A gauche, la Maîtrise Saint-Evode. Juste à côté, la chapelle du Manoir épiscopal, où Jeanne d'Arc s'entendit signifier sa condamnation, la veille de sa mort. Jeanne ! Jeanne ! Où que tu sois, au-delà du temps et de l'espace, viens à mon aide !

Où me cacher ? Dans cette cour, à cette heure, les bureaux de l'archevêché sont déserts, et pas la moindre lumière ne filtre aux fenêtres de la Maîtrise.

De la rue Saint-Romain monte un brouhaha inquiétant. Claquements de portières, interpellations brutales. Il leur suffirait de pousser le portail. S'ils sont montés chez moi, ils ont dû découvrir des pièces à conviction, cachées dans les placards : tracts antiallemands, explosifs avec détonateurs et cordons. Plus qu'il n'en faut pour me faire fusiller au petit matin dans la cour de la « Maison hantée » de Bonsecours, ou au champ de tir du Madrillet.

Je sens que c'est la fin. Je pense à mon père. Lui aussi a donné sa vie. J'ai peur.

En levant les yeux, je distingue les bas-reliefs du

tympan de la porte des Libraires de la cathédrale, « la résurrection des morts ». Une prière muette à Notre-Dame de Rouen s'élève du plus profond de mon cœur.

Soudain, de la Maîtrise Saint-Evode une porte s'ouvre. Grâce à un rayon de lumière venu du couloir, j'entrevois la silhouette d'une jeune fille, puis son visage qui pâlit à ma vue. J'ai encore du sang sur les mains, peut-être sur le visage.

Ce sang m'a sauvé. Elle n'a pas posé de questions. Elle a vu le fugitif blessé, pitoyable. Elle a entendu les bruits de bottes et les claquements des portières et des culasses d'armes dans la rue. Et cette porte de la cour des Libraires, qui peut à tout instant s'ouvrir.

— Suivez-moi, dit-elle.

Elle se dirige vers le portail monumental de la cathédrale, tire une clé de sa poche, ouvre la petite porte qui s'encastre dans la grande. Elle m'y pousse et s'engouffre à son tour dans la cathédrale. Au même instant, j'entends la ruée des Allemands derrière nous, dans la cour des Libraires. La jeune fille n'a même pas eu le temps de retirer sa clé. La porte se referme seule, avec un bruit mat. Le péril demeure donc.

L'immense édifice nous enveloppe d'une obscurité totale. Nous sommes dans le croisillon nord du transept. La jeune fille me prend la main et me conduit devant un mur, qu'elle éclaire de sa lampe de poche. Une porte s'y découpe, si petite qu'elle paraît invisible à côté des proportions gigantesques du bâtiment.

Heureusement, cette porte n'est pas verrouillée. Un escalier à vis en pierre de taille se love à l'intérieur.

Elle m'y pousse, s'y engage, après avoir refermé la porte derrière elle.

A cet instant, les Allemands pénètrent dans la cathédrale. Le bruit de leurs bottes et leurs invectives retentissent. Curieusement, je ne le ressens plus comme une menace, mais comme un sacrilège.

Les Allemands ne nous ont pas suivis dans l'escalier à vis, ils n'ont pas remarqué la petite porte, à peine visible la nuit dans cette forêt de piliers massifs. Nous montons des dizaines et des dizaines de marches, un calvaire.

Par une lumière venue d'on ne sait où, j'aperçois le visage de la jeune fille.

Elle doit avoir quinze ans, peut-être moins. Un beau visage, encadré de cheveux blonds coupés court, à la Jeanne d'Arc. Ces traits délicats, ce regard attentif et pénétrant, cette lumière semblent surgis d'une obscurité intérieure. Calme, elle me prend la main et la serre avec force. A ce contact, j'éprouve un sentiment indescriptible de bonheur et de paix.

— Vous êtes ici en sûreté. Je m'appelle Joana. Je suis la fille du carillonneur.

La cathédrale de Rouen, immense vaisseau de pierre, dresse son grand mât, la flèche de fonte, dont la lanterne culmine dans le ciel à cent cinquante-deux mètres de haut. Deux grandes tours dominent l'immense façade sculptée de mille personnages de pierre. On dit que la tour de Beurre a été construite au XVe siècle, grâce aux offrandes des riches fidèles auxquels l'archevêque accordait la permission de rompre le jeûne pendant le carême. Je connais ce vaste édifice depuis mon enfance, lorsque j'assistais, émerveillé, aux somptueux offices. Mais j'ignorais l'autre monde, celui-là aérien, qui s'étend au-dessus des nefs, dans l'entrelacs des voûtes et des charpentes, des encorbellements et des arcades aux folies gothiques.

C'est là, dans les combles, que Joana m'a caché, au fond d'un grenier assez vaste, qui sert de remise : des plaques de cuivre pour la couverture, des poutres, des chevrons. Un peu de lumière lunaire filtre d'une ouverture.

Joana a eu vite fait de me dénicher une vieille bâche pliée en quatre, sur laquelle je m'étends. Un sac de jute trouvé dans un coin me sert d'oreiller. Malgré la souffrance de ma jambe blessée, je me détends.

Le rai de lumière venu de l'ouverture me permet d'apercevoir la jeune fille, qui s'active à mon chevet. J'aimerais que le temps s'arrête enfin. Que l'on puisse vivre dans l'instant, sans redouter quelque catastrophe : les alertes, les avions, les bombes, les coups de main contre les voies ferrées, les soldats, les policiers, la Gestapo…

Joana se penche vers moi.

— Reposez-vous. Vous êtes ici en sécurité. Je veille sur vous.

Elle sourit. Je m'abandonne et sombre dans un sommeil profond.

J'ai dû dormir quelques heures. Je suis réveillé par le roucoulement des pigeons. Le jour est levé, un rayon de soleil tente de percer l'épaisse charpente. Où suis-je ? Je reprends peu à peu conscience.

J'entends bientôt des pas. Joana revient avec un cabas. Elle se penche vers moi.

— Comment va votre jambe ?

— Je me sens beaucoup mieux. Vous m'avez sauvé. Merci !

Elle me tend une gourde d'eau. Je bois avec avidité, puis elle s'assoit auprès de moi et ouvre le cabas. Elle a tout préparé pour me soigner. Rien de grave, la balle n'a fait qu'érafler la peau. Elle est vêtue d'un chandail de laine vert, d'une jupe marron et d'insolites chaussettes de laine. Sa chevelure blonde encadre un visage très pâle. Un mince rayon de soleil illumine soudain ses grands yeux bleu lavande. Un sourire affleure un instant son visage, un sourire de compassion. Mais au fond de son regard je vois naître une angoisse, qui me ramène à la réalité.

— Joana, il faut que je parte !

— Rien ne presse. Les Allemands ont quitté le quartier et j'ai récupéré ma clé, celle du portail des Libraires. Mangez ! Reprenez des forces.

Elle me tend le pain beurré.

Assis à ses côtés sur le matelas, je mange en silence. Je crois rêver. Le beurre est frais, avec un goût de noisette qui me rappelle le temps de mon enfance heureuse. Le pain est délicieux, ce n'est pas le mauvais pain que l'on vend dans les boulangeries en échange d'un ticket d'alimentation. Il doit venir directement de la campagne. Je n'en avais pas mangé depuis longtemps. Quant au saucisson ! Elle sourit à nouveau.

— C'est un cadeau de monseigneur l'archevêque. Il le partage avec son organiste, monsieur l'archiprêtre, ou son carillonneur. Ce pain blanc vient de la campagne ; un curé en visite l'apporte sur sa bicyclette. C'est comme un rite.

Brusquement, je m'arrête de manger. Je suis sous les toits de la cathédrale de Rouen, à côté de cette jeune fille inconnue aux yeux lavande, qui ne sait rien de moi, ou si peu : un résistant poursuivi par les Allemands.

— Je m'appelle Patrice Blanmesnil. J'ai dix-neuf ans. Je devrais être étudiant pour préparer l'examen d'entrée à l'Ecole navale, mais la guerre m'a empêché de suivre les cours. A dix-huit ans, j'ai milité dans un réseau de résistance. J'ai appris à fabriquer une bombe, à déboulonner un rail, à nettoyer un fusil, un revolver. A me servir, aussi, des armes prises à l'ennemi. Joana, je suis un homme dangereux.

Elle me regarde avec étonnement, l'air de dire : C'est donc cela, un « résistant » ? L'un de ces êtres insaisissables, dont les bandes, rebelles, se cachent dans les forêts normandes, dans les grottes des falaises calcaires de la Seine et dans les caves de la vieille ville ? Mais aussi un homme comme les autres, qui souffre, qui a faim et qui a peur. Je sens chez elle, au-delà d'une réserve naturelle, une profonde compassion. A nouveau elle me sourit.

Après un long silence, elle me demande :

— Vous n'avez plus de famille ?

— Mon père est mort, Joana. Mort l'année dernière à quarante-trois ans sous les coups de la Gestapo. Il militait dans un réseau de résistance au sein de l'Hospice général, où il dirigeait le service des urgences.

— Vous êtes devenu résistant parce que les Allemands ont tué votre père ?

— Non. Je l'étais avant. Mon père l'ignorait. J'ai adhéré à un réseau après avoir été scout. Au lycée Corneille, cela me tourmentait déjà. Avec quelques garnements, on faisait n'importe quoi pour « résister ». On sculptait des croix de Lorraine dans le bois des tables de classe, on recopiait des tracts tombés du ciel après les avoir récupérés sur les toits des maisons, et on les glissait discrètement dans les boîtes aux lettres. On se fabriquait un poste de radio à galène pour écouter Radio-Londres.

Elle sourit et fredonne :

— « Ici, Londres. Les Français parlent aux Français… »

Puis elle demande :

— Et votre mère ?

Je demeure silencieux un instant. Maman, c'est pour moi le vrai problème, le seul après la mort de mon père, en 1943.

— Elle est partie avec Michèle, ma sœur aînée. C'était trop dangereux pour elles à cause des activités subversives de mon père. Elles voulaient demeurer à Rouen, mais il les a mises à l'abri chez des parents, au Puy-en-Velay. J'aurais dû partir avec elles, mais j'étais déjà pris par mes propres activités. Pour rester à Rouen, caché, j'ai avancé un argument imparable : le travail obligatoire, à quoi les Allemands contraignent les jeunes Français, dès l'âge de dix-huit ans. Je serais beaucoup plus en danger dans une usine d'armement en Allemagne, écrasée par les raids de l'aviation américaine, que caché dans quelque forêt normande, ou rue Saint-Romain, à l'ombre de la cathédrale.

— Et maintenant, qu'allez-vous faire ?

— Rejoindre sans tarder mon réseau de résistance

et reprendre le combat. Le débarquement est proche. Quelque chose me dit qu'il ne se fera pas dans le Pas-de-Calais, où les Allemands l'attendent.

— Le débarquement à Dieppe a été un échec, un massacre inutile.

— Ce n'était qu'un raid pour tester les défenses de l'ennemi. Le lieu était mal choisi. Les chars canadiens se sont enlisés dans les galets. C'est pourquoi il se fera sur des plages de sable. Elles abondent dans le Calvados. Alors, la Résistance normande aura un grand rôle à jouer. Couper la route et le rail aux renforts allemands qui afflueront vers les côtes pour rejeter les envahisseurs à la mer.

Je me lève. La tête me tourne un peu, mais je me sens bien. Elle proteste.

— Restez où vous êtes ! Vous ne ferez pas trois pas dans la rue sans être arrêté.

Je la regarde avec admiration. Elle aurait pourtant tout intérêt à se débarrasser de moi au plus vite.

— Joana, parlez-moi plutôt de vous.

Elle se rapproche de moi. Je la sens mystérieusement en confiance. Au fond, elle n'attendait que cette question, et peut-être, j'ai soudain la folie de le croire, n'attendait-elle que moi ?

— Je vous l'ai dit, Patrice. J'ai quinze ans, je suis la fille du carillonneur.

— Maître Romain Leclair.

— Vous le connaissez ?

— Qui ne le connaît à Rouen, avec maître Lanquetuit, le titulaire des grandes orgues de la cathédrale ?

— Muettes depuis 1940. Comme ce merveilleux « carillon de la Victoire », vingt-neuf cloches nichées dans le beffroi de la tour de Beurre. J'aurais tant aimé être organiste…

Un voile de tristesse assombrit son beau visage. Elle poursuit :

— J'ai quitté le lycée Jeanne-d'Arc l'année dernière, pour m'occuper de mon père. Ma mère est morte en juin 1940, au cours de la brève bataille qui a opposé rue de la République les chars français et allemands. Intriguée par le bruit, elle était sortie rue des Bonnetiers. Une balle perdue l'a frappée en plein cœur. Elle s'est effondrée sous mes yeux devant l'archevêché. Quelques minutes plus tard, les ponts de la Seine sautaient dans un fracas épouvantable. J'ai alors compris que nous entrions dans la grande nuit de l'Occupation.

— Je me souviens. J'étais au lycée Corneille. Un peu plus tard, le soleil a disparu, le ciel est devenu noir, noir des fumées du pétrole incendié des raffineries de la Seine, noir de la défaite et de l'Occupation.

Je vais partir. Impossible de les compromettre davantage, elle et son père, et je dois prévenir mon réseau que ma cache rue Saint-Romain est découverte, et que je suis légèrement blessé mais encore libre et prêt à me battre.

Je me lève. Elle me supplie du regard. Je la sens déjà prise par le réseau invisible d'affinités mystérieuses. Moi, je tente de résister à cette vague inconnue qui me sollicite et bientôt me submerge. Pourquoi elle, Joana, et pourquoi moi, Patrice ? Pourquoi notre rencontre fortuite ?

Fortuite, vraiment ? Je tente de reprendre pied, de trouver un prétexte. Je voudrais tellement demeurer auprès d'elle !

— Votre père sait-il que je suis là ?

— Je ne lui cache rien.

— Et qu'a-t-il dit ?

— « On ne rejette pas un homme blessé. » Il a fait allusion à la zone sacrée que représentaient autrefois les églises pour les proscrits. Quel que fût leur crime, on ne pouvait les toucher.

— Votre père n'est pas seul en cause. Il n'est pas responsable de la cathédrale. Monsieur l'archiprêtre et monseigneur...

— Monseigneur Petit de Julleville a déjà accueilli des proscrits.

— Des résistants ?

— Je ne sais pas. Des Juifs, sûrement, pour leur éviter la déportation. Peut-être aussi un aviateur anglais !

Monseigneur ! Je n'ose pas livrer à Joana notre secret, tant on nous a mis en garde, dans la Résistance. C'était en 1942, en pleine nuit de l'Occupation. Monseigneur Petit de Julleville, archevêque de Rouen, primat de Normandie, accueillait clandestinement dans son manoir du vieil archevêché, rue des Bonnetiers, au pied de la cathédrale, un groupe des Scouts de France, mouvement que les Allemands ont interdit. J'en étais.

Une autre réunion clandestine s'était déroulée au Manoir épiscopal. A-t-elle été dénoncée aux Allemands, ou bien ont-ils remarqué les allées et venues des jeunes, à une époque où tout rassemblement est interdit ? Deux officiers allemands ont fait irruption, suivis de soldats casqués, armés, menaçants. On a entendu l'altercation avec le vieux concierge, qui a été bousculé. En hâte, monseigneur Petit de Julleville nous a fait sortir par un couloir secret, qui donne rue Saint-Romain, en passant par la Maîtrise. Resté seul, Monseigneur a accueilli de haut les Allemands : « Je suis l'archevêque ! Sortez ! – Pouvez-vous déclarer qu'en ces lieux on ne tient aucun propos hostile au Grand Reich ? – Sortez ! » Ils ont obéi, sans ajouter un mot. Nous étions déjà loin, dispersés dans la vieille ville comme une volée de moineaux. Depuis ce jour, l'archevêque est suspect aux autorités d'occupation, et je ne peux pas l'ignorer, faire comme si la cathédrale était un lieu inexpugnable. Soudain, je me souviens du pire : en juin 1940, monseigneur Petit de Julleville figurait en tête de la liste des otages, que les Allemands avaient dressée pour garantir « le maintien de l'ordre ». Figure-t-il encore sur cette liste fatale ?

Je me lève et tends la main à Joana. Ma voix ne tremble pas.

— Adieu, Joana. Merci ! Je n'oublierai jamais !

Un éclair passe dans son regard.

— Restez ici. Je vous l'ai dit, vous ne ferez pas cent mètres dans les rues, avec vos vêtements tachés de sang.

— Vous me prêterez bien un vieil imperméable ?

Elle secoue la tête avec désespoir.

— Votre portrait est déjà affiché à tous les carrefours. « Terroriste. »

J'en demeure un instant atterré. Puis je demande :

— Comment le savez-vous ?

— Je suis sortie ce matin. J'ai vu les affiches, les portraits… Rue Saint-Romain, place de la Cathédrale, et jusque sur les murs de l'archevêché. Vous êtes recherché, comme un dangereux criminel.

— Raison de plus pour ne pas vous compromettre, vous, votre père, et Monseigneur.

— Où iriez-vous ? Votre cache de la rue Saint-Romain a été découverte.

— Vous savez cela aussi ?

— La rue est contiguë à l'archevêché. On ne parle que de cette descente nocturne, dans le quartier. Tout le monde a vu ou entendu les soldats et la Gestapo. Même la cathédrale a été visitée, jusqu'à la moindre chapelle. Mais ils ne sont pas montés dans les combles.

— Pas encore. Je vais partir, Joana. J'ai une autre cache dans la forêt Verte, où mon réseau m'accueillera.

Elle se rapproche de moi. Nos visages se touchent. Je vois brûler ses yeux lavande. Je la prends dans mes bras. Je m'abandonne à cette extase, faite de désir un peu sauvage et de douceur incomparable, que je n'avais encore jamais ressentie : toute la douceur du monde, sa justification, la vie, et comme sa protestation dans le monde de violence et de haine qui nous submerge.

Je resterai.

2

Je suis seul maintenant dans la « chambre haute », c'est ainsi que j'appelle le refuge que Joana m'a aménagé sous les combles de la nef collatérale sud, avec interdiction d'en sortir. La matinée s'écoule, calme, comme un jour ordinaire. Je sens mes forces revenir.

A midi elle me porte à manger, refait mon pansement. De ce côté, tout va bien. Je sens à peine ma blessure. Joana a de bonnes notions de secourisme, mais elle n'est pas infirmière. Il est cependant hors de question d'en faire venir une, ou de sortir pour me faire examiner par un médecin. Dès qu'il y a du grabuge en ville, les postes de secours sont surveillés par les Allemands. Tout professionnel de la santé est tenu, sous peine de mort, de déclarer à la police le blessé connu ou inconnu qu'il soignerait.

Elle m'apporte aussi un peu d'eau. Et des nouvelles avec le *Journal de Rouen*, dont il n'y a pas beaucoup à attendre ; il demeure entièrement sous le contrôle de la Propaganda Staffel, qui le censure. Tout manque : le papier, la liberté et les hommes ; aussi ne paraît-il que sur quatre pages, à peine lisibles tant les caractères sont réduits. Il y est question de « la victorieuse résistance » de l'armée allemande en Union soviétique (les Russes ont tout de même récupéré leurs frontières de 1940 !), du « repli stratégique » de la Wehrmacht en Italie, « des armes nouvelles et décisives » que le Reich allemand va opposer à l'arrogance britannique, « des victoires des U-Boote », qui auraient coulé quatre millions de tonnes en 1943.

On y parle aussi du ravitaillement, de plus en plus précaire. La ration journalière du citoyen adulte est tombée à huit cents calories, « à cause du marché noir ». Le journal se garde bien de parler du pillage organisé des Allemands, qui réquisitionnent les deux tiers des produits de nos campagnes, et participent activement au marché noir.

Je voudrais partir ; il me faut rejoindre mon réseau dans la forêt Verte. Je me sens ici en sécurité, mais j'ai l'impression de perdre un temps précieux qui ne m'appartient plus. Le sabotage des voies ferrées, en dépit de l'angoisse qu'il génère, est entré dans ma vie. Les deux grandes gares de la rive gauche, le réseau du triage de Sotteville et le dépôt des locomotives sont bien gardés, mais c'est un monde si vaste que quelques hommes décidés ne craignant pas la mort peuvent y faire du bon travail. Grâce à nos réseaux clandestins qui opèrent au sein même des Chemins de fer, on connaît les horaires des trains de marchandises destinés aux Allemands, qui transportent du matériel de guerre, du charbon pour leurs locomotives, de l'essence pour leurs avions, du gazole pour leurs camions et leurs tanks, tout ce qui fait tourner la machine de guerre.

Poser une charge explosive sur la voie est plus facile que de déboulonner un rail de vingt-huit mètres.

On opère de nuit, en pleine campagne. En 1944, les trains ne circulent plus le jour, la RAF les réduirait aussitôt en tas de ferraille.

J'ai vu dérailler plusieurs trains. Ils arrivent lentement, tant ils sont chargés. Explosion, bruit de ferraille. La locomotive et son tender sortent de la voie, ils se couchent sur le ballast, le charbon se répand. Poussière énorme, fumée, vapeur qui fuse de la chaudière défoncée... Des Allemands en armes bondissent, vociférants, du dernier wagon, qui demeure encore sur la voie. Ils tirent en l'air avec leurs mitraillettes, ils tirent contre la lune et les étoiles, ils tirent en vain contre la liberté. Déjà, nous sommes à l'abri dans les fourrés épais qui dissimulent l'entrée d'une grotte, ou dans quelque cave d'une ferme abandonnée. Les chiens aboient dans la nuit, un cheval hennit dans son pré, mais la caravane ennemie ne passe plus.

Parfois, nous avons l'immense joie de voir sauter en l'air un train de munitions, ou s'embraser un wagon-citerne. Les Allemands n'ont pas assez d'hommes à eux pour garder les voies ferrées. Ils réquisitionnent les Français, tout en sachant qu'ils ne peuvent pas vraiment compter sur eux. Même nos policiers et nos gendarmes les trahissent ; je devrais dire les grugent, et avec quel plaisir !

La première journée s'est écoulée. Je me sens de plus en plus impatient et je risque un œil dehors, sans quitter l'abri des toits. La ville est calme, aucun avion ne rôde dans le ciel. Je retourne dans ma cache et j'attends le soir.

Enfin, voici Joana. Mon cœur bondit de joie. Elle m'apporte du poulet froid et une pomme, refuse de partager avec moi ce régal, m'affirme qu'elle a déjà soupé. Je n'en crois rien.

Dès que la nuit s'est établie, nous nous risquons jusqu'au pied de la tour centrale, d'où se projette la flèche de fonte vers les étoiles. Cette grande tour de pierre a été bâtie au XVIe siècle à la croisée du transept. La flèche de fonte a été construite en 1824, en remplacement d'une flèche de bois, incendiée par la foudre. A Rouen, nous sommes très fiers de notre flèche et de sa lanterne de fer, qui domine toute la ville, les banlieues, les campagnes et le fleuve. Du sol jusqu'à la lanterne, il faut monter quatre cent trente-deux marches. Pour atteindre ma cachette, à la base de la tour, Joana doit gravir cent quarante marches.

Ce soir, de la plate-forme inférieure de la tour, invisibles dans la nuit derrière les balustrades de pierre, nous contemplons la ville. Ville secrète sous le *black-out*, avec ses trésors cachés et ses quartiers populaires en bois patinés par les siècles ! A nos pieds, la vieille cité s'étend sur la rive droite de la Seine, avec les ruelles étroites de ses quartiers anciens aux maisons de bois, que prolongent les quartiers neufs autour de la gare. Au sud, la rive gauche, industrielle et populeuse, avec ses petites maisons basses, ses usines et ses gares, dans un réseau compliqué de voies ferrées. Entre ces deux quartiers si différents coule la Seine, un autre monde, avec ses ponts, ses quais, son port. Ce soir, la ville nous est d'autant plus précieuse que nous la sentons menacée, à l'instar des villes allemandes, comme Hambourg, qui a été rasée par l'aviation.

A nos pieds s'étend le *no man's land* des quartiers détruits. Le drame qui marque d'un sceau de feu l'une des pires heures de notre histoire s'est déroulé en juin 1940, à l'arrivée brutale des Allemands. Il s'en est fallu de peu que la cathédrale ne brûle. Quatre ans plus tard, l'odeur âcre du bois brûlé et des quartiers anéantis monte encore jusqu'à nous. A mes oreilles retentissent les cris des gens prisonniers dans leur maison en feu. C'est à nos pieds, non loin du portail sud de la cathédrale, que la mère de Joana est tombée.

— J'avais alors onze ans, me dit-elle. Je n'ai pas compris ce qui se passait : ce départ définitif de maman, cette invasion brutale des Allemands annoncés comme une légion de diables, le feu, les bombes, la violence et la haine. Mon père ne comprenait pas non plus. Le grand carillon occupait toute sa vie. Lorsque les Allemands sont arrivés, ils ont interdit de sonner les cloches. Et depuis ce jour, le carillon est resté muet. Ni offices ni concerts. Père l'entretient avec amour. Parfois, il se risque à faire sonner une petite cloche, en sourdine, pour voir si l'appareil est encore en vie, ou pour appeler maman. Et, secrètement, il leur demande pardon, comme s'il avait sa part de responsabilité dans le malheur des temps.

Pour faire écho à sa détresse, le ciel nocturne de Rouen, brusquement, s'est obscurci. Une épaisse couche de nuages venus de la mer masque les étoiles et recouvre la ville. Tout est sombre et je ne distingue que le contour de la robe de Joana, l'ovale pâle de son visage, et surtout ses grands yeux au fond desquels brûle une lumière mouvante.

Je prends sa main. Elle ne la retire pas. Je songe à cette vieille coutume bretonne, où l'on ne se déclare pas autrement. Si la jeune fille ne retire pas sa main, c'est qu'elle consent. La main de Joana est douce et chaude. Qu'il serait bon de s'aimer ! Mais cela nous est interdit. Nous survivons dans un monde de violence, où tout peut arriver, où l'avenir immédiat a la couleur du feu, et l'odeur du vieux bois carbonisé et des cadavres.

D'une petite voix, elle me demande :

— Je croyais Rouen indestructible. Comment tout cela a-t-il commencé ? Père ne veut jamais me parler de la guerre. Et au lycée, c'est interdit.

— Souviens-toi, Joana. En septembre 1939, on avait reçu l'ordre de coller des bandes de papier contre les vitres.

— On nous avait distribué des masques à gaz, qui nous donnaient des têtes de singe !

— On creusait des abris sur les places et dans les jardins publics. Le *black-out* avait été ordonné par la Défense passive.

— Je me souviens des phares d'auto, masqués de bleu. La ville avait pris un air fantomatique.

— Les tympans de nos portails d'église avaient été protégés par des sacs de terre, les vitraux les plus précieux déposés et envoyés à Niort. On avait déménagé les trésors des églises et des musées vers un lointain château, dans l'Orne.

— J'ai vu arriver les soldats anglais. Ils étaient jeunes, beaux et blonds. Ils chantaient, Patrice ! « Nous irons étendre notre linge sur la ligne Siegfried... »

— A la radio de Stuttgart, le traître Ferdonnet raillait « ces Anglais qui faisaient la guerre jusqu'au dernier Français »...

— Oui, je me souviens !

Ainsi avait commencé la drôle de guerre. Joana et moi faisons silence, mais les images se bousculent dans ma tête. Dans le port de Rouen affluait le matériel des Américains, dit *cash and carry* (« payé et emporté »), mais ils demeuraient dans une prudente neutralité. En janvier 1940, le froid paralysait la ville. La Seine gelait, le charbon déjà se faisait rare. On sentait monter une menace imprécise. Les Rouennais avaient été invités à souscrire aux bons d'armement, et à déposer leur or dans les banques. Mais certains, prudents, en achetaient clandestinement dans les bars, en le payant dix fois sa cotation officielle. Bientôt, la vente des denrées était réglementée.

Joana a un petit sourire.

— La pâtisserie, comme la viande, avait son jour. Et l'on distribuait des plants de légumes aux propriétaires de jardins…

— Avec mon équipe de scouts, j'allais de porte en porte récupérer de la ferraille pour forger « les canons de la victoire ». En mai 40, tout s'est précipité.

Je me tais, soudain pris par l'angoisse. Comment a-t-on pu passer en quelques jours de la liberté à la servitude, du bonheur au malheur ?

— Papa disait que nous étions les plus forts et que nous allions gagner la guerre, ajoute pensivement Joana.

— Au lycée Corneille, M. Bourdon, notre professeur d'histoire et géographie, nous parlait avec enthousiasme de « la France et son empire ». Grâce à nos colonies, nous possédions le deuxième empire colonial du monde. Nous apportions le savoir et la santé aux peuples indigènes. Notre armée était la plus puissante du monde, notre marine et notre aviation, invincibles.

Et tout s'est effondré en quelques jours sous la ruée d'une armée mécanisée, dans le hurlement des piqués d'avions et le grondement des tanks.

A nouveau, je demeure silencieux, pour ne pas traumatiser Joana. Impossible de comprendre ce qui a pu se passer. Quatre années après le drame, on est encore sous le choc. Mais les images affluent dans ma tête, le puzzle diabolique se reconstitue.

En mai 1940, les Allemands avaient envahi la Hollande et la Belgique, dans un mouvement stratégique qui tournait notre ligne Maginot. Le 22 mai, le préfet M. Verlomme avait fait afficher un « appel à la population », pour endiguer la panique. Tous les fonctionnaires, les commerçants, les ouvriers étaient invités à demeurer à leur poste, sous peine de trahison servant les desseins de l'ennemi. Le 7 juin, un communiqué officiel avouait que « devant la ruée de masses ennemies, certaines de nos unités avaient été submergées dans la Somme ». Le même jour, le *Journal de Rouen* commentait élogieusement l'entrée au gouvernement d'un certain colonel de Gaulle, « une très forte personnalité, aux vues prophétiques ».

— Vous souvenez-vous, Patrice, de l'arrivée à Rouen des réfugiés belges ?

— Oui ! Ils affluaient, précédant des convois d'autos de Français du Nord chassés par l'invasion. Un défilé de véhicules surchargés, le toit protégé des balles par des matelas ; les *Stuka* mitraillaient les routes pour augmenter la panique. On a vu d'abord passer de belles automobiles, puis des vieilles bagnoles, puis des véhicules en tout genre chargés de pauvres gens, camionnettes, bennes-poubelle, corbillards, des chars à bancs tirés par des chevaux épuisés, puis des hordes de vélos, enfin des gens à pied, une multitude affamée. Ignorant cette cohue, l'ennemi se ruait sur la France et rien ne pouvait l'arrêter.

Je m'interromps et je ferme les yeux. A nouveau, les images m'envahissent. On ne voyait plus mon père, submergé de travail à l'Hôtel-Dieu, où nous vivions un peu à l'écart en famille, dans un logement de fonction. Même les pharmacies étaient encombrées de blessés et de malades, les hôtels saturés, les halls de gare, les lieux publics. Les fuyards dormaient dans les squares, dans les rues, comme des clochards. Le noble boulevard de l'Yser était devenu un dortoir où les gens sommeillaient sur de la paille. Avec mon équipe, j'allais distribuer le pain et l'eau. Certains ne se réveillaient pas. On ramassait les morts à l'aube et on les enterrait à la va-vite.

Ainsi avait commencé la vraie guerre. On voyait les autres souffrir, mourir, et l'on se demandait : « A quand notre tour ? »

— Et la bataille de Rouen ? Vous en souvenez-vous, Patrice ?

— Le général Duffour avait reçu l'ordre de défendre Rouen et d'empêcher les Allemands de franchir la Seine. Ils attaquaient avec neuf divisions, nous n'en avions que quatre. On minait les ponts, on creusait des tranchées, on coulait du béton. Quelques canons et des blindés légers avaient pris position pour défendre nos deux ponts.

— Je me rappelle surtout, Patrice, de la fuite éperdue des Rouennais.

— Oui. Début juin, soixante mille Rouennais sur cent vingt-cinq mille – sans compter la banlieue – avaient pris la fuite, surtout des femmes et des enfants. Malgré les ordres, des commerçants fermaient boutique et prenaient la route, après avoir accroché la pancarte « Congés annuels ». La police rouvrait les boulangeries, mais qui cuirait le pain ?

Je me tais, accablé. Puis je demande :

— Dis-moi, Joana, vous êtes restés ?

— Oui. Et vous ?

— Mon père, chef de service, demeurait à l'Hôtel-Dieu, et nous avec lui.

— On m'a dit que tous les médecins, les infirmières, religieuses et civiles, étaient à leur poste.

— En effet. L'ordre régnait à l'hôpital. Il n'en était pas de même en ville. Ayant appris que sept trains spéciaux avaient été formés gare Rive-Gauche pour évacuer les malades et les femmes enceintes, ce fut une ruée vers la Seine, mais très peu réussirent à passer les ponts…

A nouveau, les images affluent dans ma tête. Au milieu de la panique générale, demeuraient aussi à leur poste les fonctionnaires de la mairie et de la préfecture, les policiers, les postiers, les professeurs. Et les prêtres, que monseigneur Petit de Julleville tenait dans sa main ferme. Ils seront au pied des autels lorsque les Allemands entreront en ville.

Joana se penche vers moi.

— Tout s'est dénoué un dimanche de printemps, le 9 juin. Je revois encore les jardins en fleurs, l'explosion du printemps !

— La veille au soir, je sortais d'une réunion de scouts, où nous avions parlé de la promesse. Oui, le temps était magnifique, l'air doux et pur. Mais la journée s'était écoulée, chargée de menaces. Un tir de canons s'était abattu sur Rouen, que le général Duffour avait refusé de déclarer ville ouverte. Les banques et la poste achevaient leur évacuation par camions entiers. La rumeur affirmait qu'une colonne motorisée allemande arrivait de Forges-les-Eaux, ce que le général Duffour avait démenti. Soudain, une camionnette de gardes mobiles a dévalé la route de Neufchâtel. Place Beauvoisine, l'un des gardes a crié : « Foutez le camp ! Les Fritz sont à Isneauville ! »

Je reprends mon souffle et jette un coup d'œil dans le vide. En bas, du côté de la rue Grand-Pont, je vois briller une lumière à une fenêtre, ce que réprime aussitôt le coup de sifflet rageur d'un agent.

Je poursuis :

— Deux gendarmes français à vélo ont traversé la place de l'Hôtel-de-Ville en criant : « Les voilà ! » Et ils ont disparu vers la Seine en pédalant comme des fous. La foule, chargée de valises, s'est ruée vers les ponts. S'y dirigeaient aussi des soldats français pour faire barrage aux Allemands, avec quelques véhicules tractant des canons antichars, et des petits engins blindés armés d'une mitrailleuse…

— Je les ai vus passer, dit Joana. J'étais montée au pied de la tour-lanterne, ici même. La foule paniquée grouillait dans les rues. Mes parents refusaient de partir sur les routes, source de tous les dangers. Plus aucun train ne circulait. Le jour s'est couché dans une apothéose de lumière dorée et de menaces.

Joana se tait, comme enfermée dans sa vision. Je reprends mon récit :

— On ne passait plus les ponts, devant lesquels la foule des fuyards s'agglutinait. Avec les scouts de mon équipe, nous aidions de notre mieux. A la fin de la journée, épuisé, je regagnai l'Hôtel-Dieu. Je n'ai pas pu voir mon père, accaparé au service des urgences, où affluaient des gens que l'on avait ramassés près de la Seine, certains piétinés par la foule, des femmes qui s'étaient trouvées mal, et aussi des soldats blessés venus d'on ne savait où. En me voyant, ma mère a respiré. Elle me croyait perdu. Je ne comprenais toujours pas. Elle non plus.

— Je ne comprenais pas, moi non plus, ajoute Joana. Cette panique des adultes ne passait pas chez la plupart des enfants. Les « événements », ils les voyaient comme un grand jeu, l'essentiel leur échappait.

A nouveau, je me laisse envahir par les souvenirs. A l'Hôtel-Dieu, grâce au service des urgences, dont le secrétariat était relié à la police et à la gendarmerie, nous avons enfin compris : l'invasion ! Comme en 1870 et en 1914, les hordes germaniques se ruaient sur la France. Les nouvelles et les rumeurs tombaient comme des arbres abattus par la tempête. Après la capitulation de la Norvège, de la Hollande et de la Belgique, la percée allemande de Sedan, l'encerclement puis le rejet à la mer du Corps expéditionnaire britannique, les Allemands avaient atteint la Manche et isolé Dunkerque. Nos armées, qui comptaient déjà cent mille morts, refluaient, poussées vers le sud par les divisions blindées allemandes. Un million de civils encombraient les routes.

Le bruit courait que le préfet, M. Verlomme, et tous ses services étaient passés sur la rive gauche de la Seine. Le maire, M. Métayer, s'était aussi « replié », ainsi que le général commandant la région militaire, entraînant les effectifs des casernes de la rive droite, censées défendre Rouen.

Je reprends lentement mon souffle. Je vois encore la nuit s'obscurcir, la nuit de la défaite qui s'étendait sur la France. Je me penche vers Joana.

— Dans la nuit, une fumée épaisse est montée à l'ouest de la vallée de la Seine. Sur dix kilomètres, les réservoirs de pétrole des raffineries brûlaient, le grand sabotage. A l'aube, une lourde calotte de crasse et de suie assombrissait le ciel, une vision de fin du monde.

— J'ai encore en mémoire cette odeur infecte qui collait aux vêtements, dit Joana. Soudain, on a entendu hurler les sirènes de l'alerte aérienne. Maman a pris nos masques à gaz et nous a entraînés vers les caves.

— Ma mère aussi voulait descendre à l'abri, mais moi je voulais gagner un poste de secours de la Défense passive.

Garçon de quinze ans, on m'y avait confié un rôle minuscule, que je croyais nécessaire : porteur de messages. Ma mère m'avait interdit de sortir. Comme nous descendions à la cave de l'hôpital, on a entendu un bruit étrange dans le ciel, de longs sifflements. A ce moment, on a vu arriver mon père, en blouse blanche, qui venait s'enquérir de notre sort. « Quel est ce bruit ? » a demandé maman. « Ce sont des obus.

Les Allemands doivent viser les casernes de la rive gauche. Raison de plus pour ne pas franchir la Seine. »

— Je n'ai rien compris, dit Joana. Vous vouliez sortir, moi je voulais dormir. Mes parents ne semblaient pas trop inquiets. A la fin de l'alerte, maman était même sortie rue des Bonnetiers, pour essayer d'avoir des informations. Elle a vu dans la cour de l'archevêché M. l'archiprêtre Lesergent, en conversation avec M. le chanoine Cahard, le vicaire général.

— A l'Hôtel-Dieu, père nous expliqua que l'interdiction des ponts à la population civile avait été ordonnée pour permettre aux soldats de la 17e division de passer la Seine.

— Pourquoi ne se battaient-ils pas contre les Allemands, pour les empêcher de pénétrer dans Rouen ?

— Ceci a un nom, Joana : la défaite.

A nouveau, je demeure silencieux, accablé. Fallait-il détruire les ponts de la Seine pour empêcher les Allemands de la franchir ? Le général Weygand comptait reformer ses lignes de défense sur la rive gauche du fleuve. Avant de couper les ponts, il fallait récupérer nos divisions en retraite. Mais trop attendre risquait de livrer les ponts aux Allemands, qui s'infiltraient partout, en petites colonnes motorisées. J'ai su plus tard que la Ve Panzer attaquait Rouen par la route de Neufchâtel, tandis que le général Rommel débordait la ville par Elbeuf et Oissel pour s'emparer des ponts. La nuit s'avançait, la foule terrifiée s'amassait sur les quais, obstruant l'accès aux ponts, toujours fermés. Le commandant Lalande avait ordre de défendre ces ponts. Il disposait de trois vieux chars légers Renault et de deux automitrailleuses. Les ponts devaient sauter à l'arrivée des Allemands.

La foule continuait à s'agglutiner sur les quais. Ceux qui avaient une auto et le plein d'essence partaient le long de la Seine, vers Duclair, dans l'espoir de passer le fleuve sur un bac, puisque, de Rouen au Havre, il n'y a pas de ponts, à cause du trafic des grands bateaux de commerce. Surchargés, les derniers bacs à vapeur menaçaient de couler, en chavirant dans le sillage des cargos qui fuyaient vers l'estuaire. Puis, plus de bacs. Les autos stoppaient, en panne d'essence. A Duclair et Caudebec, on trouvera quatre mille voitures abandonnées, bourrées de bagages et de trésors, dont les pilleurs feront leur affaire.

— A l'Hôtel-Dieu, on était mieux informés, on avait saisi toute l'étendue du désastre. Certes, la 17e division avait réussi à franchir la Seine, grossie de quelques troupes d'Anglais en débandade. Mais on savait aussi que les avant-gardes allemandes, venant du nord, avaient encerclé Rouen, qu'elles tentaient de déborder par les côtés. La nuit s'acheva dans l'angoisse. Le lendemain, dimanche, un beau soleil illuminait la ville.

— Et vous, Patrice, que faisiez-vous, ce dimanche matin ?

— Je voulais gagner mon poste de la Défense passive, à la maison des Saints-Anges, rue Saint-Hilaire. Ma mère m'ordonna de rester avec elle.

Je la revois, grande, mince, toujours élégante. La peur se lisait sur son visage. Ma sœur avait la tête ailleurs, rêvant au dernier disque de Tino Rossi. J'hésitais entre deux devoirs. Les protéger, ou servir au poste modeste où je m'étais engagé. A ce moment, mon père est arrivé. Il n'hésita pas. « Patrice doit y aller, dit-il. Je vais le confier au docteur Hélot, responsable du poste de secours de la rue Saint-Hilaire. Moi, je retourne aux urgences. Les médecins militaires ont reçu l'ordre de partir, mais le personnel civil demeure à l'Hôtel-Dieu, avec les religieuses, pour s'occuper de la population. »

Il était évident que très peu, parmi la population civile, parviendraient maintenant à passer le fleuve. Il y eut un reflux. La place de l'Hôtel-de-Ville était encombrée de pauvres gens affolés, réclamant des secours. Les rumeurs couraient : envahisseurs assoiffés de sang, femmes violées, enfants égorgés, hommes réduits en esclavage. Et, si l'armée française résistait, la ville serait rasée par les canons et par les bombes. Quelque six cents personnes, entassées dans les caves-abris de la mairie, attendaient le pire. De crainte d'être débordés par l'est, tous les soldats qui occupaient les casernes de la rive droite avaient franchi la Seine. La ville demeurait donc sans défense ; et les ponts, en dehors de la poignée d'hommes postés devant eux, face à la colonne blindée allemande qui déferlait comme un torrent en crue.

Au milieu de la nuit, les défenseurs des ponts ont reçu une aide inespérée : une section de cinq canons tractés antichars du lieutenant Petit, qui avait combattu dans le Nord pour retarder l'avance allemande. Ils édifièrent une barricade rive droite devant les ponts et braquèrent leurs canons. Ils renforçaient ainsi les trois chars et les deux automitrailleuses qui les défendaient, prenant en enfilade les rues de Rouen. A dix heures, le 9 juin, tout était en place pour la bataille, la bataille de Rouen. Mais une foule énorme continuait à envahir les quais.

— Pourquoi ne les laissait-on pas franchir la Seine ?

— Pour éviter les infiltrations ennemies, Joana, surtout la nuit. Au matin, on a laissé passer quelques centaines de civils, sévèrement contrôlés.

— Je me suis réveillée à neuf heures. Il faisait encore nuit. Une odeur affreuse régnait dans la ville. A l'ouest, dans le ciel, l'immense nuée noire occupait tout l'horizon, mangeant le soleil.

— L'incendie des pétroles des raffineries de la Basse-Seine s'étendait. C'est à ce moment-là que j'ai compris que tout était perdu.

Des milliers de tonnes de carburant se consumaient, auxquels s'ajoutaient les incendies volontaires des docks, des hangars, des trains de marchandises, des bateaux.

— Un gâchis inimaginable, Joana ! Le plus grand port de France se sabordait ! Sur les quais, des tonnes de sucre se transformaient en caramel, qui se répandait sur la chaussée. Le vin coulait des tonneaux éventrés. Une usine à papier flambait furieusement. Un *Stuka* a survolé la ville en lâchant ses bombes sur le central téléphonique, où les « demoiselles des PTT », impassibles, n'avaient pas quitté leur poste.

Une larme coule sur le beau visage de Joana.

— Il était un peu plus de dix heures. Maman et moi étions sorties rue des Bonnetiers, devant l'archevêché, dans l'attente des nouvelles. Soudain, des coups de feu ont retenti. Maman s'est effondrée. Je me suis précipitée vers elle. Une large tache de sang recouvrait son corsage. Des voisins tentaient de la secourir. Père avait entendu les coups de feu, il accourait. Quand il a compris que maman était morte, il a eu un geste de refus désespéré. Puis il s'est tourné vers moi et m'a entraînée vers les bâtiments annexes de l'archevêché, où nous étions logés. Des balles sifflaient, il fallait se mettre à l'abri pour ne pas subir le sort de maman. A terre, les gens gisaient, certains blessés, d'autres sans vie. D'autres couraient ici et là, affolés. Mais que s'est-il passé ?

— Sept chars allemands, venant de Forges, des blindés de quarante tonnes, avaient dévalé la route de Neufchâtel, pénétré dans la ville, et s'étaient engagés dans la rue de la République, avec pour mission d'occuper le pont Corneille avant qu'il ne saute. Des coupoles ouvertes des chars, les Allemands tiraient à la mitrailleuse sur les façades et les balcons des maisons, pour dissuader toute velléité de résistance. C'est sans doute l'une de leurs balles perdues qui a tué votre mère…

— J'étais maintenant dans ma chambre, dans les bras de mon père. Nous étions aussi affolés l'un que l'autre. Mon seul espoir : je rêvais, possédée par un cauchemar. Soudain, une explosion énorme a retenti. Les vitres volaient en éclats. Des pavés retombaient sur les toits en brisant les ardoises…

— Le pont Corneille venait de sauter, Joana.

— Comme ça, sans prévenir ? Avec toute cette foule sur les quais ? On ne nous a jamais dit la vérité sur ce drame !

— Voyant les tanks allemands s'avancer boulevard de la République, face au pont Corneille, le lieutenant Petit avait ouvert le feu, culbutant les motocyclistes allemands d'avant-garde, et le char de tête, qui s'était embrasé. Mais les autres tanks déboîtaient. Un deuxième char allemand avait pris feu. La colonne ennemie était stoppée, non sans avoir riposté, détruisant un char français. Devant le pont, on ramassait aussi les morts et les blessés. Que s'est-il passé dans la tête des sapeurs français du génie ? Sans qu'aucun ordre ait été donné en haut lieu, ils ont fait sauter le pont, engloutissant les défenseurs qui s'y trouvaient. Il était dix heures dix.

— Et l'autre pont, Patrice ? Le pont Boieldieu ?

— Il a sauté à son tour, sans préavis, provoquant la panique et la mort dans la foule qui se pressait alentour. Ainsi, les chars qui défendaient les ponts se trouvaient pris entre la Seine et les colonnes allemandes qui arrivaient. Des *Stuka* bombardaient en piqué. Le pont transbordeur a sauté à dix heures vingt, en écrasant deux bateaux chargés de réfugiés civils. A l'est, vers Paris, les autres ponts sautaient aussi. Dans une confusion extrême, les soldats français pris au piège tentaient de passer la Seine sur des barges, mitraillées par les Allemands.

Joana me regarde, effarée, revivant elle aussi de terribles souvenirs.

— Dans l'explosion du pont Corneille, des milliers de pierres s'écrasaient sur les maisons, et jusque dans le jardin de l'archevêché, où nous nous étions réfugiés. Le corps de maman avait été transporté dans une salle annexe, où monseigneur Petit de Julleville est venu la bénir pour la dernière fois. Père demeurait effondré. Il ne s'est jamais remis de ce drame. Jamais.

Un doute m'assaille. Le maître carillonneur est-il vraiment, comme elle me l'a affirmé, au courant de ma présence dans la cathédrale, et du rôle de sa fille au péril de leurs vies ? A ma question, elle se trouble.

— Je vous ai menti, Patrice. Pourquoi lui donner une nouvelle angoisse ?

— Joana, je dois partir !

— Non, pas maintenant. Vous ne feriez pas cent mètres dans les rues de Rouen sans être arrêté par une patrouille de police. Votre *ausweis* de secouriste ne vous servira à rien, qu'à vous dénoncer. Votre nom est encore affiché sur les murs, sous votre portrait.

— Je partirai donc demain matin, en plein jour. Mêlé à la foule, je risquerai moins.

— Où irez-vous ?

— Je rejoindrai mon maquis, dans la forêt Verte. Un réseau rouennais me prendra en charge.

Elle me regarde avec désespoir. Elle est trop fière et trop pudique pour se jeter dans mes bras, tenter de me retenir. Je résiste, moi aussi, de toutes mes forces.

Allons, tout est dit. Je partirai demain.

Joana se retire, et je reste seul face à la nuit, face à mes souvenirs.

A l'arrivée brutale des Allemands, le 9 juin 1940, les quais et les rues s'étaient vidés de la foule hagarde qui s'y bousculait. Sur ceux du quartier que le sort avait condamnés pesait une menace mortelle. Toute la vieille ville brûlait, entre la cathédrale et la Seine, embrasée par la bataille des chars. Le feu ravageait la rue des Bonnetiers. Des brandons pénétraient par les vitres cassées de la salle des archives de l'archevêché, le Manoir épiscopal se trouvait menacé, où, à l'invitation de Monseigneur, quarante sinistrés du quartier s'étaient réfugiés.

Attisé par un vent violent, le feu progressait, se nourrissant de toutes les maisons de bois construites au Moyen Age. Il atteignit la rue du Change, dont les vieux immeubles touchaient presque la cathédrale. Les échafaudages de bois qui garnissaient la tour de Beurre prirent feu ; le feu gagna le sommet de la tour, embrasa les combles, menaçant la nef centrale et les grandes orgues. En bas, poursuivant leur course, les flammes atteignirent la rue Grand-Pont.

Indifférent au drame, les avant-gardes motorisées et blindées allemandes occupaient méthodiquement les carrefours de la cité, bloquant les voitures de pompiers, ignorant les incendies qui ravageaient la basse ville. L'échelon d'occupation qui arrivait prit conscience du péril. A quoi bon occuper une ville réduite en cendres ? Ils autorisèrent nos pompiers à intervenir.

Trop tard. Il n'y avait plus assez de pression d'eau dans le réseau urbain. Maintenant, les Allemands eux-mêmes s'affolaient. Qu'allait-il rester de Rouen, leur plus belle conquête après Paris ? Le général Feldkommandant Hammer venait d'arriver. Il avait admonesté l'adjoint, M. Poissant, que les Allemands avaient d'autorité investi des fonctions de maire :

« Ordre du Führer, je vous ordonne de sauver la cathédrale. Sinon, vous serez fusillé.

— Pourquoi a-t-on interdit à nos pompiers d'éteindre le feu à son départ, lorsqu'il a pris rue de la République ?

— Il fallait vous punir d'avoir résisté.

— Tout le quartier de la Haute-Vieille-Tour brûle,

la Halle aux Toiles, la Bourse, et maintenant la cathédrale ! Pour lutter contre de tels feux, nous n'avons plus assez de pompiers. Ils ne sont que trente-trois, soixante autres ayant été mobilisés aux armées...

— Assez discuté ! Que vos pompiers pompent l'eau de la Seine ! Que la population fasse la chaîne avec des seaux !

— Des seaux ? La cathédrale est à cinq cents mètres du fleuve !

— Obéissez ! Nos soldats du génie vont aussi intervenir. »

On se mit à pomper l'eau de la Seine et du Robec. Place de l'Hôtel-de-Ville, M. Poissant réquisitionna mille deux cents hommes qui faisaient la queue devant la mairie pour faire pointer leur carte d'identité. Ils firent la chaîne depuis la Seine, avec des seaux. Une entreprise dérisoire. Indifférente à l'agitation brouillonne des hommes, la cathédrale brûlait.

Alors, les Allemands intervinrent, à leur manière brutale, militaire. Ils attaquèrent à la mitrailleuse les échafaudages de la tour de Beurre. Pour venir à bout des incendies de la vieille rue du Change, qui jouxte la cathédrale, ils tentèrent de démolir les maisons de bois avec des charges de dynamite. Comme cela n'allait pas assez vite, ils mirent en place un canon antichar, qui tira cinquante obus pour raser le brûlot. La cathédrale avait ainsi été sauvée du feu.

Le lendemain, à seize heures trente, on avisa le général Hammer que la cathédrale était hors de danger. Les échafaudages fumaient encore. Grâce à un bateau-pompe, la pression d'eau était revenue, le feu stoppé rue Grand-Pont, mais il progressait encore à l'est dans la vieille ville. Il faudra plusieurs jours pour le maîtriser. Quinze hectares avaient brûlé, quelque neuf mille maisons, six kilomètres de rues, le vieux quartier du XVe siècle des Halles. Une partie de l'âme de Rouen s'était évanouie en fumée, trésors patinés par les siècles. De nombreuses personnes avaient été brûlées vives ou asphyxiées dans leur cave.

Je me prends la tête dans les mains. En 1940, je n'étais encore qu'un adolescent immature, emporté par le flot d'une histoire dont je ne pouvais saisir le sens. Sous mes pieds, je foule aujourd'hui la pierre de la cathédrale, apparemment indestructible, et pourtant si fragile. J'imagine monseigneur Petit de Julleville, notre vieil archevêque, tout en bas, rue des Bonnetiers, dans son manoir d'un autre âge. Que pense-t-il ? Que peut-il faire, sinon prier ? Sa prière peut-elle encore être entendue ? Dieu ne nous a-t-il pas abandonnés ? De quels péchés veut-il nous punir ?

Pauvre prélat, déjà vieux et malade en 1940. Sa cathédrale était sauvée du feu, mais il ne devait pas être tranquille longtemps. D'ordre du Feldkommandant, qui venait de s'installer à l'hôtel de ville après avoir amené le drapeau tricolore pour le remplacer par le sinistre pavillon à croix gammée, il était désigné parmi les otages responsables du maintien de l'ordre. Il se trouvait en bonne compagnie, avec son vicaire général, l'archiprêtre de la cathédrale et plusieurs autres prêtres, sans parler du maire désigné, qui n'avait plus rien à perdre. L'affiche rouge de la Feldkommandantur fleurissait sur les murs de la ville : « Toute infraction à mes ordres sera sévèrement punie, toute résistance réprimée. Les otages répondront par leur vie de l'ordre et de la sécurité. »

L'affiche ne faisait pas dans la nuance. Le vol et le pillage seraient punis de mort. Circulation nocturne sans *ausweis* : la mort. Détention d'armes à feu : la mort. Cacher un soldat allié ou un aviateur : la mort. La mort était partout.

Pour faire bonne mesure, des menaces collectives s'abattaient aussi sur la ville : « Toute attaque contre un soldat allemand, tout fait d'espionnage ou la destruction de matériel allemand sera immédiatement puni par la destruction complète de Rouen par bombardement aérien. »

Pour donner l'exemple, les Allemands ramassaient quelques pauvres hères affamés, des Noirs et des Algériens de préférence, surpris la nuit pour un vol. Passés par les armes, on les enterrait sommairement dans un jardin, rue de Bihorel. L'histoire n'a pas retenu leurs noms.

Demain, je rejoindrai rue Eau-de-Robec la cache de mon réseau, le bar du Pou-qui-glousse, un nid de résistants parmi les taudis où ne se risquent pas les Allemands.

3

Accompagné par Joana, maître Romain Leclair est venu me voir. C'est un petit homme d'une quarantaine d'années, court et large d'épaules, très vif et chaleureux. Joana lui ressemble. Même visage ovale, cheveux blonds. Mais ses yeux ont la couleur incertaine du bronze. Ce visage, à jamais marqué par la blessure de la mort de sa femme, trahit un reste d'enfance inachevée. Pourquoi inachevée ? Quel est le secret de cet homme ?

Il est tout ému de se trouver face à un « résistant FFI »… qui pourrait bien être un « terroriste ». Mais, dès le premier contact, il m'adopte :

— Soyez le bienvenu. Joana m'a tout raconté. Vous pouvez rester ici autant de jours qu'il faudra. Vous ne risquez rien dans les hauteurs. Les Allemands ne s'y sont jamais aventurés. Tant de marches les épouvante !

Un sourire illumine le visage de Joana. Elle connaît bien son père, sa générosité, son refus de l'Occupation, mais le cas est si spécial, et la responsabilité si lourde !

Il s'inquiète de ma santé. Je le rassure. La blessure, superficielle, est en voie de guérison. Encore quelques jours de repos, le temps de me faire oublier des Allemands. Puis il s'enquiert de mon « confort ». Nous sourions à ce mot insolite en ce lieu. Il promet de me monter des couvertures, car les nuits sont fraîches. Pour la nourriture, il m'assure que je ne manquerai de rien. Il se charge du ravitaillement, et l'on peut compter sur Joana, excellente cuisinière.

Il me pose quelques questions sur la situation politique et militaire. Mais il écoute mes réponses d'une oreille distraite. On sent que son intérêt est ailleurs. Même muettes, ses chères cloches le possèdent entièrement. Il y met tant de passion que je me prends au jeu. Alors il n'y tient plus et s'écrie :

— Je vois bien que vous brûlez d'envie de visiter mon carillon !

Impossible de refuser. Quand une passion tient un homme, le reste n'existe pas, même la guerre.

— Rien ne me ferait plus de plaisir. Ces cloches m'ont fait tellement rêver, dans mon enfance.

— Mais votre jambe ?

— Cela ira. De là où nous sommes, il n'y a pas tellement à monter.

— Venez ! Toi aussi, Joana.

Par les toits de la nef principale, nous gagnons la tour de Beurre, saluant au passage les gargouilles, qui n'ont pas l'habitude de voir tant de monde. Cette tour se dresse à notre gauche, sur la façade de l'édifice. Nous y entrons.

Je le suis avec difficulté dans l'escalier à vis. Deux étages à monter ! Mais cet exercice me fait du bien et me rassure. Je serai encore capable de courir !

Nous voici maintenant dans l'antre secret du

carillonneur, la chambre du pupitre, sous le beffroi qui abrite le jeu des cloches, qui nous sont invisibles. Maître Leclair jubile. Ah ! s'il pouvait jouer, comme autrefois ! Il s'assoit sur son banc, face à son clavier. Il est transfiguré, c'est un autre homme.

Ce clavier ne ressemble en rien à celui d'un orgue. Le carillonneur a en face de lui, fixée à un énorme bâti de bois, toute une rangée de grosses manettes, lustrées par l'usage. Lorsqu'on les enfonce, les poings protégés par un manchon de laine, cela tire un fil d'acier, qui tombe du plafond et, par le jeu de leviers, actionne le battant d'une cloche invisible à l'étage supérieur. Il y faut beaucoup de force, m'explique-t-il :

— Les carillons électriques donnent une ritournelle, toujours la même. Vous êtes ici devant un carillon manuel de concert, actionné aux poings, grâce à ce clavier dit « à coups de poing », ou encore « clavier à bâtons », relié au battant de chaque cloche par un fil métallique.

— Alors, vos cloches ne se balancent pas ?

— Non. Elles ne battent pas. Elles restent immobiles sur leur ossature en bois. Seules battent les cloches classiques actionnées par une corde, et les bourdons, avec lesquels plusieurs sonneurs se livrent à un véritable corps-à-corps.

Il me désigne les deux rangées de bâtons du clavier.

— La rangée inférieure correspond aux touches blanches du piano, la rangée supérieure aux touches noires des demi-tons. Je dispose aussi d'un pédalier pour les cloches graves.

Une partition est ouverte sur le pupitre.

— Vous pouvez jouer un grand répertoire ?

— Oui, mais j'aime aussi improviser. Le beffroi de

la cathédrale de Rouen, avec vingt-neuf cloches, dispose de trois octaves, plus le pédalier. La cloche la plus grave pèse deux tonnes et demie. La plus petite quelques kilos.

— Comment pouvez-vous nuancer le jeu ? Eviter la banalité de ton d'un carillon électrique ?

Il me montre ses poings.

— Par une attaque plus ou moins intense des bâtons du clavier, *forte* ou *piano*. C'est ainsi que l'on fait *chanter* les cloches, selon qu'il s'agit d'un jour heureux de fête, d'une inauguration plus solennelle, jadis l'entrée en ville d'un personnage important, prince ou évêque. Ces nuances relèvent de l'interprétation musicale et varient sans cesse.

Il sourit en évoquant le temps de paix.

— Chaque dimanche, avant que les Allemands nous interdisent de jouer, nous lancions nos accords joyeux au-dessus du marché de la Halle, dont aujourd'hui il ne reste que des pierres noircies par le feu. Alors, il ne s'agissait pas seulement de fêter un office où les cloches sonnent à la volée. Ce carillon est un véritable instrument de musique, qui procède du mode *tinté*.

Il a un sourire mystérieux et complice pour prononcer ce mot. Je lève la tête. Les fils d'acier du clavier s'enfoncent dans le plafond. Je meurs d'envie d'en savoir davantage.

— Alors, vous ne voyez jamais les cloches ?

— Non. Elles occupent à l'étage supérieur le haut ajouré du clocher, pour augmenter la portée du son. Il leur faut toute la place, et ainsi le carillonneur n'est pas assourdi.

Il parle avec une passion à peine contenue. On sent que pour lui l'interdiction de jouer est un véritable supplice, qui dure depuis quatre ans. Il reste là, rêvant devant son clavier, imaginant des improvisations sublimes.

Enfin je lui demande, tant je brûle de connaître son histoire personnelle, ce qui l'a conduit à cette vocation inhabituelle : carillonneur.

Joana sourit d'un air mystérieux. Cette histoire, elle l'a entendue souvent, mais elle ne s'en lassera jamais. Il parle enfin, oubliant sa timidité naturelle :

— Je suis né la nuit de Noël 1900, rue de l'Epicerie, cette merveilleuse vieille rue à colombages, aujourd'hui disparue, qui allait du portail de la Calende jusqu'au marché des Halles. Mon père était un modeste marinier de la Seine, un homme de ces péniches qui transportaient jusqu'à Paris les marchandises apportées par les cargos au port de Rouen : le coton américain, le riz et le latex d'Indochine, les phosphates du Maroc, le nickel de La Réunion, les bois ivoiriens. Ma mère exerçait une profession presque oubliée dans les villes. Dentellière, elle travaillait pour le chapitre de la cathédrale, et l'on sait combien les chanoines aiment la dentelle qui agrémente surplis, camail, mosette et rochet ! Ma venue au monde comblait mes parents. Hélas, la sage-femme ne me donnait pas une heure à vivre…

Maître Leclair a parlé d'un ton naturel, comme s'il s'agissait d'unc histoire banale. Sa main caresse les leviers de bois du pupitre, sans les enfoncer, mais on le sent brûler. Joana reste silencieuse. On voit qu'au-delà de la tendresse filiale une admiration passionnée la lie à son père, qui poursuit :

— Je vais vous étonner, mais je me souviens de ma naissance. Comme un poisson jeté hors de l'eau sur la plage, je me suis trouvé dans un monde hostile et inconnu. Je suffoquais. A l'extérieur, il faisait un temps épouvantable. Des tourbillons de neige s'engouffraient dans la rue, le vent glacé passait sous les portes. Je sentais le froid m'envahir. Cette vie merveilleuse qui m'avait comblé dans le sein de ma mère prenait fin. Je croyais que j'allais mourir, et tout mon petit être se révoltait. C'est alors que le miracle est intervenu. J'ai entendu les cloches, un message d'espoir.

Il caresse avec amour les manettes de son instrument, puis il reprend :

— Dans l'immense nef de la cathédrale, qui nous était si proche, la messe solennelle de minuit s'achevait. Toutes les cloches s'étaient mises à sonner. En 1900, nous n'avions pas encore notre carillon de concert. Mais nos vieilles cloches du XVIe siècle, qui sonnaient à la volée dans un désordre grandiose, m'apportaient, oui, un message d'espoir, une invitation impérative à connaître ce monde. Quant au bourdon, je le recevais comme la voix même de Dieu le Père.

A nouveau, il demeure silencieux. Et moi, je crois entendre les cloches et leur désordre ludique, et la voix grave du gros bourdon, qui tente en vain de les rappeler à l'ordre. Il poursuit :

— La mort, qui rôdait autour de moi, s'éloigna. Je respirai plus librement. Dans mes langes et sous l'épaisse couverture de laine dont m'avait emmitouflé la sage-femme, je me sentis rassuré, heureux. Ce son était beau, la voix joyeuse des anges et celle, ordonnée, de Dieu, qui m'appelaient à la vie.

Il s'interrompt, puis il reprend aussitôt. On sent

qu'il revit cet événement comme s'il s'était déroulé hier :

— Ma mère m'avait pris dans ses bras. Elle me berçait doucement en chantonnant. Elle murmurait mon nom : « Romain, Romain ! » Je ne voyais pas son visage. Je n'entendais que cette voix merveilleuse de la compassion féminine et de l'amour donné, et je sentais toute la chaleur de son corps qui passait en moi et me faisait revivre.

— Et les cloches, maître Leclair ? Les cloches ?

— Je les entendais toujours battre à grandes volées, puis le son s'arrêta et la paix s'établit sur le monde.

Il s'interrompt et se prend à rêver. Puis il reprend :

— Je ne dis pas que ma vocation de carillonneur est née à ce moment. Mais le chant des cloches est resté gravé dans ma mémoire la plus profonde et ne m'a jamais quitté, comme si je n'avais été sauvé que pour cela : servir les cloches.

Le carillonneur se lève et je prends congé de lui. Joana me raccompagne jusqu'à ma chambre haute, ma cachette sous les combles de la nef collatérale. Le jour n'en finit pas de tomber. Une douce lumière passe par le fenestron et éclaire mon antre. Et je songe à tous ces métiers oubliés dont le souvenir demeure vivant au fond dc quelques mémoires : carillonneur, dentellière, marinier.

Joana ne me quitte pas. Je sens qu'elle a besoin de se confier. Et moi, je brûle de connaître la suite de l'histoire de maître Romain Leclair, si étroitement liée à la sienne.

— Deux ans après la naissance du petit Romain,

son père s'est noyé, en glissant du pont de sa péniche. Il savait nager, mais l'eau était glacée et la Seine l'engloutit. Ce fut un coup terrible pour ma grand-mère. Elle ne s'en remettait pas, elle gardait la tête ailleurs, à ces jours heureux où ils s'étaient connus et aimés. Elle ne s'intéressait plus à son ouvrage, qui pourtant les faisait vivre. Elle s'est piqué le pouce avec une aiguille, la blessure s'est envenimée, on a dû amputer le pouce. Pour elle, c'était la fin de sa vie de dentellière.

— Comment ont-ils survécu ?

— Les chanoines ne les ont pas abandonnés. Ma grand-mère a été nommée deuxième chaisière de la cathédrale, une fonction modeste où elle excellait, sachant se rendre indispensable, car la première chaisière était âgée et fatiguée. Ma grand-mère reprenait goût à la vie. Le métier la passionnait, à cause de tous les contacts humains qui lui étaient offerts, ces conciliabules des sorties de grand-messe dominicale, ces confidences, aussi. Il y a tant de personnes isolées, abandonnées, que quelques paroles de sympathie peuvent faire revivre. Elle disait : « L'attention est la forme la plus haute de la charité. »

— Et le petit Romain, ton futur père, songeait toujours aux cloches ?

— Il y pensait de plus en plus ; la cathédrale était devenue son domaine privilégié. Toujours fourré dans l'immense édifice, rêvant devant les vitraux des grandes baies ogivales et des rosaces, avec l'âge il s'enhardit, il s'échappait. Grimpant dans les tours, il ne se lassait pas d'entendre les récits imagés des sonneurs. Telle l'histoire de la célèbre cloche du cardinal archevêque d'Amboise, jadis installée tout en haut de la tour de Beurre. La plus grosse de France, elle pesait dix-huit tonnes, ce qui exigeait la poigne d'une dizaine de sonneurs pour la mettre en branle à la volée. Hélas, cette cloche mythique avait été fondue en 1793 pour forger les canons de la nouvelle République.

« Il n'y avait pas encore de carillon. Il n'a été fabriqué et installé à Rouen qu'en 1930. On devait alors se contenter de la batterie des grandes cloches à la volée de l'autre tour, la Saint-Romain. Père vous la fera visiter. Elles battaient à toute volée le dimanche matin, dans un joyeux désordre, enchantant la foire aux Halles et tout le quartier, jusqu'au Vieux-Marché.

Joana s'interrompt, comme pour écouter le chant allègre des cloches, symbole du temps où la paix régnait sur le monde. La foule des Rouennais se mêlait aux paysans, aux colporteurs, aux marchands. Et là-haut, au dernier étage de la tour Saint-Romain, se glorifiait le vieux beffroi, auquel on accédait par un curieux escalier gothique en bois.

Joana reprend :

— A dix ans, mon père possédait une voix exceptionnelle de haute-contre, qui montait jusqu'au ciel, et il avait été remarqué par l'abbé Etancelain, le chef de la fameuse Maîtrise Saint-Evode, dans laquelle il l'intégra. L'enfant est devenu un adolescent méditatif. Sa voix a mué. A quinze ans, il hésitait devant sa vocation : la Maîtrise ou l'orgue. Il est passé de l'une à l'autre, sachant aussi se rendre utile dans l'immense édifice. L'installation du carillon en 1930 précipita sa carrière. D'abord adjoint du carillonneur en titre, qui l'avait mis en place, il lui a succédé en 1939. Très vite, il a acquis une étonnante sûreté dans le maniement de cet instrument hors normes, et s'est fait un nom comme improvisateur, puis comme compositeur. Les spécialistes venaient l'entendre de l'Europe entière. Même des Flamands, maîtres en la matière, et aussi des Allemands.

— Même aujourd'hui, en ces temps d'Occupation ?

Elle hésite.

— Oui. Même aujourd'hui.

Comme elle demeure silencieuse, je respecte son secret.

— Père vous racontera lui-même, s'il le juge utile. Tout est devenu tellement compliqué, avec cette maudite guerre.

Ses grands yeux s'assombrissent. La guerre ! Il y a cela, aussi, qui risque de nous broyer.

— Joana, comment vos parents se sont-ils connus ?

— A la Maîtrise. Je ne vous ai jamais parlé de maman, la fille de l'armateur. Un jour, peut-être…

Soudain, sans que je m'y attende, elle pose un baiser léger sur mes lèvres, une audace qui me laisse pantois. Puis elle s'enfuit en riant, surprise de sa hardiesse, et disparaît dans l'escalier à vis. Et je demeure seul, éperdu de désir et de bonheur.

Le maître carillonneur est revenu me voir. Seul. Il m'apporte un panier de « douceurs », qu'il étale devant moi, après s'être enquis de ma santé. Je le sens à la fois amical, confiant et anxieux. Comme je demeure silencieux, il me dit à brûle-pourpoint :

— Vous savez, Patrice… Joana tient beaucoup à vous.

J'ai un sursaut de surprise et de joie, mais je n'ose

prononcer un mot, de peur d'effaroucher le bonheur. Je remarque à nouveau à quel point Joana lui ressemble. Malgré ses quarante-quatre ans, maître Leclair garde cet air d'enfance prolongée, qui me le rend si sympathique.

— Mangez, me dit-il en rougissant. Cela me fera plaisir, et il faut vous remonter. Le temps presse. Qui sait ce qui nous attend demain ?

Soudain, il me demande :

— Pourquoi cet engagement dans la Résistance ? Pourquoi prendre tant de risques ? Pourquoi n'attendez-vous pas, comme la plupart des Français, que les Anglo-Américains nous libèrent ?

— Si les Français ne se libèrent pas eux-mêmes, s'ils ne participent pas avec leur sang, leurs souffrances et leurs larmes au combat libérateur, croyez-vous qu'ils seront vraiment libres ? Que la souillure de la défaite de juin 40 et de quatre années d'occupation sera effacée ? Le croyez-vous vraiment ?

Troublé, il reste silencieux. J'insiste :

— Réalisez-vous enfin ce qui se passe avec l'Armée de l'ombre ? Ce qu'est la lutte des réseaux, et le prix à payer pour que la France retrouve sa liberté et sa dignité, sa vocation généreuse issue de la Révolution ?

Il demeure étonné. Après un long silence, ses yeux et son cœur s'ouvrent et il murmurc :

— Oui, Patrice.

Réalise-t-il vraiment ? Quatre années d'occupation, où l'on a cru perdre notre âme ! Il murmure :

— Comment ai-je pu ignorer ce combat livré pour nous ? Cet héroïsme de tous les instants, et tous ces morts. Votre père… Et peut-être vous-même, demain !

L'angoisse le submerge. Me prenant la main, il la serre avec force et me dit dans un souffle :

— Prenez bien soin de Joana, Patrice ! Elle est à la fois si forte et si fragile. Quand je ne serai plus là... Alors, prenez aussi soin de vous !

Je demeure interdit. Et il me semble entendre, du côté du beffroi, comme un murmure, le chant étouffé, *tinté*, des cloches.

Soudain, il me demande :

— Joana m'a dit que vous vouliez être marin ?

Je ne sais que répondre. Je l'ai dit, je n'ai jamais envisagé quelque projet que ce soit avec Joana, même si je suis convaincu que nos routes se sont rejointes et que nous cheminerons désormais ensemble, à condition que Dieu nous prête vie.

C'est bien là le problème. La mort brutale de mon père et celle de la mère de Joana sont des événements incontournables dont il nous faut tenir compte. Nous sommes en guerre. Dans cette ville de Rouen qui est comme sur la mouche de la cible, tout demeure précaire, la vie, la mort. Et moi, le résistant clandestin, je suis beaucoup plus menacé qu'un autre. Si je venais à l'oublier, il me suffirait d'énumérer la liste de nos camarades tombés sous les coups des Allemands, sous ceux aussi, hélas, de nos Alliés.

Avec Joana, je n'ai jamais envisagé l'avenir, comme si cela risquait de nous porter malheur. Mais le fait est là. Elle est encore mineure, et son père ne fait que son devoir en évoquant la grave question de l'avenir.

Cependant, la question de maître Leclair demeure posée, et je n'ai pas répondu. Il attend la réponse avec une légère angoisse que je perçois dans le battement de ses paupières.

Que j'aimerais lui dire : « Monsieur, je compte me présenter au concours d'entrée à l'Ecole navale. Je serai un jour officier de marine. »

Si je me tais, c'est que cela n'est plus possible. J'ai renoncé à cette brillante carrière. Pour de multiples raisons, la principale étant le sabordage de la flotte, le 27 novembre 1942. Un véritable coup de tonnerre dans ma vie. Il n'y a plus de bateaux. A Mers el-Kébir en 1940, puis à Dakar, les Anglais ont commencé à nous les démolir. Ensuite, les Allemands ont tenté de s'en emparer à Toulon, d'où le sabordage, faute d'avoir osé rallier l'Afrique du Nord ou l'Angleterre.

De quoi détruire un jeune de dix-sept ans qui se projetait déjà dans l'avenir et se voyait... amiral.

La suite est plus pénible encore. L'amiral Darlan, créateur de notre marine, Darlan en qui nous mettions toutes nos espérances, devient le bras droit de Pétain, le chef de son gouvernement, avant de finir pitoyablement à Alger sous les balles d'un fanatique royaliste.

Aucun marin d'un grade élevé n'a rallié de Gaulle, à l'exception de l'amiral Muselier, qui s'opposera bientôt à lui. Le courageux d'Estienne d'Orves, entré dans la Résistance, capturé et fusillé par les Allemands, n'avait que trois galons. A cause de Mers el-Kébir et autres coups fourrés, la marine française est demeurée vichyste, à quelques exceptions près. C'est son droit. Mais le mien est d'aller voir ailleurs, là où l'atmosphère a gardé la pureté des cimes.

Alors, que répondre à maître Leclair ? Ma vocation de marin demeure intacte. Compte tenu de mon âge, je ne dispose d'aucun délai de réflexion pour me présenter au concours de Navale. Il me faudrait le faire cette année, et je suis totalement pris par la

Résistance, mon devoir immédiat. D'ailleurs, il n'y a plus d'Ecole navale. Les Allemands l'ont interdite. Ils occupent Brest et tous les autres ports de France.

La marine marchande ne me tente pas. Il y a trop de mondanités sur les paquebots, trop de routine sur les cargos et sur les pétroliers. J'aurais aimé servir à bord d'un grand voilier, comme il en existait jusqu'en 1918. Peut-être l'ai-je fait dans une autre vie.

Ce que j'aurais voulu accomplir, si je survis à cette guerre, jamais je n'oserais en parler à ce brave homme de carillonneur. Ni à Joana, évidemment. Faire le tour du monde en solitaire à bord d'un petit voilier, comme Joshua Slocum ou Alain Gerbault, cela ne s'avoue pas, c'est un rêve de gosse. Avant que je ne rencontre Joana, cela me semblait plus profitable, au plein sens du terme, que de me bourrer de mathématiques sur les bancs d'une école de guerre, si prestigieuse fût-elle. Naviguer sur une coquille de noix, affronter toutes les mers du globe, quelle plus belle formation pour devenir un marin, et un homme, au sens le plus fort du terme ?

Utopie ? Mais cela n'est pas plus fou que de faire sauter un train de munitions ou de balancer un cocktail Molotov dans la tourelle d'un tank.

C'était possible avant que je ne rencontre Joana. Impensable, maintenant, à supposer qu'elle en accepte l'idée, de l'entraîner dans une pareille aventure, sans les moyens financiers hors desquels le projet n'est pas acceptable pour elle.

Maître Leclair attend ma réponse. Je murmure :

— Marin ? En effet, c'était mon projet le plus cher. Mais il n'y a plus de marine, il n'y a plus de bateaux !

Il hoche la tête, vaguement rassuré. Ce brave homme tient plus du paysan normand que du Viking !

— C'est bien ce que je pensais. Il faudra vingt ans pour nous refaire une marine, à supposer qu'on arrive à chasser les Allemands hors de France.

Puis une idée le pénètre :

— Pourquoi ne seriez-vous pas marinier, comme mon père ?

Je respecte le petit monde de la batellerie, mais tout de même ! Naviguer sur une péniche, quand on a rêvé de commander une escadre, ou de faire le tour du monde à la voile !

— Monsieur, après la guerre, vous comptez redonner vie à votre carillon, l'un des plus beaux de France. Alors, imaginez qu'il soit détruit par les bombes, ou volé par les Allemands, et qu'on vous donne quatre petites cloches dans une église de campagne !

Il demeure sans réponse, puis il opine du chef et répond à voix basse :

— Ce monde est vraiment compliqué. Nous croyons tirer les ficelles, mais ce sont elles qui nous tirent.

Il hésite, puis il ajoute :

— Joana n'a que moi pour l'aider, vous comprenez ? Et vous, maintenant. Elle ne peut rien attendre de son grand-père maternel, l'armateur. Il a disparu dans la tourmente de la guerre, en 1940, avec les restes de sa flotte.

Puis il s'éloigne tristement, en se balançant doucement, comme une cloche.

Je l'aime comme il est, maître Leclair, avec ses peurs et sa passion. C'est le père de Joana. Mais pourquoi parle-t-il tout le temps de sa propre disparition ?

4

Je suis réveillé par un bruit étrange, un bourdonnement qui ressemble à celui des ruches lorsque l'apiculteur vient piller leur miel. Mais où est le miel, en cette nuit du 18 au 19 avril 1944 ?

Je ne rêve pas, le bourdonnement augmente, un grondement sourd envahit l'espace. Le ciel est plein d'avions. Pourquoi les sirènes d'alerte n'ont-elles pas retenti ? Placées sur les toits de la ville, elles font un bruit déchirant auquel aucun dormeur n'échappe.

Je me lève et gagne les toits de la cathédrale, je me poste à mon observatoire favori, à la base de la tour centrale, d'où s'élance la grande flèche de fonte. Cette nuit de printemps serait d'une beauté merveilleuse, constellée par mille étoiles, si ce n'était ce grondement menaçant, sans doute des raids aériens venus d'Angleterre, en direction de l'Allemagne. On dit que Rouen est une plaque tournante facilement repérable du ciel grâce à la Seine. A haute altitude, six ou sept mille mètres, les Lancaster britanniques et les B-19 américains ne craignent pas la DCA, ni ce qui reste de la chasse allemande, qui d'ailleurs ne vole guère la nuit.

Le cadran de ma montre indique minuit. Une angoisse indicible me serre le cœur.

Et soudain, le ciel s'illumine de mille lampions. J'ai bien dit le ciel, et non la terre. Des boules lumineuses descendent lentement, éclairant la Seine et toute la rive gauche. Donc, ce raid massif est pour nous.

Le grondement des avions atteint un paroxysme, il devient insupportable. Ils sont des centaines, peut-être mille. Tout à coup, ils piquent sur la rive gauche, provoquant un tremblement général. L'illumination atteint son maximum. En même temps, la DCA, plus de cent canons, entre en action, tandis que les sirènes d'alerte sonnent enfin… trop tard.

La rive gauche entre en éruption. Un déluge de bombes s'abat sur la gare de triage de Sotteville, où jaillissent de hautes colonnes de fumée ponctuées d'éclairs. Après avoir lâché des chapelets de bombes, les avions nous survolent dans un grondement menaçant.

Enfin, c'est le silence, tandis que, de l'autre côté de la Seine, les lampions au magnésium, soutenus par leurs petits parachutes d'amiante, s'éteignent un à un. L'attaque a duré vingt minutes. Tout l'horizon vers la rive gauche est en feu. La grande gare de triage et les ateliers ont dû être pulvérisés par ce pilonnage massif, une attaque nocturne tout à fait inhabituelle.

En ville, le silence est rompu. Les voitures des pompiers et les ambulances sillonnent les rues, elles foncent vers la Seine et franchissent le fleuve ; les ponts ne sont donc pas coupés.

Dix minutes mortelles s'écoulent ainsi. La fin de l'alerte ne sonne pas. On s'attend au pire.

A nouveau, le grondement vient de l'ouest, une

nouvelle vague s'approche. Et soudain, l'orage se déchaîne, toujours sur la rive gauche. Les fusées éclairantes, les avions, les tapis de bombes, cette fois plus proches encore. Puis le silence, coupé par les sirènes des sauveteurs. Mais la fin de l'alerte n'est toujours pas donnée, ce long cri d'une bête monstrueuse qu'on égorge.

Le grondement terrifiant recommence. Ils piquent, cette fois sur la rive droite, qu'ils quadrillent avec des sortes de lampions verts et rouges qui se posent en douceur dans les rues et sur les toits, où ils brûlent comme des feux de Bengale. Presque aussitôt, le centre de la ville est illuminé par des feux de magnésium suspendus à leurs parachutes d'amiante. Est-ce que je rêve ? Après le quadrillage des avions de tête qui marquent l'objectif, le gros du raid pique sur la ville. C'est bien le centre de la capitale normande qui est visé, au pied même de la cathédrale, rue du Gros-Horloge, rue des Carmes, rue Ganterie, tout le centre historique de Rouen, pourtant dépourvu d'objectifs militaires. Partout jaillissent les flammes, après une explosion énorme qui pulvérise comme un château de cartes un immeuble de dix étages.

Je prends peur. Joana m'a fait promettre, en cas d'attaque sérieuse, de descendre aux abris, les caves de l'archevêché, car les anciennes cryptes de la cathédrale ne sont pas accessibles. Trop tard ! Avec ma jambe blessée, il me faudrait au moins vingt minutes pour les atteindre, en risquant de me rompre le cou dans les obscurs escaliers à vis aménagés dans les murailles.

Je suis précipité en l'air, et je retombe meurtri sur la plate-forme. Plusieurs bombes ont frappé de plein fouet la cathédrale. J'ai entendu leur puissant sifflement, le fracas des toits brisés, les explosions assourdissantes, au pied même des piliers centraux qui soutiennent la flèche de fonte. J'ai vu la montée des colonnes de feu, de fumée empoisonnée et de poussière, j'ai senti l'âcre odeur de la poudre brûlée.

Une pluie de gravats retombe. Le vénérable monument, qui a résisté huit siècles au temps et aux batailles des hommes, au feu du ciel, a vacillé. Levant la tête, j'aperçois la flèche et sa lanterne qui se perdent dans le ciel, toujours illuminé par le magnésium et par les éclatements de la DCA. Sous les explosions, il me semble que la cathédrale a chancelé. Va-t-elle s'écrouler en m'entraînant dans ses décombres ?

Je regarde en bas. Entre les deux grandes tours de la façade, le spectacle est terrifiant. Le cœur de Rouen est un brasier qui s'étend et s'allume de proche en proche à travers la fumée épaisse et la poussière.

Une sorte de silence entrecoupé d'explosions fait suite à cette troisième attaque. Je me prends à espérer. La cathédrale, bien que sévèrement touchée, est encore debout ; et moi aussi. Quoique meurtri et choqué, je suis vivant. Ma montre indique une heure du matin, le crime a donc duré près de soixante minutes. Il doit y avoir des milliers de morts. Je demeure abasourdi dans la nuit opaque. Pourquoi ce gâchis, pourquoi ce crime ? Et cette ville incomparable qui brûle, nos quartiers les plus précieux, notre mémoire, fruits de siècles d'amour et de travail !

Une dernière bombe éclairante descend lentement vers la cité foudroyée, brûlant sous son parachute. Avant de se poser, elle éclaire de plein fouet une gargouille de pierre, qui offre son visage figé, ricanant.

Tout autour, les sculptures des démons et des damnés entrent dans la danse. C'est vraiment la fin. A mes pieds gît la statue d'un saint décapité, sa tête a roulé. L'immense toit de cuivre est crevé de part en part, des plaques entières ont été arrachées, emportées, mettant à nu la charpente de la grande nef.

Paralysé, recroquevillé sur moi-même, tout le corps en souffrance et l'esprit, j'entends alors une prière qui monte en moi : « Seigneur, prends pitié ! » Etrange. Cette prière vient du plus profond de moi-même, et pourtant elle m'est extérieure tout en m'étant intime, comme si quelqu'un priait pour moi. Un espoir fou se lève en moi. Je ne suis pas abandonné. Meurtri, battu, mais vivant et debout. Comme cette cathédrale martyre.

Je me dirige lentement vers la soupente qui abrite mon repaire, sous les combles de la nef collatérale sud. Le vide m'arrête. Il ne reste rien. Le grand toit s'est effondré. Du vide monte une poussière âcre. Si j'étais resté dans mon antre, à cette heure je serais mort. Je pense alors à Joana, et aux craintes de son père.

Je me retourne. Quelqu'un m'a appelé par mon prénom. Joana est devant moi. Je me jette dans ses bras. Elle cache son visage sur ma poitrine, puis elle me regarde et je vois ses larmes ruisseler. Elle prononce d'une voix qui lui est étrangère :

— Père est mort. Tué au pupitre de son carillon, qu'il voulait protéger. Un éclat de bombe ou de pierre a traversé la tour du beffroi, le frappant à la tête.

Ce qui suit n'a pas de nom. La nuit du 18 au 19 avril 1944 puis le lendemain se sont écoulés comme hors du temps. Tout le centre-ville est en feu, et au-delà. Des milliers de blessés agonisent sous les décombres. Impossible d'imaginer que ces avions fous nous aient bombardés au hasard. La rue du Gros-Horloge brûle, la rue des Carmes, la rue Ganterie, la rue Thiers, la rue aux Juifs. Bien que la fin de l'alerte ait été donnée, les explosions se poursuivent toutes les cinq minutes. Seraient-ce des bombes à retardement ? Un crime qui décime les pompiers, les équipes de sauveteurs et achève les blessés. Mais il s'agit plutôt de bombes classiques qui n'avaient pas explosé au moment de leur chute. Le feu qui ravage la ville les a déclenchées.

Il n'y a pas de « guerre propre ». On vise un pont, une caserne ou une gare, c'est une église, une école, un hôpital, qui encaisse. On jette des feux de Bengale pour baliser les objectifs militaires, mais l'erreur humaine ou le vent déportent ces lampions, qui tombent ailleurs, allument des incendies dévastateurs là où il ne faudrait pas.

Pour l'heure, sortir de ce piège, Joana et moi. D'autres raids peuvent nous surprendre, et la cathédrale ébranlée peut devenir la cathédrale effondrée et notre tombeau.

S'étant ressaisie, Joana m'entraîne dans un escalier à vis. Il débouche sur le vide. Nous rebroussons chemin. Elle connaît la cathédrale dans ses moindres recoins. Après avoir longé la galerie supérieure nord qui surplombe la grande nef, franchissant les ponts étroits, contournant les piliers en décrivant des encorbellements vertigineux portés sur des faisceaux de colonnettes, nous trouvons enfin une issue vers le bas, un escalier à vis qui aboutit à la nef principale.

Horreur ! La nef collatérale, flanc sud de la cathédrale, a été écrasée, avec ses chapelles du XIIIe siècle. Par les brèches béantes, la lumière rougeâtre des incendies du quartier foudroyé éclaire la grande nef, qui tient encore par miracle grâce à deux arcs-boutants extérieurs, à première vue intacts. A travers le chaos des dalles de pierre s'ouvre un gouffre, sans doute la crypte antique, vestige de la cathédrale des premiers siècles.

Joana et moi nous demeurons sans voix en contemplant le désastre. Une tornade a ravagé la grande nef, longue de cent trente-six mètres, où j'ai souvent participé à de solennels offices. Mille chaises brisées s'enchevêtrent dans les gravats des voûtes écroulées, les vitraux en miettes, les débris de sculptures, têtes et membres de saints mêlés. La grande chaire, qu'ont utilisée tant de prédicateurs célèbres, gît effondrée au milieu de ce chaos, et le grand crucifix du banc d'œuvre.

Au fond de l'édifice, les petites orgues du chœur ont été pulvérisées. Le trône épiscopal gît à terre au milieu des décombres et des stalles gothiques du XVe siècle, éparpillées en mille morceaux. Dans la chapelle de la Vierge, l'Enfant Jésus, détaché des bras de sa mère, repose sur le sol parmi les gravats.

A l'autre extrémité de la nef, les grandes orgues ravagées projettent dans le vide leurs tuyaux désarticulés. Par la grande rosace béante rougeoient les lueurs d'incendie du quartier bombardé.

Joana et moi, l'esprit en déroute, nous nous avançons dans la nef à travers les débris. Parvenus au centre de la croix latine, à la croisée du transept, nous constatons avec effroi que l'un des quatre énormes piliers, sur lesquels s'arc-boute la tour centrale du XVIe siècle soutenant la flèche de fonte de deux mille trois cents tonnes et la lanterne qui culmine à cent trente-six mètres de haut, est profondément entaillé. Ici et là, des brèches énormes se font jour dans la muraille. Des craquements se multiplient, des pans entiers de murs et de voûtes s'effondrent. A l'évidence, l'édifice risque de tomber, d'autant plus que presque tous les arcs-boutants sud de la grande nef ont été détruits avec les chapelles latérales.

Il nous faut fuir avant l'écroulement final. Joana tente de trouver une issue ; celle qu'elle avait utilisée pour entrer en passant par le chœur lui a semblé dangereuse.

Mais toutes les portes sont fermées ou bloquées.

Enfin, l'une d'elles consent à s'ouvrir, dans le portail de la Calende. Joana m'entraîne à l'extérieur, vers l'archevêché.

Nous reprenons nos esprits et notre souffle dans le jardin du palais épiscopal, où un poste de secours provisoire a été installé. Joana s'affaire aussitôt auprès des blessés qu'on amène. Transcendant le drame personnel qui la frappe, elle agit avec précision et calmc, commc si unc autrc personne, une femme adulte, avait pris la place de la jeune fille que j'ai connue. Pour ma part, malgré ma jambe qui me fait souffrir après cette folle descente, j'aide de mon mieux les secouristes.

Puis je me retrouve rue du Change, mobilisé par un lieutenant des pompiers, pour tirer avec d'autres volontaires une suite interminable de tuyaux, que l'on déroule jusqu'à la Seine, pour éteindre les feux qui font rage entre la rue Grand-Pont et la rue Thiers. Mais, malgré les motopompes lancées à pleine puissance, la pression d'eau manque, un jet ridicule s'écoule des tuyaux crevés par cent éclats de verre.

Place de la Cathédrale, un énorme cratère a été creusé par une bombe, dont les éclats ont ravagé la façade du monument. Nous le remplissons avec l'eau pompée dans la Seine. Les sauveteurs puisent dans ce cratère, pour amener un jet parcimonieux sur les divers foyers d'incendie des rues adjacentes.

La nuit s'écoule ainsi, dans la confusion et l'horreur. Partout des morts, des blessés qui étouffent sous les décombres ou dans les abris des maisons écroulées, des enfants qui fuient, des vieillards qui s'effondrent, des mères qui cherchent leur progéniture, des sauveteurs face à leur impuissance. Je sens que je vais tomber à mon tour. Il est temps de me trouver un refuge mais je pense d'abord à Joana.

Je ne la trouve pas dans le logement de son père, dont le corps sans vie connaît enfin la paix.

Je vais profiter de ce bombardement pour m'échapper comme je l'avais prévu, gagner la cache des résistants rue Eau-de-Robec, d'où je serai évacué en lieu sûr dans la forêt Verte.

Une hésitation me retient. Puis-je abandonner Joana, alors qu'elle vient de perdre son père ? Mais je ne lui suis d'aucun secours, au contraire. Je ne cesse de la compromettre.

Je lui griffonne un mot pour la rassurer sur mon sort, puis je m'enfuis par la rue des Bonnetiers, traverse en titubant la rue de la République, sillonnée de voitures de pompiers et d'ambulances. Je cours rue Damiette, bousculant des gens traumatisés. Me voici rue Eau-de-Robec, qui tient son nom de la petite rivière qui la longe, autrefois un égout en plein air dans un quartier sordide. Je m'arrête à moitié étouffé par la fumée et les poussières.

Une bombe a frappé ici, elle a pulvérisé le bar-épicerie Au Son du Cor. La cache des FFI est plus loin, un autre petit bistrot, le Pou-qui-glousse, comme il y en a tant à Rouen dans les quartiers populaires, où l'on débite un mauvais vin à bon compte, et du cidre si mouillé qu'on l'appelle « la boisson ».

Le rideau de fer est baissé. Je cogne à la porte. Pas de réponse. Je cogne avec désespoir. Au bout d'un moment, la tête de Jean, le Furet, apparaît enfin à la fenêtre du premier étage. Mon chef direct dans la Résistance est un homme généreux prêt à donner sa vie pour la cause, et brave comme un lion, il l'a montré lors de l'attaque du Donjon. Dans la pénombre de l'aube il ne me reconnaît pas. La rue est obscure, les becs de gaz sont depuis longtemps éteints. Et après ce séisme, je dois avoir l'air effrayant. Je n'ose pas crier mon nom.

Je lui lance alors le mot de passe : « Le feu tinte dans les cloches. » Il descend et m'ouvre la porte.

Ses vêtements sont maculés de plâtre, son visage mal rasé est barbouillé de suie, sa tignasse blonde est brûlée par-devant, ses mains sont écorchées comme s'il sortait d'une bataille rangée. De toute évidence, il a passé la nuit avec les secouristes.

A vingt-huit ans, Jean est déjà une figure légendaire de la Résistance normande. J'ignore son vrai nom, et peu importe. En revanche, je connais son histoire. Jeune ingénieur chimiste mobilisé en 1939 comme sous-lieutenant au 39e régiment d'infanterie, il avait refusé la débâcle de l'armée française, menant avec une poignée d'hommes et deux mitrailleuses un combat retardateur. Fait prisonnier, il s'était aussitôt évadé. De retour à Rouen, il était entré dans la Résistance, repoussant toute idée d'armistice. Dans le maquis, il refusait par modestie de faire état de son grade de capitaine, que lui avait décerné le Conseil national de la Résistance.

Il me dévisage comme si je revenais de l'autre monde.

— Patrice ! On te croyait perdu ! Comment as-tu échappé à la Gestapo ?

— Beaucoup de fumigène et un peu de chance !

— Je reviens du Son du Cor. Une bombe a frappé de plein fouet. Un carnage ! Une famille entière anéantie !

Il allume une bougie ; il n'y a plus d'électricité, et le jour naissant n'en finit pas de sortir des tourbillons de fumée. En quelques mots je lui raconte ma fuite, après l'attaque du Donjon, le 15 avril. Il m'interrompt :

— Mais tu es blessé !

Une nouvelle tache de sang marque le bas du

pantalon. Au cours de l'équipée de la nuit, ma blessure s'est rouverte.

— Une balle allemande, une éraflure vieille de quatre jours. Peux-tu m'abriter ici, en attendant de m'évacuer sur la forêt Verte ?

Il secoue la tête avec désespoir.

— Nous sommes surveillés par la Gestapo. On a dû être dénoncés. Cette cache du bar est brûlée. J'allais partir après avoir détruit des documents, quand les avions sont arrivés pour nous matraquer. Les Boches ne m'avaient pas arrêté parce qu'ils espéraient coincer ici d'autres gars venus comme toi aux nouvelles. Le bombardement de cette nuit a dispersé l'ennemi et fait de gros dégâts au siège de la Gestapo. On dit qu'un chapelet de bombes est tombé rue du Donjon et a tout cassé : Gestapo, Waffen SS, garage de la police.

— La tour Jeanne-d'Arc ?

— Intacte. Seules les ardoises du toit ont été soufflées.

Il me regarde fixement, comme s'il me voyait pour la première fois. Moi non plus je n'ai pas l'air frais et rose d'un étudiant qui va à son premier rendez-vous.

Soudain, son visage prend une couleur grise. Il bredouille :

— Oui, c'est bien toi !

Puis il tourne la tête et approche la bougie devant une petite affiche, un portrait accroché par quatre punaises à la porte de la cuisine. C'est bien moi, « Patrice Blanmesnil, dix-neuf ans, dangereux terroriste recherché par la police, pour l'assassinat d'un soldat allemand ».

— On m'a imposé cette saloperie d'affiche. Tu comprends maintenant pourquoi tu ne peux pas rester ici ? Ils peuvent nous cueillir d'une heure à l'autre. Ils font des descentes tous les jours dans le quartier. La pègre nous a vendus, c'est dans l'ordre. Va-t'en avant qu'il ne soit trop tard !

— Ne t'inquiète pas pour moi, Jean. Je suis à l'abri chez…

— Tais-toi ! Je ne veux pas le savoir.

Il a raison. Il a peur de parler sous la torture, qui sera peut-être son lot demain, ce soir.

Mais je me dois de l'informer. Sinon, comment me retrouvera-t-il, lorsque l'heure de l'action aura sonné ?

— Je suis caché dans la cathédrale.

— Ah par exemple ! On dit qu'elle a été bien amochée.

— Un désastre. Une faute politique que les Alliés vont payer cher.

— Et que fais-tu dans la cathédrale ?

— Je prie. Cela ne peut pas faire de mal…

— Mais encore ?

— De mon perchoir, caché entre deux gargouilles de la tour-lanterne à cent mètres de haut, j'observe les ponts, le port, les gares, et ce qui reste du triage quand messieurs les aviateurs alliés sont passés.

Son visage s'illumine. Il a compris. D'un fugitif traqué je redeviens soudain un observateur de premier plan dans le vaste réseau de renseignements de la Résistance.

— Retourne dans la cathédrale, Patrice. Et attends les ordres. Ton heure viendra. Mais comment te trouver, parmi les gargouilles et autres saints ?

— Tu n'auras qu'à sonner à l'archevêché, rue des Bonnetiers. Tu demanderas… la fille du carillonneur.

Il me regarde avec stupeur, puis il sourit.

Je me lève pour prendre congé. La fièvre me brûle. Il me faut donc renoncer à l'abri de la forêt Verte ! Aurai-je la force de retourner dans la cathédrale, après avoir traversé la ville en feu ?

D'une petite voix, je demande :

— S'il te plaît, Jean. Avant de partir, donne-moi quelque chose à boire.

Il me sert un grand « café », un ersatz d'orge grillée, avec du lait froid et du pain, un peu de beurre salé et de la confiture familiale au « sucre de raisin ». Je mange et je bois, sans plus penser à rien. Les forces reviennent. Sur la table, la bougie dresse sa flamme immobile comme une lame de poignard, apportant une lumière d'outre-tombe qui éclaire nos visages émaciés.

Un chat noir, très maigre, sort de l'ombre et vient se frotter contre ma jambe après avoir flairé le sang. Je le caresse et lui donne quelques miettes de pain. Il me regarde de ses yeux verts luminescents, où passe soudain comme un message de tendresse.

Jean et moi nous nous étreignons longuement.

— A bientôt, Patrice. Au débarquement ! A la victoire ! Nous comptons sur toi, là-haut, dans ton perchoir. Le petit message de Radio-Londres, tu le connais ?

— Oui, capitaine. « Les sanglots longs des violons de l'automnc blessent mon cœur d'une langueur monotone. » Je n'ai pas de radio, mais la fille du carillonneur m'avertira.

Il me dévisage.

— Toi, tu es amoureux !

Je ne réponds pas, mais je souris.

Il va jeter un coup d'œil dans la rue. Personne. Les Allemands aussi ont des centaines de morts et de blessés et sont aux prises avec le feu.

Je m'enfuis, le dos voûté, la tête basse. Mais, après le confinement dans ce bouge, je ressens soudain une ivresse de courir, même si cette course ressemble à celle d'un chevreuil blessé poursuivi par les chasseurs dans une forêt en feu.

Je me calme. Des relents de brûlé épaississent l'air, et dans le ciel rougeoie le reflet des incendies. Rue Damiette, devant une maison éclatée, une horloge a roulé sur le trottoir. Elle est arrêtée à minuit cinquante. Des gens errent ici et là, traînant des objets. Des femmes demeurent prostrées ou sanglotent sur des bancs, serrant des enfants étonnés contre leur cœur. Sur un tas de ruines, un homme échevelé fouille de ses mains nues les décombres calcinés.

Rouen ! Qu'ont-ils fait de notre ville ? L'esprit humain est assez vaste pour contenir l'univers. Mais est-il capable d'en supporter le fardeau, quand tout s'écroule autour de soi et de ce que l'on a aimé ?

Et Joana ?

Soudain, me revient la dédicace de la vieille cloche : « Nous étions trois. Moi, je reste seule. Maintenant, nous sommes deux, issues d'une. » Joana et ses parents, les trois. La guerre l'a laissée seule. Mais maintenant nous sommes deux, issus de la rencontre providentielle. Et plus forts que la mort !

5

Le jour est levé, mais où est le soleil ? Des nuées de cendres retombent sur la ville. Ici et là des fumées nauséabondes montent des immeubles écroulés. Trois enfants errent dans les ruines. Ils contemplent avec perplexité un petit cadavre carbonisé. Un pompier qui arrose les décombres leur dit de s'éloigner et ajoute, pour les rassurer :

— Ce n'est rien, c'est un chien.

Hélas, c'est bien un enfant – ce qu'il en reste. Et les petits ne sont pas dupes.

Par la rue Damiette, je regagne le centre-ville. Au passage, je constate que l'église Saint-Maclou, joyau du XVe siècle, est intacte. Quelques bombes sont tombées alentour, pulvérisant de vieilles maisons. Des êtres hagards tournent autour des ruines, essayant de récupérer des objets parmi les gravats. Mais là il n'y a plus d'objets au sens propre du terme. C'est le chaos, antichambre du néant.

Je traverse la rue de la République. Des voitures de pompiers et des ambulances passent toujours en trombe, se dirigeant vers les quais. A nouveau cette atmosphère d'exode. Des gens poussent des remorques, des voitures d'enfant, des brouettes chargées d'objets hétéroclites, qu'ils ont réussi à récupérer avant que le feu n'atteigne leur maison encore intacte. Où vont-ils ? Moi qui appartiens à une famille qui n'a jamais été propriétaire de son logement, je tente d'imaginer ce que peut ressentir un propriétaire qui voit lentement s'avancer le feu qui ravage son quartier, va atteindre sa maison, et ne peut rien faire d'autre qu'assister, impuissant, au désastre : la destruction de son bien, parfois le fruit de toute une vie de labeur.

Sur les places et dans les squares s'entassent des meubles, précieux ou misérables, sur lesquels veillent de vieilles personnes accablées. Il semble que les plus pauvres soient plus attachés à leurs pauvres meubles que les riches à leur somptueux mobilier. Les riches, par prudence, ont toujours quelque chose ailleurs, ne serait-ce qu'une petite maison de campagne où se réfugier.

Des enfants passent, certains rient, d'autres pleurent. Ceux-là ne sont pas effrayés par les bombes, mais par la détresse des adultes. C'est la première fois qu'ils voient tomber leur masque, s'inscrire la peur sur leur visage livide. Ceux qui rient préfèrent ne pas savoir.

Une fillette serre dans ses bras sa poupée décapitée. Un garçonnet cherche en vain sa petite sœur, ensevelie sous les décombres. Sur tous les visages on observe un sentiment de stupeur. Mais nulle colère dans les regards, seulement un profond désarroi. Car ce sont nos amis, nos alliés, ceux que nous attendons comme des libérateurs, qui nous frappent. Est-ce vraiment nécessaire pour retrouver la liberté ?

Tout de même, certains ont la rage au cœur. Sur les murs d'une maison en ruine encore fumante, quelqu'un de malintentionné a écrit à la peinture rouge : *Détruit par les libérateurs.* Mais personne n'approuve ce libellé sournois. De l'autre côté de la Manche, les Anglais aussi ont leur lot de bombes, de ruines et, comme l'avait promis Churchill, de sang, de sueur et de larmes.

Voici la cathédrale. Je contemple avec soulagement Notre-Dame de Rouen, ce miracle de pierre et de ferveur qui se dresse au milieu des ruines fumantes de la cité foudroyée. Sa flèche immense semble défier le ciel chargé de lourdes fumées et de menaces. Elle ne s'est pas écroulée. Pas encore. Un miracle. De l'extérieur, vue de l'est, la cathédrale semble intacte, malgré ses énormes blessures. Très peu de Rouennais ont pu, comme moi, constater les blessures intérieures, le coup presque mortel porté au chœur.

Au-delà des blessures humaines, qui sont terrifiantes, la cathédrale Notre-Dame, c'est tout Rouen, son passé fondateur, le reliquaire de son histoire, ce mouvement harmonieux de la pierre, du vitrail et du fer vers le haut, irrésistiblement attirés, dominant les vieux toits comme les quartiers modernes, veillant sur le fleuve qui coule à ses pieds.

Joana. Je me reproche à nouveau de l'avoir abandonnée, alors qu'elle vient de perdre son père. Elle s'est librement mêlée à la foule des secouristes, pour se dévouer à ceux qui ont tout perdu. Nous avons fait de notre mieux, c'est-à-dire presque rien.

J'entends dire dans la rue, car les gens traumatisés parlent fort, qu'on a fait appel à tous les pompiers des communes normandes pour éteindre les feux. On attend aussi les ouvriers-mineurs du nord de la France pour déblayer les ruines des immeubles effondrés sur les caves-abris dont elles bloquent les issues, et pour étayer et sauver ce qui peut l'être encore. Dans le drame qui nous accable, s'impose au moins ce fait réconfortant : les gens se parlent, même s'ils ne se connaissaient pas. Ainsi ces Normands, ces Rouennais, plutôt renfermés de nature, se trouvent, se découvrent et s'entraident.

Le portail XVIIIe siècle de l'archevêché est toujours grand ouvert. La cour d'honneur et le long jardin à la française sont encombrés de blessés, que des secouristes amènent sur des brancards. Des ambulances les évacuent vers l'Hospice général, évidemment saturé. On parle déjà de trois cent cinquante blessés graves, dont cinquante dans un état désespéré. Des écoles sont ouvertes, aussi, pour accueillir les blessés légers et les sinistrés traumatisés. Evidemment, il n'y a plus classe, ce qui réjouit certains garnements, que l'on voit courir autour des ruines, non pour rapiner mais pour donner enfin le meilleur d'eux-mêmes.

Le logement de fonction du maître carillonneur ouvre sur la petite cour qui prolonge la cour d'honneur. De là, grâce à une galerie couverte que l'on appelait autrefois *ambulatoria*, je pourrai peut-être me glisser dans la cathédrale, dont l'abside touche l'archevêché, et trouver une autre cachette. Il ne s'agit pour moi que de tenir quelques jours. Ce formidable matraquagc, qui a dû détruire les quatre gares de la rive gauche, le dépôt des machines, le triage de Sotteville et les ponts, prélude sans doute au débarquement libérateur que nous attendons avec impatience. Alors, je reprendrai les armes, je serai un combattant comme les autres. Je me battrai au grand jour et non plus comme un soldat de l'ombre, un proscrit, un « terroriste ».

Je pousse la porte. Au milieu de la salle de séjour, Joana est debout, immobile. Elle ressemble à la statue de Jeanne d'Arc au bûcher, place du Vieux-Marché. Mon cœur saute de bonheur à sa vue. Mais pourquoi demeure-t-elle ainsi comme figée dans le marbre ? Elle est méconnaissable, et pourtant c'est bien elle.

Elle a mûri, mais, malgré le nouveau deuil qui la frappe, le désordre de ses vêtements et de sa chevelure, la crispation et la fatigue de ses traits, elle reste belle, une beauté menacée, bouleversante. Devant cette beauté encore intacte et lumineuse après cette nuit d'horreur, je demeure saisi.

Elle s'anime enfin à ma vue. Son visage reprend des couleurs, ses larmes coulent. Elle me prend la main et m'embrasse doucement sur la joue. Ses lèvres sont brûlantes, mais douces. Je la serre dans mes bras. Pendant quelques secondes hors du temps et de l'espace, ainsi unis de corps et d'esprit, nous goûtons au miracle de l'amour.

— Je savais que tu reviendrais, Patrice, mais je m'inquiétais quand même. Les Allemands sont partout. La police tire à vue sur les suspects. La nuit, elle ne fait pas dans le détail.

Joana me fait asseoir. Nous regardons la place vide de son père. Le silence nous écrase, comme l'implacable destin.

— Puis-je regagner les hauts ? Je ne voudrais pas te compromettre en demeurant ici.

— Il n'y a plus de cache sûre dans la cathédrale, Patrice. Tout risque de s'effondrer, surtout s'ils reviennent bombarder. C'est M. Lanfry qui l'a dit. Tu logeras ici, dans la chambre de mon père. Personne ne s'en étonnera. Monseigneur lui-même accueille beaucoup de sinistrés dans son manoir, et même dans les bureaux.

A cet instant, la porte s'ouvre. Je reconnais M. l'abbé Sénéclauze, le secrétaire de Monseigneur. Sa longue soutane noire est fripée, poussiéreuse. A l'évidence, il est entré dans la cathédrale, le lieu sacré devenu un non-lieu. Il a l'air épuisé, et pourtant une lumière brille dans son regard, comme si en lui l'espérance et la vie demeuraient inaltérables.

Joana me présente :

— Un ami sinistré qui a tout perdu.

— Je connais Patrice. J'ai été l'aumônier des scouts.

Il ne s'étonne pas de me voir ici et exprime à Joana sa peine et les condoléances de Monseigneur pour la mort de son père. Son corps a été amené avec des centaines d'autres dans l'immense nef de l'église abbatiale Saint-Ouen, bien qu'elle semble avoir reçu une bombe qui a crevé les voûtes du déambulatoire. Tous les menuisiers de la ville ont été requis pour fabriquer des cercueils de fortune, ou plutôt d'infortune.

— Il y aurait près de mille morts, ajoute l'abbé, et dix fois plus de blessés, de brûlés et de sinistrés. Des pâtés entiers de maisons se sont écroulés et le feu s'étend partout. Quelque six cents immeubles ont été détruits. Des milliers de bombes ont été lâchées. La rive gauche, déjà si éprouvée, n'est plus qu'un immense champ de ruines. La banlieue n'a pas été épargnée : Sotteville, Bonsecours, Bois-Guillaume, Amfreville...

Joana murmure, accablée :

— La cathédrale a beaucoup souffert.

— Elle a reçu neuf bombes, qui l'ont gravement endommagée. Deux bombes ont détruit le collatéral sud, ses chapelles, ses arcs-boutants, compromettant gravement la stabilité des voûtes de la nef principale, qui ne sont plus épaulées. Une bombe est tombée en plein chœur, sans exploser, du moins pour le moment. Aussi, quelle menace fait-elle peser !

Je souffle :

— Ce chœur abrite les tombeaux des cardinaux d'Amboise.

— Oui. Nos anciens archevêques se sont eux-mêmes protégés. Puissent-ils veiller sur tout l'édifice.

Soudain, je retrouve ce sentiment de panique que j'avais éprouvé dans la grande nef dévastée, sentiment horrible d'effondrement incessant.

— Que va-t-on faire pour sauver la cathédrale ?

— L'entrepreneur, M. Lanfry, est parti avec M. Winckler, son chef de chantier, leur équipe et vingt bûcherons, pour abattre des arbres dans la forêt, en vue de consolider le grand pilier du transept, la pile 58, qui menace de s'effondrer, ce qui entraînerait la chute de la tour centrale et de la flèche. Ce pilier semble avoir été protégé par Notre-Dame.

— Que voulez-vous dire ?

— La Vierge Notre-Dame de Rouen !

— Je me souviens, dit Joana. Sa statue du XVIIIe siècle, avec l'enfant, un gros bébé joufflu suçant son pouce, était honorée au pied même de la pile 58.

— Oui. Miraculeusement, cette statue est intacte. Je l'ai mise à l'abri.

Après un instant de silence, l'abbé ajoute :

— Dans la crainte de l'effondrement, tout le quartier a été évacué, l'accès de la cathédrale interdit. Ce que j'ai vu dans la grande nef est sans nom. Quelques prêtres seulement demeurent à l'archevêché, autour de Monseigneur, que même le Jugement dernier ne ferait pas partir.

Je pense, par-devers moi : « J'y trouverai bien une petite cache pour m'abriter. »

Comme si elle avait deviné ma pensée, Joana demande :

— Pourrai-je rester ici encore quelques jours ?

L'abbé hésite.

— Oui, à vos risques et périls.

— Y a-t-il beaucoup d'autres dégâts en ville ?

— Le palais de justice est dévasté. C'est une perte inestimable. Tout le toit de la grande salle du XVe siècle, celle des pas perdus, s'est effondré. Pierre Corneille, avocat du roi, y avait plaidé. Neuf bombes ont frôlé l'abside de l'église Saint-Ouen. D'autres ont explosé place du Vieux-Marché, détruisant le Théâtre Français. Une heure avant la chute des premières bombes, mille deux cents spectateurs y avaient applaudi Cécile Sorel, dans je ne sais plus quel rôle tragique, *Le Roi Christine*, je crois, un gala donné au profit des victimes de guerre.

J'admire le sang-froid de ce prêtre qui parle d'un ton égal de la destruction de sa cathédrale et de celle d'un théâtre, si prestigieux soit-il, l'ancien jeu de paume du XVIIIe siècle.

— D'autres projectiles, place du Vieux-Marché, ont

encadré sans la toucher la statue de Jeanne d'Arc. Qu'elle nous protège ! Mais l'église Saint-Vincent est entièrement détruite. L'hôtel de ville a beaucoup souffert. Le musée de peinture, les halles, le temple Saint-Eloi, la préfecture et de vieux hôtels historiques ont été plus ou moins touchés, et ton lycée, Patrice. Une bombe a détruit les appartements du préfet régional, qui a échappé de peu à la mort.

Son visage s'assombrit. Il poursuit :

— Une bombe a frappé le couvent des Visitandines, rue de Joyeuse, provoquant la mort de seize religieuses, qui tentaient d'évacuer les personnes âgées dont elles avaient la charge. Dans l'ensemble, les vieux monuments ont plutôt bien résisté. Ce sont les quartiers les plus pauvres qui ont le plus souffert.

— Et rive gauche ?

— C'est le carnage. Des milliers de bombes ont détruit les gares, les abattoirs, et nombre d'usines, et aussi des centaines de maisons abritant d'humbles foyers. Sotteville n'est plus qu'un amas de décombres. L'hôpital, la mairie, l'église, les écoles, l'hospice, tout est démoli.

Accablé, le prêtre se retire, après avoir adressé un dernier mot de compassion à Joana. Il va rejoindre Monseigneur, affronté au casse-tête de sa prochaine homélie dominicale : comment condamner cette attaque sans faire le jeu des Allemands ?

Je reste seul avec Joana. La tête me tourne. La jeune fille me force à m'étendre sur le lit de son père, pour refaire mon pansement. La blessure a vilaine allure. La jambe est enflée, violette, et je souffre. Rien d'étonnant, après toutes ces péripéties.

— Il faudrait qu'un médecin l'examine, dit-elle.

— Les médecins, aujourd'hui, ont autre chose à faire. Des centaines de blessés ont perdu un bras ou une jambe ; alors, cette égratignure…

— Ce n'est pas une égratignure, Patrice. La blessure, mal soignée par moi, s'est infectée. Et cette fièvre m'inquiète.

Elle me regarde avec une douceur bouleversante, ajoute :

— Je ne voudrais pas te perdre, Patrice.

Je lui souris et oublie ma souffrance. Ne suis-je pas, moi aussi, responsable d'elle ? Je crois encore entendre les paroles de son père, après ma visite du carillon : « Prenez bien soin de Joana quand je ne serai plus là. Elle est à la fois si forte et si fragile. » Il avait donc eu le pressentiment de sa mort.

Epuisé par cette nuit de cauchemar, j'ai dormi tout le jour dans la chambre du carillonneur, veillé par Joana. Je me réveille au moment où le soleil se couche sur un ciel masqué par la fumée des incendies qui continuent à ravager les vieux quartiers. Une odeur affreuse de bois, de cuir et de chair humaine brûlés s'étend sur la cité. On entend des explosions sporadiques. Je sens la fièvre qui me prend le corps. Rage de n'être plus maître de ce corps, alors que l'esprit reste lucide et qu'il y a tant à faire !

L'archevêché, qui a été préservé du feu, semble désert. Je me traîne jusqu'à la fenêtre. Des lueurs d'incendie s'élèvent toujours dans le ciel. La nef de la cathédrale retentit des coups de marteau des charpentiers de M. Lanfry, qui sont déjà à pied d'œuvre, car grande est l'urgence. Ils tentent de consolider le pilier central endommagé, dont le diamètre dépasse deux mètres. Un travail de titan. Puissent-ils réussir, au péril de leur vie. Oui, le temps presse. Si les avions reviennent, une seule bombe suffirait pour provoquer l'effondrement de notre cathédrale.

Je sens mes forces m'abandonner. Mon corps tremble de fièvre. Ma jambe, de plus en plus enflée, me fait souffrir, des élancements qui remontent jusqu'au cœur. Je redoute maintenant la gangrène si je ne suis pas correctement soigné par un chirurgien. Mais aller à l'hôpital, c'est déclarer mon identité. Tous les établissements hospitaliers, les cabinets médicaux et jusqu'au moindre poste de secours ont ordre de déclarer à la police les blessés suspects qui s'y présentent. Sinon, ils seraient complices des criminels et menacés de terribles représailles.

J'aurais dû profiter du bombardement pour me mêler à la foule des blessés qui affluaient dans les postes de secours. L'idée m'en était venue, mais j'ai eu honte de ce mensonge. C'est une balle allemande, que j'ai reçue ; pas un éclat de bombe anglaise ! Maintenant, il est trop tard. Cette menace permanente que ma seule présence ici fait peser sur Joana et sur d'autres personnes m'est insupportable.

Oubliant son chagrin, elle m'apporte mon repas du soir, du lait tiède, avec des petites pommes de terre qu'elle a fait rôtir sur un fourneau à bois, car l'électricité et le gaz ont été coupés dans toute la ville, on dit que l'usine à gaz de la rive gauche a été anéantie.

A ma vue pitoyable, elle décide d'aller chercher un

médecin, mais je refuse de leur faire courir ce risque, à lui comme à elle. Et c'est un chirurgien dont j'ai besoin, pour sonder la blessure. Elle n'en connaît aucun.

Enfin, je me décide :

— Va à l'Hospice général. Tout le personnel civil de l'Hôtel-Dieu y est regroupé, après avoir été expulsé par les Allemands. Demande le docteur Flambert, au service de chirurgie orthopédique. Ne lui cache rien. C'est un résistant de la première heure, un ami de mon père. Il saura ce qu'il faut faire.

Elle est sortie, bouleversée, après m'avoir serré dans ses bras. L'Hospice général n'est pas loin, à l'est de la ville, derrière l'église Saint-Vivien, du côté de notre vieille rue Eau-de-Robec, ce repaire de prostituées et de résistants.

Je n'ose espérer la visite du docteur Flambert, qui doit être débordé. Il enverra peut-être un de ses internes, ou une infirmière. J'ai toute confiance en lui. C'est un homme de quarante ans, un chirurgien déjà considéré pour ses qualités professionnelles, et surtout pour son courage, son désintéressement, sa générosité sans faille. Il croit en la victoire finale des démocraties. L'un des premiers affiliés au réseau de mon père, comme lui il n'a jamais utilisé une arme, sauf pour se défendre, mais il accueille dans son service, au péril de sa vie, des résistants blessés et des aviateurs alliés abattus.

A travers lui, je revis ces dernières années, si riches, si dramatiques aussi. Je revois mon père, emmené par les Allemands. Chirurgien à l'Hôtel-Dieu, après juin

40, il avait monté à l'Hospice général un réseau de résistance. J'étais alors trop jeune pour qu'il puisse me faire des confidences, malgré les provocations que je multipliais au lycée, faisant montre avec imprudence de ma sympathie pour les Français libres. Affichage sur mon blouson de « deux gaules », ou d'un petit carré de carton percé de quatre trous, en référence au général Catroux, rallié à de Gaulle.

Père a-t-il été dénoncé par un traître infiltré dans l'hôpital ? Emmené rue du Donjon, au siège de la Gestapo, il avait été sauvagement torturé, et son corps inanimé jeté dans un cachot souterrain de la tour où Jeanne d'Arc elle-même avait été interrogée et sans doute torturée.

J'imagine avec horreur, avec pitié, la mort solitaire et infamante de mon père, loin de ceux qu'il aimait. Les Allemands n'avaient même pas rendu son corps, qui avait été incinéré sur place comme celui d'un clochard anonyme, ses cendres jetées à la Seine. L'aumônier qui l'avait assisté avait pu nous faire tenir un billet griffonné de sa main : « Adieu, ma petite femme chérie, mes enfants. Courage et espoir ! Même du fond d'une prison et condamné à mort, un homme peut accéder à la liberté. Je pars la conscience tranquille. Je vais vers la lumière. » C'était en 1942, j'avais seize ans et j'avais juré de le venger.

L'année suivante, j'avais intégré le réseau Notre-Dame, spécialisé dans le renseignement, la récupération des aviateurs alliés abattus, puis le sabotage des voies ferrées et des trains au service de l'ennemi. Le réseau s'interdisait les attentats directs contre les officiers et les soldats allemands, en pleine rue, la nuit à la sortie des bars et des cinémas, qui entraînaient par ailleurs de terribles représailles, des exécutions massives d'otages innocents.

Adieu, père ! Si tu avais vécu, je n'aurais peut-être pas, fils obéissant, connu la liberté, une certaine liberté, et ce goût du nomadisme. Une adolescence vagabonde avait nourri cette méfiance instinctive de jeune animal sauvage, qui ne peut désormais compter que sur lui-même.

Cette mort tragique et celle du père de Joana nous rapprochent, elle et moi, nous unissant d'un lien aussi fort que l'amour : deux orphelins au cœur d'un séisme.

La nuit est maintenant tombée. Je suis inquiet pour Joana. On entend toujours des explosions sporadiques en ville. Les odeurs d'incendie et de cadavres décomposés demeurent omniprésentes.

Enfin, un bruit de pas dans la cour de l'archevêché me fait sursauter. Des portes s'ouvrent et se ferment en douceur. Joana est là ; elle amène le docteur Flambert. Puis elle se retire discrètement.

— Salut, petit ! Content de te revoir. Après le coup de force contre la tour Jeanne-d'Arc – chapeau ! –, on te croyait mort et incinéré. Montre-moi ta jambe.

Je me déshabille, ce que je n'avais pas osé faire devant Joana. Il prend ma tension ; elle n'est pas bonne. Il pose son stéthoscope sur ma poitrine ; le cœur bat la chamade. La fièvre, la fatigue, l'émotion…

— Côté cœur, tout va bien. Voyons cette jambe…

Avec précaution, il retire le pansement, fait la grimace à la vue du membre gonflé et de la peau violacée.

— Il était temps que j'arrive. Heureusement, j'ai de la tyramicine.

— Qu'est-ce que c'est ?

— Un nouveau médicament, aux effets miraculeux, de la classe des antibiotiques découverts par un Anglais nommé Fleming. Les Anglais nous en ont parachuté quelques ampoules, pour nous remercier d'avoir sauvé leurs aviateurs. Cela réduira l'infection avant qu'elle ne s'étende à tout le corps et ne provoque une septicémie. Il n'y a pas de gangrène déclarée.

Je respire. Il sort une seringue de sa trousse, la remplit et me fait une piqûre. Puis il nettoie soigneusement la plaie avec un alcool très spécial, ce qui me fait hurler de douleur.

— C'est un vieux calvados, me dit-il sans rire. Hume ce parfum délicieux.

Il me force à avaler le reste du nectar, puis il effectue quelques sutures et refait le pansement.

— Cela ira. Je reviendrai demain, si je peux.

— Docteur, que se passe-t-il en ville ?

— C'est un désastre. Tout le centre brûle. Le feu progresse dans les vieux quartiers aux maisons de bois : rue Ganterie, rue de l'Ecureuil, rue des Fossés-Louis-VIII. Il y aurait à Rouen vingt mille personnes sans abri.

— Les B-17 américains ont fait ce beau travail ?

— Non. Il s'agit cette fois des Lancaster britanniques du Bomber Command. Il fallait détruire définitivement la gare de triage de Sotteville, qui constitue un nœud ferroviaire essentiel dans le dispositif militaire des Allemands, couvrant non seulement la

Normandie, mais aussi tout le quart nord-ouest de la France.

— Comment le savez-vous ?

— Par l'équipage d'un avion abattu par la DCA. Il s'est écrasé du côté de Canteleu, ils ont sauté en parachute. Par chance, un réseau de FFI a pu récupérer cinq hommes et les mettre à l'abri avant que les Fritz ne les ramassent. Le radio était blessé. On m'a appelé pour le soigner. Il m'a tout raconté.

— Jusqu'alors, les attaques aériennes avaient échoué ?

— Oui. Attaques nocturnes à haute altitude des forteresses volantes B-17 américaines, attaques de jour en piqué des Mosquito de la Royal Air Force. Quelques bombes endommageaient un réseau de voies, elles coupaient le tablier d'un pont…

— Ces dégâts superficiels étaient réparés en quelques jours, je l'ai constaté depuis mon observatoire.

— Ils ont donc inventé à Londres le *carpet bombing*, le « tapis de bombes », mis en œuvre par la 8ᵉ Air Force. Sur Rouen et sa région, quatre mille bombes auraient été lancées la nuit dernière, et pas au hasard. Le Bomber Command avait mis au point une tactique consistant à marquer préalablement la cible avec des feux de Bengale rouges et verts, puis à éclairer la zone avec des fusées au magnésium.

— Oui, je les ai vues. Le ciel en était constellé. On y voyait comme en plein jour.

— Ce quadrillage mis en place, le gros du raid qui suivait devait descendre sur la cible, jusqu'à trois mille mètres d'altitude. Nouveau jet de fusées éclairantes. La tactique a partiellement réussi. Rive gauche, le triage et les ateliers de Sotteville sont détruits. Malheureusement, la distribution des feux de Bengale ne s'est pas opérée sans erreur. Dès leur survol, les pilotes de la troisième vague ont vu des feux partout. Beaucoup de fumée masquait les cibles. C'est ainsi que les vieux quartiers de Rouen, rive droite, ont été matraqués par erreur.

Je n'en crois pas mes oreilles. Le centre de Rouen est à trois kilomètres de Sotteville. Il poursuit :

— Des avions ont alors lâché au hasard. Pris sous le feu des canons de la DCA, ils ont largué leurs bombes sans faire dans le détail. Ce troisième raid marque l'échec du bombardement prétendument de précision, et le martyre de notre cité.

— Et les ponts sur la Seine ne sont même pas coupés…

— Oui, Patrice ; le pire nous attend. D'après ce pilote, il existerait à Londres un projet anglo-américain du Comité interallié intitulé « Transportation Plan », qui expose froidement la nécessité de rayer de la carte quarante villes françaises, nœuds stratégiques routiers, ferroviaires, portuaires. Rouen, Le Havre, entre autres, figureraient dans le lot.

— Ce Churchill est un monstre. On le dit jaloux de la Normandie.

— Il fait la guerre sans scrupules ni états d'âme. Il bombarde nos villes comme il a bombardé nos bateaux. Roosevelt aussi demeure intransigeant. Ce qui explique ces tracts jetés du ciel ces derniers jours, invitant les populations civiles des grandes villes à se retirer à la campagne. Ce qui est plus facile à dire qu'à faire, surtout quand les Allemands s'y opposent, parce qu'ils ont besoin de notre main-d'œuvre.

— Est-ce le prix à payer pour la libération ?

Nous demeurons silencieux. Etrange « libération », qui ne laisse que cadavres et ruines.

— Quand débarqueront-ils ?

— Je ne sais pas, Patrice. Mais c'est pour bientôt. D'après le journal *Arriba* de Madrid, relayant une dépêche de Londres : « Le temps qui s'écoulera jusqu'à la tentative d'invasion doit s'exprimer en jours, plutôt qu'en semaines ou en mois. »

— C'est à espérer. Sinon, la ville aura le temps d'être rasée.

— Nous serons avertis du débarquement par les messages de la BBC.

— « Les sanglots longs des violons... » En attendant, ce sont nos femmes et nos enfants qui sanglotent ! Avez-vous une idée où se fera le débarquement ?

— D'après le *Diario vasco* espagnol, habituellement bien informé, le débarquement aurait lieu dans le Pas-de-Calais, entre Ostende et Boulogne : « Là se livrera la bataille la plus épouvantable que les siècles auront connue. » Mais à mon avis, ce sera en Normandie. Sinon, pourquoi ces attaques aériennes massives ?

— Pour donner le change ?

— Peut-être. Repose-toi, Patrice, reprends des forces. On aura besoin de toi et de tous les résistants pour la mobilisation finale, la levée en masse.

— Vous y croyez ? « Maréchal, nous voilà ! »

— Ne plaisante pas.

Il me regarde fixement et ajoute, avec force :

— Ce que tu viens de me dire à propos de tes observations depuis les toits de la cathédrale me donne une idée. Tu recevras des instructions en temps voulu, et une nouvelle carte d'identité qui te fera passer pour un ouvrier de l'Entreprise Lanfry.

Intrigué, j'insiste pour savoir. A-t-il déjà été informé par Jean ?

— Tu occupes un endroit stratégique face au fleuve et au port. Restes-y. Espérons que la cathédrale tiendra debout. C'est encore le lieu le plus sûr.

Il récupère ses instruments, ferme sa petite valise et prend congé.

— Adieu, Patrice. Ton père peut être fier de toi. Moi aussi.

Je n'ose lui dire que je ne suis pas fier d'avoir tué un Allemand. Mais c'est la guerre. Les Anglais et les Américains, censés nous libérer, n'ont pas tant de scrupules. Et soudain, je me rappelle ce mot attribué, je crois, au Père de Foucauld, l'ermite du désert : « Quand on n'a pas tout donné, on n'a rien donné. »

Joana raccompagne le chirurgien, qui regagne en hâte l'Hospice général.

Ce matin, 20 avril, je vais beaucoup mieux. Plus de fièvre, et ma jambe, désenflée, ne me fait plus souffrir. Ce nouveau médicament a fait un miracle.

Je partage en silence, avec Joana, notre petit déjeuner – du pain et du lait – dans la salle à manger du carillonneur, dont nous évoquons longuement la mémoire. Puis nous en revenons au sort tragique de la ville.

— Les incendies sont presque maîtrisés, me dit-elle. Rouen panse ses terribles blessures. La ville est encore sous le choc.

6

Dans l'attente du débarquement, je me ronge d'impatience, l'oreille collée à l'écouteur du petit poste de radio à galène que je me suis fabriqué, après que Joana m'eut déniché en ville les pièces nécessaires, payées à prix d'or : la pierre dite galène (un sulfure de plomb), le condensateur variable, le détecteur, les écouteurs, l'antenne.

Elle m'a installé une nouvelle cache, dans les combles de la nef principale ; les Allemands se méfient de l'archevêché et y effectuent des contrôles inopinés. En revanche, ils ne se risquent pas dans la cathédrale, de peur des effondrements, même après les mesures efficaces prises par les boiseurs de l'Entreprise Lanfry.

Dans cette oisiveté forcée qui me déprime, je revis ces jours tragiques qui ont suivi l'occupation allemande de Rouen. J'avais quinze ans en 1940. Le major commandant d'armes, le général Hammer, siégeait à l'hôtel de ville, non loin du cabinet du nouveau maire, M. Poissant. Tous les hommes, de dix-huit à soixante ans, devaient faire viser à la kommandantur leur carte d'identité, un infamant coup de tampon représentant la croix gammée.

Après la capitulation de la France, la ville de Rouen, qui abritait encore cinquante mille habitants, semblait à l'abandon sous la chaleur torride de l'été. Une odeur insidieuse de mort stagnait dans l'air. Les carcasses des viandes pourrissaient dans les boucheries désertées, et les cadavres bloqués sous les ruines qui fumaient encore, rue du Bac, rue du Hallage, rue de la Savonnerie. Les chiens et les chats abandonnés erraient, affamés, sur les places où s'entassaient les ordures, les Allemands les abattaient à coups de revolver. La Seine charriait des corps décomposés. Au fur et à mesure qu'on les tirait des décombres, on enterrait les morts dans les jardins des hôpitaux. On récupéra au total quatre cent deux cadavres, mais l'on cherchait en vain les fourgons des pompes funèbres, ils étaient partis en juin 40 avec les employés.

Les Allemands pillaient sans vergogne les maisons abandonnées, les boutiques, les cafés. La police française avait ordre de tirer à vue, mais uniquement sur les pillards français. On entendait toute la journée et la nuit des coups de feu. Les forces dites « de l'ordre » fusillaient non seulement les animaux errants, mais aussi les suspects, et pas seulement les clochards surpris en train de rapiner pour survivre. Des exécutions se déroulaient dans la cour des casernes et sur les hauteurs de Bonsecours, où les malheureux étaient contraints de creuser leur tombe à la pelle. On ramassait des ivrognes dans la rue. Les gens affamés capturaient des pigeons et les canards des jardins publics pour les manger. Naturellement, on mangeait aussi des chiens et peut-être des chats et des rats.

Telles restent pour moi les images de notre humiliante défaite. Mon lycée Corneille avait été pillé, puis les Allemands en avaient occupé une partie, comme ils avaient occupé l'hôtel de ville, l'Hôtel-Dieu et les casernes.

Le 17 juin 1940, les écoles avaient commencé à rouvrir, mais les maîtres n'avaient pas fière allure. Le 21, la pesante administration germanique d'occupation se mettait en place : général Feldkommandant von Batenweffer, major Orstkommandant von Spiegel. Mais nous redoutions surtout le chef de la Gestapo, le capitaine von Zedlitz, qui multipliait les avis menaçants pour rétablir l'ordre : « Toute atteinte à mes ordres sera sévèrement punie, toute opposition brisée. Tout pillage et acte de sabotage sera puni de mort. Toutes les horloges seront réglées à l'heure allemande. »

Nous entrions dans l'heure allemande.

Les magasins d'alimentation rouvraient peu à peu, mais il fallait faire des queues interminables, et la moitié des clients n'étaient pas servis. Seuls les riches parvenaient à se nourrir en payant en cachette le prix fort, jusqu'à dix fois celui imposé. Pour éviter pillages et émeutes, la municipalité distribua des soupes populaires dans les rues, et chaque jour dix mille portions de pain aux affamés sans ressources.

Cependant, la ville se repeuplait peu à peu. Les Allemands avaient rétabli les ponts de la Seine, à Rouen deux ponts de bateaux, provisoires, sur lesquels s'écoulaient d'interminables convois militaires, l'armée d'occupation, tandis que les petites gens, à pied ou à bicyclette, attendaient tête basse le bon plaisir des vainqueurs.

Le gouvernement de la collaboration, investi des pleins pouvoirs par un Parlement défaillant, s'était installé à Vichy, dans la moitié sud non occupée de la France, baptisée « zone libre », mais pour combien de temps ? Il avait révoqué à Rouen le préfet Roger Verlomme et nommé à sa place René Boufflet, un homme acquis au président Laval et à la Révolution nationale.

Le rationnement de la population s'organisait : chaussures sans cuir – une paire par an –, café sans café – de l'orge grillée –, gâteau sans sucre, pain de plus en plus noir : trois cent cinquante grammes par jour ; trois cent cinquante grammes de viande avec os par semaine, et cinquante grammes de fromage maigre. Cinq cents grammes de sucre et deux cent cinquante grammes de pâtes par mois. Les enfants touchaient un quart de litre de lait par jour.

En octobre 1940, les lois allemandes antisémites avaient été promulguées. Tous les Juifs devaient se faire recenser. Les commerçants affichaient une pancarte jaune : *Entreprise juive*. L'imprimerie Wolf, rue de la Pie, avait ajouté les croix de guerre et médailles militaires des trois frères Wolf, gagnées en 1918 au prix du sang.

On embaucha huit cent cinquante chômeurs pour déblayer les ruines de la ville – neuf cents maisons détruites –, cet immense périmètre brûlé entre la Seine et la cathédrale, après la bataille des chars.

Peu à peu, les réseaux de résistance normands s'organisaient selon les bases jetées par les envoyés du général de Gaulle. Des avions anglais Lysander parachutaient les premiers postes de radio émetteurs, les premières armes légères, dont la détention était sanctionnée de douze balles dans la peau. Les FTP, les francs-tireurs et partisans, communistes pour la plupart, s'étaient fait une spécialité des attentats à main armée, qui entraînaient de terribles représailles.

La Gestapo, très organisée rue du Donjon, disposa d'effectifs nombreux et de gros moyens financiers pour acheter la délation de la pègre. Tous les suspects et terroristes pris sur le fait lui étaient amenés, et elle procédait à des tortures plus ou moins savantes pour obtenir aveux et dénonciations de complices. La victime était pendue par les pieds et battue. Si cela ne suffisait pas, on la plongeait dans une baignoire d'eau bouillante, puis dans de l'eau glacée. Un casque sur la tête envoyait une forte décharge électrique. Allumettes enflammées sous les ongles, ongles arrachés, pointes de fer rougies sous les côtes, testicules écrasés entre deux planches ne constituaient que des hors-d'œuvre au banquet satanique. Les femmes, vraies résistantes ou simples suspectes, étaient systématiquement violées par une soldatesque en manque.

A la fin, ceux qui avaient survécu à ces sévices sans livrer le nom de leurs complices étaient cloués nus sur un mur, et des chiens-loups affamés les mettaient en pièces. Ou, comme au bon vieux temps, on les fouettait jusqu'à ce que mort s'ensuive.

Sur tous les murs des cellules, dans les cachots de la tour Jeanne-d'Arc, dans les sous-sols de la prison Bonne-Nouvelle et du palais de justice, le suspect jeté enchaîné et meurtri pouvait lire : « Sachez vous taire », « Sachez mourir ! », mais aussi : « Français, garde l'espoir ! »

A quinze ans, j'avais l'espoir chevillé au corps, même si je ne comprenais pas dans quel monde de fous j'étais tombé. Dès octobre 1940, avec un groupe de jeunes du lycée Corneille, profitant de la demi-obscurité de l'aube tissée de brume, nous collions des affiches anti-allemandes et distribuions *Jaurès*, l'organe des étudiants socialistes. Les pavés luisaient sous la pluie. Nous guettions, le cœur battant, le claquement de la botte nazie. La perspective d'être pris et fouettés à mort nous excitait.

Le 11 novembre, avec un groupe du collège Join-Lambert, nous déposions avec ferveur une gerbe de fleurs des champs au monument de la Victoire – celle de 1918 –, place Foch, au grand dam des occupants, qui avaient interdit ce genre de manifestation, et tout rassemblement. Mais le drapeau tricolore était absent, et la musique militaire, également proscrite.

La notion de Patrie n'en demeurait que plus forte. Elle se polarisait, selon les caractères et les âges, sur deux personnages emblématiques, Pétain ou de Gaulle. Lorsqu'en décembre 1940 le Maréchal avait chassé de son gouvernement le vice-président Pierre Laval, entièrement acquis aux Allemands et hostile à l'Angleterre, le chef de l'Etat avait vu grimper sa popularité, déjà grande.

Des jeunes, dont je n'étais pas à cause de la condamnation à mort du général de Gaulle et de la poignée de main de Montoire, vendaient cent mille photos du Maréchal au profit du Secours national. Les Amis du Maréchal réunissaient des milliers d'adhérents de tous milieux. On n'y faisait pas – pas encore – de politique. Pour la plupart, la « Révolution nationale » était un état d'âme sentimental et moral autour de la figure d'un chef respecté qui avait battu les Allemands en 1916, à Verdun, au prix, hélas, de trois cent soixante mille morts pour les seuls Français.

Sa popularité augmenta encore lorsqu'en avril 1941

les Allemands interdirent à Rouen les Amis du Maréchal, suspectés d'affinités avec la Résistance et les Anglais ! Pétain venait alors de nommer chef de son gouvernement l'amiral Darlan, le seul de nos chefs militaires qui avait pu sauver, grâce à la marine, l'honneur de nos armées.

Malheureusement, l'association les Amis du Maréchal, à nouveau autorisée par l'Occupant, prenait une tournure politique détestable. Pétain n'avait-il pas déclaré : « J'entre maintenant dans la voie de la collaboration » ? Des groupements d'extrême droite antisémites voyaient le jour. La Milice de Darnand sévissait, répandant la terreur.

Et surtout, loin de s'améliorer, la vie des Français devenait de plus en plus précaire. En avril 1941, la ration journalière de pain tombait à deux cents grammes, cent cinquante pour les vieillards et les enfants. Les pâtes fraîches avaient disparu. On vendait d'infâmes gâteaux à base de farine de chènevis et de sucre de raisin. Et sur les trottoirs, je cherchais en vain le moindre mégot de vrai tabac. Ce petit commerce définitivement tari, je tentai de me reconvertir dans la confiserie. « Au Bonbon sucré » connut ainsi un certain succès auprès de mes clients lycéens, puis je dus renoncer à cette activité semi-clandestine… faute de sucre.

Cependant, peu à peu la vie s'organisait. Les jeunes voulaient se distraire. C'était l'époque où Tino Rossi, Charles Trenet et Maurice Chevalier tentaient de sortir le peuple de son marasme. Une certaine Suzy Solidor faisait fondre les cœurs, et une jeune chanteuse des rues, Edith Piaf, évoquait la dureté du destin, mais aussi le triomphe de l'amour.

En dehors de la lecture, du cinéma et de quelques pièces de théâtre triées sur le volet par la Propaganda Staffel, les distractions étaient rares. Un de mes camarades de classe, d'une famille aisée, m'avait entraîné chez un professeur de danse boulevard de l'Yser, M. Rossi. Les bals demeuraient interdits et le seul dancing, le Lutecia, était réservé aux officiers allemands, qui y invitaient les « souris grises », les auxiliaires féminines de la Wehrmacht.

Pour tourner l'interdiction, nos jeunes organisèrent des bals chez les professeurs de danse. On payait le modique prix du cours de danse et on tournait, filles et garçons enlacés, au son d'un phonographe qui diffusait slow, paso-doble, rumba, et ce *swing*, plus ou moins endiablé, justifiant le terme de « sauterie » que l'on donnait à la rencontre.

Ce fut la seule tentation de mon adolescence sage. Je me sentais gêné au milieu d'une vingtaine de jeunes curieusement attifés, les garçons cheveux longs huilés avec de l'huile à salade acquise au marché noir, grosses lunettes de soleil. Les filles arrivaient court vêtues, cheveux ondulés tombant en cascade sur les épaules, la jupe ample et colorée au-dessus du genou, ou affichant d'extravagantes peaux de bêtes. On appelait ces jeunes les « zazous ». Ils ne faisaient pas de politique. Ni Pétain ni de Gaulle. Mais quand les Allemands réquisitionnèrent les plus âgés des garçons pour le STO, ils durent choisir. Quelques zazous prirent le maquis et les filles rentrèrent à la maison.

J'ai vite fui ces réunions décevantes. Hanté par l'Occupation, je m'étais lié avec un ancien scout devenu résistant, spécialiste des armes. Sa besogne favorite consistait à neutraliser les revolvers allemands, en limant le percuteur. Il opérait dans les hôtels réservés aux Allemands, circulant de chambre en chambre en qualité d'ouvrier chauffagiste. Il réussit ainsi à neutraliser une centaine de revolvers d'officiers, avant d'être pris et fusillé.

En février 1941, j'ai adhéré, au lycée, au groupe « Forces vraies des Jeunesses patriotes ». J'ai distribué les premiers journaux clandestins imprimés, *La Normandie libre* et *L'Espoir des jeunes patriotes normands*, plus tard *Le Courrier de l'air*, imprimé à Londres et lancé du ciel par la RAF.

J'étais moi aussi attiré par les armes de guerre, un sujet tabou. Plusieurs de nos connaissances avaient été fusillées par les Allemands, simplement pour avoir gardé une arme de chasse ou de collection, sans la moindre pensée homicide.

Il ne suffisait pas d'afficher des sentiments anti-allemands. L'action violente nous poussait au pire. Dans la nuit du 28 au 29 novembre 1941, une bombe explosa dans la librairie allemande de la rue Jeanne-d'Arc, sans faire d'autres victimes que quelques livres de propagande. Le maire réprouva cet attentat. Il fallait, dit-il, « éviter une répression sanglante ». La soumission était le prix de la tranquillité et d'une relative sécurité, concluait-il. Mais pouvait-il y en avoir, à Rouen, alors que la moitié du monde était plongée dans une guerre d'extermination qui remettait en cause la civilisation à laquelle nous étions attachés ?

Le 6 décembre, les résistants d'obédience communiste passaient à l'action et abattaient en pleine rue

Thiers un sous-officier allemand, ce qui souleva une tempête et entraîna l'exécution d'otages.

Cet hiver 1941-1942 fut terrible. Par moins vingt degrés, la Seine charriait des glaçons, la neige recouvrait les rues et les places. Les petites gens ne pouvaient toujours pas se chauffer. Beaucoup moururent de froid, de faim et de misère. Dans le quartier pauvre du Robec, on ramassait chaque matin les morts. Ici et là, sur les places Saint-Hilaire, Saint-Vivien, Saint-Marc, brûlaient des braseros, mais le bois manquait. Les Allemands ne trouvèrent alors rien de mieux que de recenser les chômeurs et les oisifs dans le but de les envoyer travailler en Allemagne. Il devint dangereux de mettre le nez dehors.

Le 4 février 1942, un soldat allemand avait été tué place Voltaire, en sortant d'un bar. Il s'en était suivi une rafle monstre des polices allemande et française. Deux cents suspects avaient été arrêtés. On découvrit des caches d'armes et des tracts séditieux. J'évitai de peu d'être pris. La kommandantur lança un avis menaçant. Si le coupable n'était pas livré dans les dix jours, vingt-cinq otages, communistes et juifs, seraient fusillés. J'ignore comment l'affaire s'est terminée. D'autres attentats eurent lieu, plus discrets. Au port, une sentinelle tombait dans la Seine, un soldat, un marin allemand. Les avait-on poussés ? Etaient-ils ivres ? Allez savoir !

Malgré son caractère sauvage et les répressions impitoyables qu'elle engendrait, la Résistance nous paraissait légitime. Elle incarnait l'espoir, le refus de la servitude et du pillage organisé avec la complicité d'un gouvernement qui ne disposait plus d'aucun moyen pour refréner les appétits des occupants, eux-mêmes soumis au blocus maritime des Anglais.

En avril 1942, Pétain, cédant aux pressions allemandes, avait rappelé Laval à la tête du gouvernement. La popularité du Maréchal s'effondra. Dans ma classe de seconde du lycée Corneille, sur quarante-deux élèves on ne comptait plus qu'une demi-douzaine de tenants de la collaboration, attirés par les sirènes de l'Ordre nouveau, ou rassurés par la casquette du vieux maréchal. Les Allemands raflaient en masse des hommes pour travailler dans leurs usines de guerre en Allemagne, ou pour l'Organisation Todt, qui construisait le mur de l'Atlantique. Plus subtil était l'échange qu'ils proposaient, relayé par notre gouvernement, « la relève » : un agriculteur prisonnier de guerre rentrait en France, contre trois ouvriers qui partaient pour l'Allemagne. Hitler détenait près de deux millions de nos soldats en 1940. Quels otages, et quelle monnaie d'échange ! Quel marché de dupes !

Pour les catholiques pratiquants, très nombreux, il devenait périlleux de se confesser. Imaginez le dialogue : « Avez-vous commis des fautes contre la pureté ? – Non, mon père ; j'ai seulement ramassé des tracts, lancés par des avions, et je les ai redistribués en ville. – Mais ce n'est pas un péché, au contraire ! »

Si certains curés défendaient l'ordre gouvernemental, qui prônait la collaboration, la plupart des jeunes vicaires affichaient leurs sympathies pour de Gaulle, et certains ne s'en cachaient pas, même en chaire, ce qui valait à quelques paroisses l'honneur périlleux de la présence d'un soldat allemand en uniforme à la messe dominicale, au pied de la chaire, rappel de notre défaite, symbole de notre humiliation.

Je tente d'arrêter le flot des souvenirs. Bientôt quatre ans que les nazis nous occupent à nos frais. En 1871, les Prussiens n'étaient restés que sept mois en France. L'oreille collée aux écouteurs de mon poste à galène, je tente de déchiffrer les « messages personnels » de Radio-Londres : « Je n'aime pas les crêpes Suzette », « Tante Amélie fait du vélo en short »... Malgré notre proximité de Londres, le brouillage ennemi rend parfois ces messages inaudibles.

Onze heures du soir, et Joana n'est pas venue, comme elle en a l'habitude. Qui l'a retenue ? Je me rends compte de la place qu'elle a prise dans ma vie. J'évoque sa voix, à la fois douce et passionnée, coupée de silences oppressés, lorsqu'elle reprend conscience de la situation impossible dans laquelle elle s'est mise en m'accueillant. Puis l'amour emporte tout, car tout est possible grâce à l'amour. Et je la contemple avec ferveur. Je me perds dans ses prunelles bleu lavande. Joana a la beauté plaisante d'une fleur sauvage, et quelque chose en plus, comme si elle gardait en elle un secret.

Je l'imagine, seule dans l'appartement du carillonneur, en proie elle aussi à ses doutes, à ses terreurs, à ses souvenirs, à ses chagrins. De quoi demain sera-t-il fait ? Si le débarquement libérateur se réalise en Normandie, nos villes ne seront-elles pas rasées ?

Un porteur inconnu a déposé dans la boîte du carillonneur un vrai permis de circuler à mon nom, sous le couvert de l'Entreprise Lanfry. Rien n'y manque, pas même le tampon de la kommandantur. Et quelques tickets d'alimentation.

7

De ma terrasse, au pied de la flèche, j'observe le port de Rouen. Côté fluvial, il demeure animé. Des péniches chargent du blé, du bois, des pommes de terre et autres légumes. Tout cela remontera vers Paris, la capitale affamée, et vers l'Allemagne.

A droite, le port maritime est presque désert. Plus aucun cargo ne se risque dans la Manche. Où est-il, le temps heureux où l'on entendait en ville le long cri enroué des sirènes de navires ? Rouen était alors le premier port maritime de France, charriant chaque année près de dix millions de tonnes : charbon, bois, engrais, céréales, produits chimiques, fer, pétrole, coton, pâte à papier, vins, et toutes les richesses de nos colonies. Il se borne aujourd'hui à un maigre trafic de sable, de ciment et de fers à béton pour construire le mur allemand de l'Atlantique, contre lequel buteront les envahisseurs anglo-américains. Mais que ce débarquement libérateur tarde à venir !

A nouveau, je me laisse envahir par les souvenirs. Dans la nuit du 24 avril 1942, deux résistants des francs-tireurs et partisans à vélo avaient déchargé leur revolver sur un marin allemand, rue Crevier. Ils n'avaient pu supporter de le voir au bras d'une femme française, une femme de ménage. Car il y a cela, aussi, la collaboration charnelle, dite « horizontale ». Est-elle pire que la collusion politique ? Le marin était mort, la police allemande avait cerné le quartier, menacé de fusiller cinq otages et de déporter cinquante suspects si les coupables n'étaient pas livrés dans les dix jours. L'un d'eux, un nommé Chevrier, sera arrêté et fusillé. Entre-temps, il avait tué un autre marin allemand.

En mai 1942, nous avons vu au lycée les premières étoiles jaunes, cousues sur les poitrines des écoliers, où était inscrit le mot *Juif*, pour certains infamant. Ils étaient cinq dans notre classe. Un tiers d'entre nous les soutenaient. Près de la moitié de la classe demeurait indifférente. Qu'est-ce qu'un Juif ? En quoi diffère-t-il de nous, sinon qu'il ne va pas à la messe ? Seuls quelques élèves, des fils d'actifs « collaborateurs », leur manifestaient une hostilité virulente, chargée d'une haine instinctive, un véritable poison instillé dans leurs veines.

Dans la France occupée, seuls les groupes politiques autorisés diffusaient une idéologie, évidemment détestable : Parti Populaire français, Ligue des volontaires contre le bolchevisme, Groupe Collaboration, Rassemblement national. Les jeunes résistants se promettaient de leur faire la peau à la libération. Alors, ce serait la guerre civile. Le Parti communiste, manipulé par Staline, tenterait de prendre le pouvoir. A la peste fasciste succéderait le choléra marxiste. Comment sortir de cette inflation de haine ? Comment revenir à une démocratie humaniste, soucieuse des valeurs chrétiennes ?

Entre-temps, les persécutions antisémites s'étendaient comme un cancer. Désormais, les Juifs ne pouvaient plus tenir un commerce. Le rabbin expulsé, on posa des scellés sur les portes de la synagogue, rue des Bons-Enfants. Entreprises et magasins juifs furent vendus par les « liquidateurs de biens juifs » nommés par le commissaire aux Affaires juives de Vichy.

Heureusement, la Résistance s'organisait. Comme le disait notre aumônier, citant saint Paul : « Là où le péché abonde, la grâce surabonde. » La grâce, c'était ce fonctionnaire à la mairie, qui délivrait de faux papiers. Lévy devint Léry. Trois mille fausses cartes d'identité furent ainsi délivrées, et dans les paroisses curés et vicaires signèrent de faux certificats de baptême, avec la bénédiction discrète de Monseigneur, qui avait osé répercuter la lettre de monseigneur Saliège, l'archevêque de Toulouse, à ses curés, à lire dans les églises : « Les Juifs sont des hommes. Tout n'est pas permis contre eux. Ils sont nos frères. »

Nos alliés anglo-américains ne nous aidaient pas. Le 12 août 1942, on vit dans le ciel un nouveau bombardier : le Boeing 17 américain, une merveille technologique. Douze de ces « forteresses volantes », comme on les appelait, survolèrent la ville à haute altitude, plus de huit mille mètres. Là, ni la chasse ni la DCA ne pouvaient les atteindre, mais cela au prix d'un largage de bombe imprécis. On compta cinquante-deux morts et cent vingt blessés en ville. Plus tard, nous apprendrons que ces quadrimoteurs de vingt tonnes venus d'Angleterre emportaient huit tonnes de bombes et volaient à plus de dix mille mètres d'altitude, à cinq cents kilomètres-heure, une vitesse qui nous parut fabuleuse.

Le 5 septembre, peu après le débarquement manqué de Dieppe, une centaine de bombes écrasèrent à nouveau le centre-ville et la banlieue. Il en tomba jusque devant la mairie et le lycée. On déplora plus de cent morts. Pour quels objectifs ? Ni le port, ni les ponts, ni les gares, ni les casernes allemandes n'avaient été touchés.

Beaucoup en conclurent qu'il ne fallait compter que sur nous pour nous libérer. La Résistance durcit son action. Les Allemands accentuèrent la répression et les persécutions antisémites. On obligea désormais tous les fonctionnaires, les médecins, les avocats, les professeurs et les officiers à remplir un questionnaire. Il était interdit d'être issu de parents juifs, jusqu'à la troisième génération. Sinon, on perdait son emploi, on voyait ses avoirs bloqués dans les banques, on ne pouvait plus posséder un poste de radio ni un téléphone, aller au cinéma, au théâtre, au restaurant. Dans les trains, les premières classes étaient réservées aux « aryens ».

Tout y passa : les cafés, les salons de thé, les marchés et les foires, la piscine, les musées, les bibliothèques. C'était pire que la ségrégation qui frappait les Noirs sud-africains et américains. Les Juifs n'avaient plus que cette alternative : fuir ou mourir. Le régime nazi entrait en plein délire, ce qu'Hitler appela « la solution finale ».

Les fonctions des évêques, gardiens des valeurs spirituelles, qui sont aussi celles de la tolérance, devenaient de plus en plus périlleuses. Le 25 septembre 1942, la *Semaine religieuse* du diocèse de Rouen reçut l'ordre de la Propaganda allemande d'insérer un article anonyme qui tentait de justifier les mesures antisémites par une bulle du pape Paul IV contre les Juifs, de 1556 ! Son directeur refusa l'article, tendancieux hors de son contexte, mais en vain. Il crut s'en tirer en le faisant précéder d'un « on nous communique ». La censure allemande élimina ces trois mots.

Indigné, monseigneur Petit de Julleville saborda son bulletin. Les Allemands ripostèrent en interdisant au *Journal de Rouen* de publier les communiqués de l'archevêché. La presse collaborationniste s'empara de l'affaire. Le périodique pronazi *Je suis partout* accusa l'archevêque de « ruser avec la Révolution nationale », et ce en accord avec le maire de Rouen. On l'accusa d'avoir traité le Maréchal de « potiche », un crime de lèse-majesté.

De toute évidence, le primat de Normandie n'avait pas rompu avec la démocratie chrétienne, adversaire déclarée du nazisme. Une feuille vichyste l'accusa d'être « un gaulliste ensoutané ». A propos des bombardements alliés, une autre feuille lui reprocha de n'avoir pas osé condamner les loups, alors qu'il s'était apitoyé sur « les brebis massacrées ».

Je suis partout l'accusa encore d'avoir adressé à ses prêtres une lettre en latin où il affirmait que le nazisme était pire que le communisme, et qu'il fallait suivre la Croix de Lorraine pour « bouter l'ennemi hors de France ».

La Gestapo s'en mêla, mais elle n'osa pas arrêter le prélat sans l'accord de la Feldkommandantur, qui temporisa. Les Allemands avaient assez à faire avec les FFI, ils ne voulaient pas croiser le fer avec la hiérarchie catholique, laquelle, dans l'ensemble, demeurait favorable au Maréchal.

A mon niveau minuscule, je vivais intensément ces événements tragiques. Dans ma classe, je sympathisai avec un jeune Juif nommé Dartigalongue. Il lui était bien égal de porter l'étoile jaune sur son gros pull-over usé, pourvu qu'on le laisse jouer du piano. Notre professeur de solfège avait prédit un brillant avenir de soliste à ce merveilleux interprète. Quand il jouait, tout était oublié : les restrictions, les bombes, le mépris. Ne restait que la musique, Chopin, Beethoven et Mozart. Il me disait : « Si les Boches m'interdisent de jouer, je mourrai. »

Dans la nuit du 14 au 15 janvier 1943, la Gestapo de Rouen reçut l'ordre d'arrêter tous les Juifs encore présents en ville. Notification est alors faite au préfet. Les arrestations doivent se faire par surprise, la nuit. Personne ne doit être épargné, même les femmes, les vieillards, les enfants, les malades. Tous les biens seront saisis et confisqués, les logements et magasins fermés à clé, les clés remises à la Gestapo, qui en disposera. Suprême ignominie, la police française est chargée de l'exécution de l'ordre.

Plus de cent cinquante Juifs avaient ainsi été livrés aux Allemands. Ils les embarquèrent à l'aube dans des wagons plombés pour les camps de Drancy, antichambre d'Auschwitz. Dix seulement avaient pu échapper à la rafle. Des scènes atroces s'étaient déroulées : enfants séparés de leur mère, y compris les bébés ; vieillards et malades bousculés, humiliés.

Je me souviens de ce matin du 15 janvier, en arrivant en classe. Tous les jeunes porteurs d'étoile jaune avaient disparu. Je cherchai en vain mon ami Dartigalongue. Notre professeur avait compris. Il s'écria :

« Mes enfants, il nous manque aujourd'hui quelque

chose ! Je vous propose d'observer debout une minute de silence pour ceux qui sont partis. »

Je me souviens du poids de ce silence, auquel répondait dans mon souvenir la dernière mélodie au piano de notre ami, la mélancolique et résignée *Sonate funèbre* de Chopin, qu'il nous jouait toutes fenêtres fermées, pour ne pas attirer l'attention des nazis.

Malgré le recul de l'Axe fasciste dans le monde, le noyau dur de la collaboration ne cédait pas un pouce. La rue de la République était devenue rue Maréchal-Pétain, et à Radio-Paris le président Laval lançait un appel aux travailleurs pour qu'ils rejoignent les chantiers dressant le mur de l'Atlantique. « Pour construire l'Europe, je souhaite la victoire de l'Allemagne », ajoutait-il avec un cynisme provocateur.

Le gouvernement de Vichy ordonna le recensement des jeunes nés en 1924. Mon tour approchait. J'allais bientôt avoir dix-huit ans, le STO me guettait. Pour la première fois, j'osai m'ouvrir à mon père de mes modestes activités de résistant en herbe. Le prétexte m'avait été donné par une affiche de la police allemande : « Tous les proches parents masculins ascendants des auteurs d'attentats et de sabotages, de plus de dix-huit ans, seront fusillés, les femmes condamnées aux travaux forcés. » C'était clair. A l'avenir, si j'étais pris en flagrant délit, mon père risquait d'être fusillé, ma mère et ma sœur déportées.

Je lui avouai donc mes activités, les tracts distribués, les journaux clandestins, les graffitis. Il m'écouta en silence, puis il sourit et sortit de sa poche un tract : « La France Libre devient la France Combattante. Signé de Gaulle. »

« Mon petit, je suis au courant de tes activités subversives. C'est bien. »

Il me tendit une liasse du *Courrier de l'air*, « apporté par vos amis de la RAF, distribué par les patriotes français ».

Il me révéla qu'il était lui-même un résistant actif au sein de l'hôpital. Pas d'autre information ne fut émise. Le silence était notre règle. J'étais déjà fier d'être son fils, je le fus davantage. Quelques jours plus tard, ma mère et ma sœur étaient mises à l'abri au Puy-en-Velay. Cette séparation ne se fit pas sans larmes. Pour la première fois je me séparais d'elles. Une tendre complicité nous liait, tissée de silences et d'écoute. Mais j'attendais avec impatience le 15 octobre 1943, jour de mes dix-huit ans, le moment de « prendre le maquis » et d'entrer à mon tour dans la lutte ouverte, pour la libération de notre pays.

La lutte prenait de l'ampleur, engendrant l'escalade des représailles. Couvre-feu à dix-neuf heures, interdiction de rouler la nuit à bicyclette, même pour les porteurs d'*ausweis*. Des femmes surprises après dix-neuf heures furent envoyées dans les casernes allemandes, suprême humiliation, pour cirer toute la nuit les bottes des soldats. Mais ces soldats, qu'on appelait les « verts de gris », quelques hardis patriotes les tiraient dans la rue comme des lapins. Les exécutions d'otages ne faisaient qu'aviver la haine de l'occupant. Le tribunal militaire allemand, rue Jeanne-d'Arc, sauta. L'explosion venait d'un dépôt de cartouches de chasse, confisquées. Deux Allemands étaient blessés.

Comme pour se venger, les occupants raflèrent nos

statues. Rue Thiers M. Flaubert, ailleurs M. de Maupassant, Armand Carrel, Boieldieu et dix autres. Corneille, découpé en tranches et caché, échappa de justesse à la fonte. Le métal devait servir aux usines de guerre allemandes. On tremblait pour nos chères cloches, la Ville aux cent clochers en détenait près de mille. Les Allemands effectuèrent des descentes dans les cuisines pour confisquer casseroles et bassines de cuivre, mais, mystère, ils épargnèrent nos cloches, et les couvertures de cuivre de la cathédrale.

Au lycée, où je préparais mollement le bac, la tension montait au rythme de ces exactions. Le proviseur, M. Houyvet, avait découvert des inscriptions gaullistes dans la salle 10, un *Vive de Gaulle !* écrit au tableau noir d'une main ardente. Un professeur et même le bon abbé Séry, qui y faisait le catéchisme, furent mis en cause. En réponse, un jeune factieux barbouilla un portrait du Maréchal.

Puis vint le pire. La mère de notre camarade Savagner, prise de panique, dénonça son propre fils au proviseur. Elle avait surpris l'adolescent un revolver à la main ! Or c'était le fils du procureur général de la cour d'appel de Rouen. Espérait-elle ainsi désamorcer l'affaire ?

Le proviseur ne voulait pas d'histoires. Il enquêta discrètement. C'était pire qu'il ne l'avait imaginé. Le jeune Savagner dérobait les revolvers saisis par la police dans les pièces à conviction du greffe du tribunal, où avait accès son père. Puis les armes étaient cachées en forêt Verte, et distribuées aux FFI. J'avais ainsi bénéficié d'un joli petit revolver de dame, calibre 6,35, avec deux chargeurs, et je brûlais de m'en servir. C'était ma première arme à feu, et je n'en étais pas peu fier.

Nous fûmes quinze élèves à être incriminés. Par le jeu des dénonciations, avec ou sans prime, la Gestapo eut vent de l'affaire, qui tournait au drame. Un tribunal militaire fut constitué à l'hôtel de ville, sous la présidence du Feldkommandant Batenweffer. Sur intervention du maire et du préfet, il n'y eut pas de sanction, ce qui souleva un tollé chez les collaborateurs. Le Parti populaire français de Rouen réclama la tête du général allemand, et eut gain de cause. Envoyé sur le front de l'Est, il fut remplacé par un pur nazi, von Zitzewitz.

Entre-temps, mon père avait effectué une visite dans ma chambre et confisqué le revolver. « Tu n'en as pas besoin pour déboulonner un rail ou distribuer des journaux clandestins », me dit-il.

Sachant les risques mortels qu'il prenait lui-même, je ne répliquai pas. Mais quelques jours plus tard, ayant changé d'avis, il me tendit une autre arme.

« Ceci est un 7,65, autrement efficace. »

Je le regardai, stupéfait. Pour la première fois de ma vie, car nous n'étions expansifs ni l'un ni l'autre, j'aurais voulu me jeter à son cou.

« Va, me dit-il en me tendant trois chargeurs. Et bonne chance. »

Le lendemain, je quittai avec son accord notre appartement de l'Hospice général. Il me conduisit dans une cache de la forêt Verte. Ainsi j'entrai en Résistance à plein temps, et, j'ose le dire, comme on entre en religion.

Pourtant, j'étais prévenu. Les menaces allemandes devaient être prises au sérieux. Tout résistant pris sur le fait était exécuté ou déporté. S'ajoutaient les représailles. A Lyon, deux soldats allemands ayant été abattus par les FFI, vingt-deux Français, ramassés au hasard dans la rue, avaient été fusillés. A Ascq, pour un simple sabotage, la Panzer SS Jugend avait exécuté quatre-vingt-six otages. A Tulle, pour un attentat, cent hommes innocents, âgés de seize à soixante ans, désignés de façon arbitraire dans la population, avaient été pendus aux lampadaires de la ville.

Mais on ne pouvait pas rester passifs.

Mon travail se révéla aussi passionnant que varié. D'abord, je fus chargé des grenades, régulièrement parachutées par les Anglais. Naturellement, je brûlais de m'en servir. Muni d'un faux certificat de travail de l'imprimerie Wolf et d'un vrai *ausweis*, je me risquai, une nuit, en ville. Le cœur battant, je balançai une grenade dans la vitrine du bureau de placement allemand, rue Maréchal-Pétain.

Mon plus beau coup fut l'incendie d'un train de fourrage destiné aux chevaux allemands. Dissimulant dans mon cartable un tube incendiaire de fabrication artisanale, j'opérai la nuit dans l'immense gare de triage de la rive gauche. Surpris par un garde tandis que je me retirais, le coup fait et bien fait, je crus ma dernière heure arrivée. Il me tenait à la pointe de son fusil. J'hésitai. Fuir, ou parlementer ? L'instinct me dicta le bon choix. Je levai les bras. Il braqua sa lampe de poche sur mon visage. Par bonheur, c'était un Français, plutôt âgé.

« Tu as de la chance, me dit-il en relevant le canon

de son arme. Un gosse ! Tu ressembles à mon fils. Aussi cinglé ! Allez ! Tire-toi ! »

Comme je filais en bredouillant un remerciement, il lâcha :

« Je voudrais être à ta place ! »

Je me retournai, étonné. Il cria en braquant son fusil :

« Quoi, tu es encore là ? »

Je m'éclipsai dans la nuit, illuminée par l'immense brasier des wagons de fourrage, qui se communiquait d'une voiture à l'autre. Partout claquaient des vociférations en allemand. J'achevai la nuit, caché dans un atelier de menuiserie qui sentait bon le bois coupé. Je jubilais.

On m'initia au sabotage des véhicules militaires, par saupoudrage des soupapes des moteurs avec de la limaille de fer. Et je me privais parfois d'un sucre pour polluer un réservoir d'essence.

Puis je passai au degré supérieur. On m'apprit à confectionner une bombe, un travail excitant. Je bourrais de ferraille, de poudre et de tolite un segment de tube de chaudière de locomotive dérobé au dépôt de la gare d'Orléans. On soudait les deux bouts. Comme nous manquions de détonateurs de cuivre chargés au fulminate de mercure, nous utilisions une mèche, qui dépassait de l'engin à retardement. C'était son point faible.

Je l'avais fabriquée, ma bombe, dix fois plus puissante qu'une grenade ordinaire, mais je n'avais pas encore le droit de la lancer. Un aîné du réseau fut désigné. Objectif : la fameuse librairie allemande de la rue Jeanne-d'Arc. Lancée en pleine nuit, la bombe brisa la vitrine, mais sous le choc la mèche s'éteignit et l'engin atterrit sans dommage au milieu d'une pile de *Mein Kampf*.

Gros émoi chez les Boches. Tous les cafés, restaurants, cinémas et théâtres furent fermés à dix-neuf heures trente, pendant une semaine. Je déplorais la maladresse de mon camarade et brûlais de me distinguer à mon tour. Mais je n'avais pas le goût à tuer, comme certains étudiants que je fréquentais, admirant tout de même leur mépris total du risque.

J'ai fait dérailler mon premier train pendant l'hiver 1942-1943. La locomotive de la gare Saint-Sever quitta le rail, que j'avais déboulonné à hauteur de Quatre-Mares.

Puis je participai à une opération de sabotage dans la région d'Amfreville. Un train allemand de trente wagons dérailla. En représailles, trente otages furent fusillés, et l'ennemi obligea les civils français à voyager dans les trains transportant aussi ses troupes, ce qui exposa les civils à être mitraillés par l'aviation alliée.

Les bombardements aériens se multipliaient. Ceux, ciblés, de la RAF, avec les chasseurs-bombardiers Mosquito et Bristol, contre les ponts sans cesse coupés et rétablis. Ceux, aveugles et dévastateurs, des forteresses volantes B-17 américaines, qui opéraient à haute altitude contre les gares et les docks du port. Beaucoup de bombes manquaient leur but, certaines tombaient en plein centre-ville en faisant de nombreuses victimes. L'une faillit tuer mon père à l'hôpital. Heureusement, elle n'explosa pas.

Des combats aériens se déroulaient dans le ciel

entre chasseurs, pour la plus grande joie des gamins, échappés des caves-abris. Les avions en flammes s'abattaient dans la campagne. La plupart des aviateurs alliés rescapés étaient cachés par la population et sauvés grâce aux réseaux de résistance, malgré la peine de mort qui frappait ceux qui les hébergeaient. Détail piquant, la soie des parachutes était récupérée par les fermières. Elles les convertissaient en robes nuptiales pour leurs filles, qui rêvaient aux beaux aviateurs roux venus d'outre-Manche.

Et pourtant, ils ne nous épargnaient pas. Le 12 mars 1943, cinquante grosses bombes s'abattirent sur l'agglomération. Trois écoles furent détruites, on déplora cent morts. A l'école Géricault, deux cent cinquante enfants, réfugiés dans les caves, avaient échappé de justesse à la mort.

Quelques jours plus tard, un train de munitions explosa à Sotteville, en plein centre de triage. Mais les agglomérations voisines, Amfreville et Saint-Etienne-du-Rouvray, furent aussi frappées. On compta quatre-vingt-dix morts civils et cent cinquante blessés.

Ces attaques aériennes meurtrières se répétaient, accentuant la misère d'une population déjà éprouvée par les restrictions. Par milliers, les enfants et les vieillards quittaient la ville pour d'hypothétiques refuges à la campagne, que les Allemands pillaient sans vergogne. Un train bourré de leurs rapines fut caillassé près de Déville par un groupe d'enfants, dont les plus jeunes n'avaient que cinq ans. Les Allemands ripostèrent avec des mitrailleuses. Combat inégal, pitoyable spectacle ! La haine montait, inexorable, malgré les discours lénifiants du gouvernement de Vichy, qui appelait au « respect de l'ordre ».

A la mairie de Rouen régnait un climat hostile à la collaboration. Mis en cause, le maire, M. Poissant, dut démissionner. Il sera arrêté et déporté. Il fut remplacé par l'avoué René Stackler, un honnête homme qui accepta de se dévouer, au retour d'un camp de prisonniers. Pour lui, les vraies difficultés commençaient. Comparé à son fauteuil de maire, l'*Oflag* lui sembla un paradis.

Je me souviens aussi du 14 mai 1943. J'avais participé au cambriolage de l'école Thomas-Corneille. Nous avions dérobé vingt-quatre mille cartes d'alimentation, un butin fabuleux, sans tirer un coup de feu. Nous mourions de faim dans la forêt. Les paysans affirmaient être détroussés de leur bétail par les Allemands, qui organisaient eux-mêmes des abattages clandestins. Mais ces honnêtes éleveurs étaient bien payés, en espèces ; l'argent ennemi n'a pas d'odeur !

Le marché noir, sans lequel la population ne pouvait survivre, pourrissait tout. Le paysan livrait de moins en moins aux organismes civils de distribution. Le prix officiel qu'on leur donnait ne leur permettait plus de vivre, à cause de la dévaluation engendrée par la machine à imprimer les billets de banque que l'on donnait aux Allemands au titre de l'impôt de guerre, le prix de cette « Occupation » dont on se serait passé, censée nous protéger contre le péril bolchevique et autres prétendues menaces judéo-maçonniques, sans parler du débarquement.

Le troc s'imposant, les denrées se dispersaient. On trouvait de la farine chez le cordonnier, des chaussures chez le boulanger, du tissu chez l'épicier, du poisson et des bas de soie au débit de tabac. J'ai connu une veuve qui vivait confortablement en échangeant les bouteilles de vin grand cru que feu son mari avait engrangées avant la guerre : un kilo de vrai sucre des Antilles, une motte de beurre, cinq kilos de farine blanche, un jambon, en échange d'un vieux bourgogne millésimé ou d'un Lafite Rothschild 1928.

Toutes les transactions se déroulaient dans les arrière-boutiques et sans facture. Pas de billets de banque, dévalués ; le troc. Une paire de souliers à semelles de bois valait deux douzaines d'œufs. Mais il fallait de vraies chaussures de cuir rescapées d'avant guerre et pas trop usagées pour avoir un beau rôti de porc ou un gigot d'agneau, plus un kilo de sucre.

Les bombardements s'intensifiaient. On compta en septembre quarante-quatre alertes et trois attaques, qui firent une centaine de morts civils.

Ce rythme s'accentua au troisième trimestre. On ne s'habituait pas ; on ne se sentait protégé nulle part. Des bombes, perforant les voûtes, explosaient en plein abri, provoquant un carnage. Imaginant le pire, notre maire fit aménager de nouveaux abris, plus robustes. Mais rien ne résistait au coup direct d'une bombe d'une tonne.

Pour sa part, notre archevêque ne restait pas inactif. Tout en dénonçant les massacres des populations civiles, il abritait des aviateurs tombés du ciel. Le bruit courait qu'au cœur de l'archevêché existait dans les étages « une pièce invisible et secrète », à laquelle on ne pouvait accéder que par le toit, l'ancienne porte ayant été murée. Monseigneur y aurait caché des aviateurs américains abattus par la DCA, le temps pour la Résistance de les évacuer hors de France.

Monseigneur Petit de Julleville risqua même une démarche auprès du préfet pour sauver des Juifs.

A l'occasion de Noël, il demanda aux Français de « cesser leurs luttes haineuses, le plus grand de nos désastres étant de se battre entre nous ».

Mais le désastre n'était-il pas depuis longtemps consommé : la lutte à mort que se livraient les chrétiens d'Europe ? Entre Pétain et de Gaulle, entre Hitler et Churchill, il fallait bien choisir.

L'année 1943 avait été sinistre. On attendait désespérément le débarquement. Le recrutement forcé des jeunes pour l'Allemagne, organisé par notre commissariat du Travail obligatoire, avait déshonoré le gouvernement de Vichy et renforcé le sentiment anti-allemand. On ne trouvait plus d'essence chez les garagistes, même pour les ayants droit, comme les ambulances. D'ailleurs, il n'y avait plus d'ambulances civiles, les Allemands nous les avaient raflées. On transportait les malades et les blessés des bombardements dans des voitures à cheval. On voyait rouler quelques vieilles autos au gazogène de charbon de bois, mais tous les chauffeurs de taxi s'étaient convertis au vélo-taxi, silencieux sinon rapide et incapable de monter une côte. Malheureusement, on ne trouvait plus guère de vélos, les Allemands les avaient réquisitionnés. Et les vrais pneus avec chambres à air étaient aussi rares que le rôti de bœuf.

Je m'étais spécialisé dans le sabotage des voies ferrées, souvenir paradoxal de ma passion pour les trains électriques miniatures. Trente minutes avant le passage d'un convoi militaire signalé par un résistant des Chemins de fer de la gare la plus proche, notre groupe masqué et armé neutralisait en pleine nuit les gardes-voies, une vingtaine de requis français, des pauvres types qui voulaient éviter le STO en Allemagne, sans risquer leur peau dans la Résistance. On leur confisquait leur vieux revolver ou leur fusil, leur *ausweis*, leur permis de circuler en train et leur précieuse lampe de poche. On les mettait sur le côté, sous bonne garde, mais ils ne bronchaient pas, même si certains ne nous aimaient pas. Le reste de notre équipe déboulonnait la voie. On enlevait vingt-huit tire-fond et les éclisses. Le rail, long de vingt-huit mètres, était seulement déplacé de neuf centimètres, pour ne pas attirer l'attention du conducteur de la locomotive. Déraillement assuré, motrice et wagons renversés sur le côté, du travail bien fait.

D'autres méthodes étaient plus expéditives encore. Là, le plastic était roi. Une bonne charge faisait sauter deux mètres de rail, il fallait deux jours pour réparer. Mais l'idéal était de démolir la locomotive en la faisant dérailler : un disque explosif, le « crapaud », posé sur le rail, déclenchait au passage du train un détonateur relié à une charge d'explosif.

Notre maquis revendiquait quarante-cinq déraillements, dont le plus spectaculaire dans un tunnel, sans parler des attaques des mairies de banlieue pour récupérer des tickets d'alimentation et des cartes d'identité vierges. Mais nous avons perdu trois hommes, abattus par la riposte de la garde allemande d'un train, postée dans le wagon de queue.

Dans cette lutte à mort contre l'occupant, nous étions sûrs de la victoire. Encore fallait-il survivre jusque-là. Nous étions traqués dans nos caches. Des combats sans merci s'étaient déroulés entre des résistants retranchés dans les grottes de Caumont, en bordure de Seine, et les hommes de la Gestapo, assistés par trois cents soldats avec deux automitrailleuses. Le chef du maquis avait été tué, les autres s'étaient rendus après épuisement de leurs munitions. Tous seront fusillés ou déportés. Et je me demandais : « A quand mon tour ? » Je tremblais aussi pour mon père.

Comme nous manquions d'armes pour ceux, de plus en plus nombreux, qui rejoignaient les maquis, nous avions monté une opération risquée en plein boulevard contre un groupe d'auxiliaires, les « souris grises », chargées des transmissions et du secrétariat des forces d'occupation. Elles regagnaient après minuit leur cantonnement de la rue d'Ernemont après avoir passé une soirée arrosée au dancing Lutecia, qui leur était réservé. Mises en joue par nos gros pistolets et quelques mitraillettes, ces jeunes Allemandes tendirent sans résistance leur sac à main aux « terroristes ». Nous leur avons confisqué leur petit revolver 6,35 et leur avons rendu le sac, sans toucher à l'argent. Mais que se serait-il passé si elles avaient résisté ?

Maintenant, notre audace n'avait plus de bornes, autres que la capture ou la mort. Deux résistants à vélo lancèrent deux grenades rue Grand-Pont dans le hall du Cinédit, réservé aux Allemands, à la sortie du spectacle. Ce fut un carnage. Les Allemands s'affolèrent et multiplièrent les exécutions, les représailles.

Les Français se sentaient pris entre deux feux, sans échappatoire possible. Toutes les nuits, Rouen était survolée par les raids massifs des forteresses volantes, Lancaster et Liberator qui allaient écraser les villes allemandes, sans nous oublier au passage.

La guerre totale était engagée. Toutes nos côtes

étaient vidées de leurs populations civiles, qui ne furent autorisées à emporter que trente kilos de bagages par famille. Tout ce qui restait fut pillé par les Allemands et transporté par trains entiers vers l'Allemagne, avec l'étiquette mensongère : « Don de la France aux sinistrés allemands. » Dès lors, on comprenait qu'il n'y aurait pas de gagnant dans cette guerre. Mais comment arrêter cette folie ?

Alors que les denrées de première nécessité diminuaient, les destructions augmentaient. Les Américains nous lâchaient maintenant, avec leurs superforteresses volantes B-29, des bombes de deux tonnes que l'on baptisa « torpilles ». En représailles, les Allemands construisaient des rampes d'avions V1 sans pilote et des fusées V2, destinés à s'abattre au hasard sur Londres.

La Résistance s'était unifiée. Notre petit groupe de la forêt Verte avait rejoint le maquis de la forêt du Rouvray, qui comptait déjà trois cents FFI bien armés. La Seine-Inférieure comptera trois mille résistants, prêts à se ruer sur les Allemands dès l'annonce du débarquement, qui tardait à venir. Inquiets, tendus, obstinés et, comme nous, pris au piège de la guerre totale, les Allemands augmentaient leur pression. Ils détenaient encore plus d'un million de prisonniers de guerre en Allemagne, aussi affamés que la population, malgré les colis que nous leur adressions.

Non seulement les villes mais encore les campagnes étaient attaquées. Les chasseurs alliés mitraillaient les routes, et aucun véhicule ne leur échappait. On ramassa six morts et quinze blessés dans l'épave de l'autocar du Havre. Dans les trains, les civils payaient aussi un lourd tribut. Dès mars 1944, les Chemins de fer de l'Ouest invitèrent les civils à ne plus voyager sans motif impératif.

La famine s'étendait. La famine en Normandie ! On ne distribuait plus que cinquante grammes de viande par semaine, le plus généralement de la « tétine de vache », plus rarement une côtelette, mais si mince qu'on disait pouvoir l'emballer dans un ticket de tramway, à condition qu'il ne soit pas poinçonné, sinon elle passerait au travers. On voyait, non seulement dans les jardins les plus bourgeois mais aussi sur les balcons des immeubles, une cage à poules, un clapier à lapins.

La gendarmerie avait saisi en gare de Rouen dix mille harengs venus de Dieppe, trente caisses de liqueurs distillées clandestinement, treize sacs de café vert, une tonne de sucre et une tonne et demie de chocolat, dont on avait oublié le goût. D'où venaient ces merveilles coloniales ? Mystère. Quels risques avaient pris ces marins pour nous les apporter ?

Les hommes se faisant rares, on aperçut pour la première fois des femmes françaises agents de police. Cela étonna et fit grincer quelques dents. Dans les campagnes, de nombreuses femmes avaient pourtant déjà pris en main les travaux des champs.

Les Allemands ordonnèrent la confiscation des postes de TSF. Adieu BBC et Radio Lausanne ! Seul le motif déclaré nous combla d'aise : « Nécessité d'assurer la sauvegarde des troupes d'occupation dans une région menacée d'invasion. » Vous avez dit « invasion » ? Le débarquement libérateur, vraiment ?

La nuit s'étend sur la ville sans lumière. Dans ma cache de la cathédrale, je tente de dormir. Impossible. Je sors mon petit poste de radio bricolé, je coiffe les écouteurs et j'écoute, passionnément. « Ici la France combattante. Courage, on les aura, les Boches ! » C'est la voix gouailleuse du comique juif Pierre Dac. Il a pris ce slogan… à Pétain. Mais c'était en 1916, à la bataille de Verdun. Puis suivent les accords gaillards de la Troisième Symphonie de Beethoven, l'*Héroïque*, ma préférée, dont les quatre premières notes martelées symbolisent le héros. Mais où sont les concerts d'antan ?

Un pas dans l'escalier à vis. C'est Joana. Le bonheur ! Je croyais la joie et le bonheur à jamais perdus, et ils sont revenus, neufs comme au premier soir. Il a suffi de cette apparition.

Elle me tend un petit pain de farine presque blanche et un œuf dur, un miracle. Je les dévore sans scrupule, tout en sachant qu'elle a dû se priver pour moi. Puis je la prends dans mes bras. Elle se laisse aller contre ma poitrine. Dans le ciel noir passent les hordes de bombardiers, dans un grondement menaçant. Ce n'est pas pour nous. Pas encore.

8

Je m'éveille avec le jour. Je me sens bien, dans ma planque des combles de la cathédrale, avec pour compagnie deux pigeons amoureux. Joana ne devrait pas tarder à monter, avec un petit déjeuner qu'elle s'efforce de rendre aussi appétissant que possible, ce qui constitue un exploit en ces temps de disette. Jamais je n'aurais imaginé, dans mon enfance trop gâtée, le bonheur que l'on peut ressentir devant un bol de lait, un morceau de pain, une simple pomme.

J'entends son pas dans l'escalier à vis. Peu avant d'arriver en haut, elle m'avertit qu'il n'y a pas de danger pour moi, en sifflant les huit premières notes de l'*Héroïque* de Beethoven.

Elle n'est pas seule. Je l'entends parler avec quelqu'un. Pour accepter de grimper les cent quarante marches de la tour, il faut une bonne raison, que je brûle de connaître.

Joana s'avance, suivie d'un homme jeune, grand, maigre, aux cheveux roux, habillé comme un ouvrier. A peine plus âgé que moi, il a le regard allumé d'un étudiant engagé corps et âme dans une grande aventure.

— Patrice, je vous présente le lieutenant William Bird, de la Royal Air Force.

Je le regarde, médusé. Il demeure imperturbable. Joana enchaîne :

— Patrice Blanmesnil, des Forces françaises de l'intérieur. Observateur du poste 234, celui de la cathédrale.

L'officier, très ému, me tend la main. Joana ajoute :

— Le lieutenant Bird pilotait un bombardier Lancaster abattu à la fin de la troisième attaque, le 19 avril.

— Beau travail, lieutenant !

— Un travail détestable ! Cependant…

— Cependant ?

— Les objectifs ont été atteints. La gare de triage et les ateliers de chemin de fer ont été détruits.

— Au prix de mille morts civils. Mille morts !

Il baisse la tête. Ce jeune officier n'est ni arrogant ni fier ; le contraire d'un foudre de guerre. Il s'exprime en excellent français, avec un fort accent de Londres. Il explique à mots hachés :

— Un obus de la *Flak* allemande a endommagé les gouvernes de mon avion. Un moteur a pris feu. Le premier pilote est mort. Les sept autres membres de l'équipage et moi-même avons sauté en parachute. Le radio s'est blessé à l'atterrissage dans la campagne normande.

Je sursaute. A l'évidence, c'est l'homme que le docteur Flambert a pris en charge. Il poursuit :

— Nous n'étions pas rassurés. Après ce bombardement, nous nous attendions à être lynchés par les Français. On voyait Rouen à l'horizon, la ville en feu, un immense rougeoiement ponctué d'explosions. Un désastre !

Joana intervient :

— Le lieutenant Bird et ses camarades sont tombés dans la campagne de Canteleu. Ils ont été recueillis et cachés par un fermier, qui a alerté le réseau local de la Résistance. Le lendemain, j'ai eu la surprise de voir arriver le lieutenant Bird, conduit jusqu'à l'archevêché par Jean, le Furet.

Stupéfiant. Pour qu'un résistant aussi recherché prenne le risque de se découvrir, il fallait que l'affaire fût grave.

— Que puis-je pour vous, lieutenant ?

— Ayant constaté que les Rouennais ne nous étaient pas hostiles, malgré nos dramatiques erreurs de tir, j'ai demandé qu'avant d'être évacué sur l'Espagne avec mes camarades je puisse constater de mes yeux l'état des ponts de la Seine, et peut-être celui du fameux triage de Sotteville, objet principal du raid.

Je n'en reviens pas de son culot... et de son courage. Mais je ne dis rien. Cet homme fait la guerre, il a risqué sa vie. Néanmoins, je ne lui mâche pas les mots :

— Constatez par vous-même, et arrêtez ces raids meurtriers contre les populations civiles.

Je l'entraîne sur la plate-forme supérieure de la tour. Un immense paysage de ruines encore fumantes s'étend à nos pieds, jusqu'à la Seine. Les deux ponts routiers sont là, et bien là, intacts. On y voit circuler des camions allemands et des motos.

Le pilote grommelle :

— Mosquito vraiment maladroits !

— Lancaster meurtriers !

Il secoue tristement la tête et ajoute :

— On nous avait affirmé que la population civile avait évacué le pays, jusqu'à quatre-vingts kilomètres des côtes.

— Affirmation inexacte. On n'évacue pas une grande ville comme un petit port de pêche ou une station balnéaire. Est-ce que Londres a été évacuée ?

Grâce à une longue-vue de poche confiée par le Furet, il fouille le chaos de la rive gauche, les gares, le triage, et là son visage s'éclaire d'un sourire satisfait :

— Objectif durablement touché. Les voies ferrées, les ateliers… Ah ! le dépôt des locomotives. J'en vois des dizaines, le ventre en l'air.

Je martèle, avec une obstination rancunière :

— Au prix de mille morts civils. La destruction pure et simple de l'agglomération ouvrière de Sotteville. Le centre de Rouen ravagé.

Visiblement bouleversé, le pilote se trouble. La fatigue marque soudain les traits de son visage. Il répète :

— Londres a lancé des appels pour que ces zones stratégiques soient évacuées.

— Il faut les entendre, ces appels, et pouvoir se loger ailleurs. Quant au centre de Rouen, rasé de la carte, il se trouve à deux ou trois kilomètres de votre objectif. Regardez ! La ville est encore en feu. Vous avez utilisé des bombes incendiaires, comme sur les villes allemandes.

— Non, pas de bombes incendiaires à Rouen. Ce sont les marqueurs et des fusées au magnésium, les *target illuminator's*, qui ont mis le feu aux vieilles maisons à pan de bois en s'écrasant sur les toits ou sur les ruines.

Nous regagnons ma cache sous les combles. Bien qu'à cette hauteur un observateur discret soit invisible de la ville, mieux vaut ne pas tenter le diable. Joana a déballé des sandwichs et trois pommes. Puis elle déplie l'édition spéciale du *Journal de Rouen*, qui sent encore l'encre fraîche.

— Il faut que vous sachiez, dit-elle en se tournant vers le pilote.

Elle nous lit alors un article encadré de rouge :

— « Sous le prétexte fallacieux de démolir des voies ferrées et d'anéantir des locomotives, nos chers Alliés ont fait de Sotteville une cité morte. Ils ont pris pour cible la ville des cheminots, les rues étroites bordées d'humbles immeubles, fruit du labeur d'ouvriers intelligents qui avaient rêvé d'y finir leur vie. »

A cette évocation, son visage s'anime.

— « Souvent, je m'attardais au long de ces venelles, causant avec des mécaniciens de rapides, dont beaucoup, hélas, ont leurs noms portés sur la liste des morts, héros au courage tranquille, avec des retraités qui ne faisaient pas de bruit, fiers de leurs légumes, de leurs lilas et de leurs roses. »

J'observe le visage du pilote. Ses traits sont crispés par l'émotion. Joana poursuit sa lecture :

— « Tout a été ravagé comme par un tremblement de terre. On a le cœur serré en traversant Sotteville. De Trianon au chemin de halage, il n'y a plus que la désolation et la misère. Même l'église n'a pas été respectée. Et je pense aux jours du temps de paix, quand à midi des centaines de vélos menaient vers le toit familial les employés du dépôt. Répliques joyeuses lancées par le peuple frondeur, rouscailleur et prêt à se dévouer. C'est sur ce peuple de France que s'acharnent ceux qui ne le connaissent pas et le tuent sans le moindre remords. »

Je voudrais que Joana se taise, mais elle continue sa lecture, des larmes dans la voix :

— « On voit déjà des fleurs sur les ruines, mais ce qu'on ne rencontre plus, c'est le sourire des jolies filles, la gaieté qui animait les propos sur la plate-forme des tramways, les groupes des braves gens assemblés place de la Mairie, leur tâche terminée, connaissant le bonheur en cultivant leur petit jardin. »

Elle repose le journal. Le lieutenant Bird demeure longtemps silencieux.

Enfin, humble comme un enfant, il raconte, et sa voix, d'abord à peine audible, s'anime peu à peu :

— Début mars 1944, le Comité interallié de Londres a fixé les objectifs du Bomber Command, pour la préparation active d'« Overlord », nom de code du grand débarquement. Des milliers de bombardiers lourds de la RAF et de l'US Air Force ont alors reçu pour objectif toutes les gares de triage de l'Ouest français, en vue de rendre impossible l'acheminement des troupes et du matériel qui afflueront pour faire face au débarquement.

— Le plan « Transportation ».

— Comment le savez-vous ?

— C'est mon secret… Avez-vous chiffré les pertes des populations civiles françaises ?

— Si l'on ajoute le plan « Choke Point » à

« Transportation », nous avions prévu cent soixante mille victimes, morts ou blessés, et les énormes dégâts matériels provoqués par le *carpet bombing*.

Je le regarde avec effarement. Il a parlé froidement, comme s'il s'agissait d'un exercice militaire ordinaire ou du bombardement d'une ville *allemande*.

— « Choke Point » ? Pouvez-vous préciser ?

— Ce plan de l'US Air Force a été approuvé par le général Eisenhower, qui commandera le débarquement. Il complète le plan « Transport », concernant les centres ferroviaires. Destruction systématique d'une cinquantaine de villes françaises, en vue d'isoler la zone d'invasion, pour empêcher les renforts des *Panzer*. Les blindés lourds peuvent se déplacer par le rail et par la route, d'où la nécessité de frapper fort et partout.

— La liste de ces villes sacrifiées a-t-elle été dressée ?

— Oui, mais c'est un secret militaire. Je ne la connais pas moi-même. Churchill s'est déclaré hostile à ce plan, dont les effets dévastateurs risquent de provoquer de violentes réactions d'hostilité dans l'opinion française. Un compromis est intervenu entre Churchill et Eisenhower. Vingt-sept villes furent ainsi épargnées, vingt-six autres demeurent condamnées. Tel sera le prix de la libération. Le prix à payer pour ralentir la ruée inévitable des *Panzer*.

— Dans quelle liste se trouve Rouen ?

— Je l'ignore. Mais à l'évidence cette ville, nœud routier et ferroviaire incontournable, est très mal placée.

— Il n'y a pas eu d'opposition chez les pilotes britanniques et américains ?

— Si. Elles furent parfois violentes. Mais nous sommes des soldats, nous ne pouvons qu'obéir. Le haut commandement aérien, coiffé par le général Le May, passa outre. On nous accorda seulement le largage massif de tracts invitant les populations à s'éloigner des villes. Il nous faut chasser les Allemands de France, et par tous les moyens. Sinon, comme l'a dit à Radio-Paris l'un de vos chroniqueurs : « L'Angleterre, comme Carthage, sera détruite. » Et il n'y aurait pas de libération de l'Europe... sauf peut-être par les Soviétiques, mais alors, qui oserait parler de libération ?

Que dire de plus ? Après cette étonnante *confession*, le lieutenant William Bird se lève et va à nouveau observer le paysage dévasté qui s'étend sous nos pieds, notamment les ponts de la Seine, sur lesquels il s'attarde. Puis il revient vers nous et prend congé. Une longue et périlleuse aventure l'attend, à travers la France, les Pyrénées et l'Espagne.

Il me serre chaleureusement la main.

— Au revoir, Patrice.

Je lui dis, malicieusement :

— J'espère bien ne pas vous revoir... dans le ciel de Rouen !

— Ce que j'ai vu ici, notamment les ponts, servira. Je ne regrette pas cette escapade dans la cathédrale de Rouen. Je n'oublierai jamais.

Il s'incline vers Joana, qui a écouté en silence. Gageons qu'il ne l'oubliera pas non plus.

Il se penche vers moi et me souffle d'une voix rauque :

— A la victoire !

— Au revoir, William. Et bonne chance pour votre carrière dans la RAF.

Il sourit.

— Oh, moi, mon avenir est ailleurs. Passé mon engagement dans la RAF pour la durée de la guerre, si je suis encore en vie, je retournerai à l'université.

— Pour quelle carrière ?

— La philosophie. Vous ne sauriez croire tout ce que l'on apprend du haut du ciel. Quelqu'un l'a bien compris, chez vous. Le pilote de guerre Saint-Exupéry. Son *Vol de nuit* était plus réussi que le nôtre !

Joana, toujours silencieuse, le raccompagne. Je regagne ma tanière. Après ce déluge de chiffres et ce constat d'erreurs, je ne suis pas trop optimiste.

9

Joana, informée par le secrétaire de l'archevêque des effets du bombardement nocturne du 19 avril, m'apporte des précisions. L'immense gare de triage de Sotteville, au sud de Rouen, semble totalement détruite, voies, ateliers et dépôt des Chemins de fer de l'Ouest, le plus important de France. On y créait, fabriquait et réparait tout le matériel roulant : locomotives, tenders et wagons. Le seul triage, cinquante-six voies parallèles, s'étendait sur cinq kilomètres et absorbait un trafic de quatre mille wagons par jour, dont l'essentiel au service des Allemands.

Les fameux ateliers Buddicum et Quatre-Mares, qui fabriquaient les plus belles locomotives du monde, sont en ruine. Mille six cents ouvriers y traitaient chaque année cent locomotives et trente-quatre mille wagons. Mille autres ouvriers travaillaient sur le dépôt des locomotives, s'étendant sur dix hectares. Deux cents locomotives, occupant trois mille quatre cents mètres de voies, ont été anéanties.

La destruction de cet objectif stratégique désorganise durablement les communications allemandes de tout le quart nord-ouest de la France. Malheureusement, la cité ouvrière voisine de Sotteville a payé le prix fort : des centaines de morts, des milliers de blessés et de gens jetés à la rue. Même leur église, Notre-Dame de l'Assomption, a été décapitée.

Nous pensions, à Rouen, avoir aussi payé notre tribut de larmes, de sang et de cendres. Ce n'était qu'un prélude. Londres, qui a tenté de justifier le bombardement, annonce de nouvelles attaques, cette fois contre nos ponts. Le haut commandement interallié a renouvelé ses avertissements et les étend à toutes les villes de l'ouest et du nord de la France. Les zones industrielles sont aussi visées par le Bomber Command. Est-ce la mise en œuvre du plan d'extermination « Choke Point », dont nous a parlé le lieutenant Bird ? On demande à nouveau aux populations civiles de quitter immédiatement ces zones urbaines. Les ouvriers requis par les Allemands sont invités à gagner le maquis. Le grand saut, quoi ! Et les représailles que les Allemands exerceraient sur les familles ?

Les Rouennais se faisaient-ils encore des illusions ? Un appel signé du maire, du préfet et de l'archevêque demande aux familles d'évacuer les enfants hors du département, et si possible les femmes et les vieillards. Un premier train spécial les emmènera à Châteaudun. D'autres trains suivront. Mais beaucoup de gens, surtout les pauvres, ne partiront pas.

Je me réjouis que ma mère et ma sœur soient à l'abri au Puy-en-Velay, une petite ville paisible, qui n'a jamais été bombardée. J'espère que mes cartes postales leur parviennent. Car les lettres sont interdites. Les cartes autorisées et préimprimées consistent en un bout de carton gris de quinze centimètres sur dix, vendu quatre-vingt-dix centimes, timbre inclus.

Pas d'enveloppe. Au recto, les nom et adresse de l'expéditeur et ceux du destinataire. Au verso, la « correspondance », précédée de cet avis imprimé : « Après avoir complété cette carte strictement réservée à la correspondance familiale, biffer les indications inutiles. Ne rien écrire en dehors des lignes. ATTENTION ! Toute carte dont le libellé ne serait pas UNIQUEMENT d'ordre familial ne sera pas acheminée et sera probablement détruite. »

Pourquoi « probablement » ? De toute évidence, la correspondance suspecte serait communiquée à la Gestapo.

Suit la liste. On est prié de biffer les mentions inutiles :

« En bonne santé… fatigué… légèrement, gravement malade… blessé… tué… prisonnier… décédé. J'ai besoin de provisions… d'argent. X. est de retour à… Y. travaille à… Z. va aller à… le… »

C'est tout. Même la formule finale est imprimée ! « Affectueuses pensées… baisers. Signé… »

Impossible de se téléphoner ; c'est trop dangereux. D'ailleurs, à Rouen, le téléphone ordinaire est coupé. Et pour moi, impossible de recevoir des nouvelles, même par ces insipides cartes postales. Je n'ai jamais donné mon adresse.

Je voudrais que Joana profite de l'invitation officielle pour partir. Elle a de la famille en Auvergne et pourrait se mettre à l'abri en mangeant à sa faim.

Elle me regarde tendrement. La mort de son père l'a changée, mûrie. Je remarque que ses joues ont perdu leurs rondeurs d'écolière, qui m'avaient ému à notre première rencontre. Ses beaux yeux bleu lavande sont devenus plus sombres, mais leur éclat n'a pas varié, ils ont pris de la profondeur, à la mesure de la souffrance. Au fond de ce regard demeure l'espoir, inaltérable.

— Partir ? Mais que ferais-tu sans moi, Patrice ?

La question est plus profonde qu'elle n'en a l'air. Elle sous-entend : « Quelles folies ferais-tu si je n'étais là pour te freiner ? »

C'est vrai. Le renseignement, le sabotage des voies ferrées, les bombes à retardement et autres coups de main contre des objectifs ennemis, autant d'occasions pour moi de *servir*, mais pour elle de *périr*.

— Je te promets de ne pas risquer ma vie inutilement.

Elle me sourit tristement. Elle sait qu'elle n'obtiendra pas davantage. Donc, elle restera. Elle n'est d'ailleurs pas seule dans l'appartement du carillonneur. A la demande de l'archevêque, elle héberge une famille de sinistrés, une veuve et ses quatre jeunes enfants.

Une famille… Le moment est-il venu de lui parler de « nous » ? Le mot « mariage » n'a encore jamais été prononcé. Mais je renonce à faire ce grand saut, que je sais irréversible. Pas maintenant. De quoi demain sera-t-il fait ? Et qui, en ces jours funestes, oserait engager deux vies, de plus en plus précaires ?

Elle se serre contre moi et me sourit. Son visage est alors transfiguré et son regard exprime toute la tendresse du monde. Ainsi unis, nous nous sentons plus forts que la violence aveugle de la guerre. Et les mots de Saint-Exupéry nous viennent aux lèvres : « Aimer, ce n'est point nous regarder l'un l'autre, mais regarder ensemble dans la même direction. »

J'imagine un monde pacifié, où l'on mangerait à sa faim, où l'on pourrait circuler en auto ou en train. Finie, la hantise des bombardements aériens, où la mort peut vous frapper en une seconde, même la nuit. Maman, de retour à Rouen, louerait une petite villa sur les hauteurs de Bihorel, en pleine nature. On cultiverait un verger de fruits, des carrés de légumes, des parterres de fleurs. Michèle, qui a ses deux baccalauréats, trouverait un emploi à la mairie ou à l'enregistrement. Pour moi, il serait trop tard pour passer le concours de Navale. Mais je me vois très bien dans une carrière de journaliste. J'ai une plume et je sais prendre des photos. L'un des frères Wolf, Pierre-René, l'imprimeur, très engagé dans la Résistance, prendrait la direction du nouveau quotidien qui remplacerait le *Journal de Rouen*, interdit pour fait de collaboration. Je connais son fils, on était ensemble au lycée Corneille. Il me ferait entrer comme reporter.

Et Joana ? Je ne sais pas… Elle n'a pas de famille, elle n'a rien, que moi. Elle a tout : je me donnerai à elle.

A Rouen, la vie se rétrécit de plus en plus, et les approvisionnements vitaux se font rares. Il faut tenir. Dans le souvenir de ses lointains ancêtres vikings, le Normand sait puiser des ressources qu'il ne soupçonnait pas.

Comme il n'y a plus de charbon et de bois pour faire la cuisine, on organise des cuisines communautaires, des « centres de cuisson », où l'on propose d'ingénieux plats cuisinés, et pas seulement aux clochards traditionnels, mais à tous les « pauvres », et ce terme désigne maintenant la majorité de la population demeurée en ville et dans sa région. Un « potage » : de l'eau chaude où ont bouilli quelques betteraves. Un plat de rutabagas et de navets, parfois un hareng, ou un morceau d'un requin pèlerin pêché le diable sait où.

Le courant électrique est coupé presque toute la journée. Les trains réguliers ne roulent plus, ni les tramways. On a supprimé les réunions sportives, les rassemblements religieux, en dehors des offices dominicaux qui remplissent les églises dans une ferveur nouvelle. Quelques curés et surtout de jeunes vicaires sont favorables à la France Libre et soutiennent la Résistance, mais la majorité du clergé respecte le vieux maréchal, qui a su redonner des couleurs à la morale chrétienne, lui dont la vie privée, paraît-il, fut fort agitée. Ce vieux libertin divorcé, remarié à soixante-quatre ans, avait été surnommé jadis « Monsieur Flirt ».

La morale ! Que peut signifier ce mot, alors que nous sommes soumis à des bombardements presque quotidiens ? Les pauvres prêtres n'osent même plus nous menacer de l'enfer. Ce monde est un enfer, nous y sommes englués jusqu'au cou.

Il y a tellement d'alertes aériennes que toute vie sociale devient impossible. Les écoles ferment. On passe plus de temps dans les abris qu'au travail ou à la maison. Les banlieues industrielles sont pilonnées et aussi Rouen, à cause de ses gares et surtout de ses ponts, qui sont pour nous une malédiction. A peine coupés, les Allemands les rétablissent grâce à des éléments métalliques préfabriqués, et ce malgré les avions qui les mitraillent en piqué, avec ce diabolique chasseur Mosquito de la RAF. Le fameux viaduc du chemin de fer d'Eauplet, le « pont aux Anglais », à l'est de Rouen, a reçu quelque cinq cents bombes et tient encore. C'est à désespérer du Bomber Command !

Pour beaucoup de Rouennais, désormais, la pensée dominante n'est plus le débarquement libérateur, mais la survie. Heureusement, la Résistance sécrète encore un formidable espoir, et tant de générosité !

Les Allemands l'ont bien compris. Sentant venir la bataille décisive, le grand débarquement des Alliés, la Gestapo accentue la chasse contre les FFI. Benjamin Remacle, chef départemental du Front national, et plusieurs FTP sont capturés alors qu'ils s'apprêtaient à faire sauter le viaduc du chemin de fer. Dans le coup de filet qui suit, Raoul Leprettre, de Libé-Nord, est capturé, avec d'autres chefs. Après avoir été torturés au Donjon, ils sont déportés dans un convoi de plus de deux mille hommes.

Qui es-tu, mon âme, en ces jours de détresse ? Ma petite âme a pour prénom Joana, et je m'y accroche comme à une bouée dans la tempête, en ces jours de tumulte et de haine. Il n'y a pas de haine dans le cœur de Joana, uniquement de la tendresse et de l'amour. Moi, je hais ces Allemands de la Gestapo, qui ont torturé et tué mon père, forcé ma mère et ma sœur à s'exiler ; je hais tous ceux qui occupent, humilient et pillent notre pays.

Mais qui est l'ennemi ? Le père de Joana a été tué par une bombe anglaise ; sa mère par une balle allemande. Le *Journal de Rouen*, qui relaie la propagande de Vichy, affirme que les Alliés sont les plus grands criminels du monde. Pour les Russes, que l'on appelle

« les bolcheviques », c'est évident. Qui voudrait vivre dans un régime présidé par Staline ? Mais les Anglo-Américains ? Chaque jour, des milliers de tonnes de bombes écrasent aussi les villes allemandes. Il y aurait eu cinquante mille morts civils à Hambourg, une ville rayée de la carte et dévastée par de gigantesques incendies. Cologne et Berlin sont des champs de ruines. L'Allemagne, qui aurait reçu près de deux millions de tonnes de bombes, déplorerait trois cent mille morts civils et huit cent mille blessés.

Au prix de lourdes pertes alliées, d'ailleurs. Les Allemands affirment avoir détruit quarante mille bombardiers, et capturé ou tué cent soixante mille aviateurs, abattus par la chasse ou la DCA. A Londres, qui compterait soixante mille morts et cent mille blessés, deux millions de maisons auraient été soufflées.

Cet anéantissement réciproque de l'espèce humaine par des nations qui se vantaient d'être à la tête de la civilisation était-il inévitable ? Où s'arrêtera-t-il ? Et de l'autre côté de la planète, l'océan dit « Pacifique » est en feu.

Oui, où est l'ennemi ?

Il n'empêche ! De Gaulle est pour moi le symbole de la résistance à l'occupation, du retour à la liberté et à la démocratie. Le vieux maréchal, qu'on a sans doute été trop heureux d'avoir en 1940, n'est plus qu'un bouclier de papier qui achève de tomber en poussière, emportée par le vent de l'Histoire.

Le Maréchal, le voilà ! Ce dimanche 14 mai 1944, fête traditionnelle de Jeanne d'Arc, le chef de l'Etat est venu à Rouen. Je n'ai pu m'empêcher, en compagnie de Joana, d'aller le voir en ville. Il y a tellement de monde dans les rues que je ne risque pas d'être repéré par la police.

Pour une icône vivante, il a étonnamment vieilli et n'est plus que l'ombre de son image, ce profil obstiné que l'on voit sur les timbres, les affiches et les bons de solidarité. A la fois fragile, buté, pathétique, en costume civil et sans son bâton de maréchal, la francisque aux sept étoiles, il a déposé sur la dalle du bûcher de Jeanne d'Arc des fleurs bleues et blanches nouées de tricolore. De la foule, nombreuse et fervente, des ovations s'élèvent. On chante *La Marseillaise*. Et moi, le gaulliste passionné, je me sens aussi pris aux tripes. Jeanne d'Arc ne me gêne pas. C'est la « collaboration » que j'exècre.

Puis le cortège officiel parcourt en voiture les quartiers dévastés de la ville. Quelles peuvent être les réflexions du vieux soldat rescapé de Verdun au spectacle de la cité martyre ? La foule se porte à sa suite vers le parvis de l'église abbatiale Saint-Ouen, où l'attendent monseigneur Petit de Julleville et tout le clergé rouennais, qui n'ont pu l'accueillir dans la cathédrale, dont la grande nef est devenue un immense chantier, encore menacé d'effondrement.

Du parvis, la voix frêle du vieil archevêque s'élève : « Nous avons beaucoup souffert, monsieur le maréchal, et souffert injustement. Mais un grand souffle de générosité a passé sur notre cité, au premier rang chez les jeunes. »

Joana me presse la main et se serre contre moi. Nous nous laissons emporter par la foule. A la suite du cortège officiel, elle pénètre dans l'immense église.

Foule énorme, avide d'espoir. Les gens s'accrochent aux piliers, ils envahissent les nefs, occupent la chaire, manifestent avec une ferveur non exempte de violence et de colère. Un souffle pathétique émane de cette manifestation sincère d'un peuple face à un vieillard impuissant qui a déjà un pied dans la tombe et l'autre dans le déshonneur. Une foule qui acclamerait de Gaulle, si par miracle il apparaissait soudain.

Pourvu qu'il n'y ait pas d'attaque aérienne, ou un attentat contre le Maréchal. Avec tous ces gens dehors, ce serait une belle pagaille, et quel carnage !

Les Allemands n'ont pas goûté cette manifestation, ni la substitution, hélas très fugitive, du drapeau à croix gammée en lieu et place du pavillon tricolore au fronton de l'hôtel de ville. Le lendemain, ils ont arrêté le préfet Pierre Guérin, suspecté aussi de n'être pas assez ferme contre la Résistance.

Cela signifie que les contrôles de police vont se multiplier. J'ai réintégré ma cache dans les combles de la cathédrale. Combien de temps me protégera-t-elle ? Pourquoi les Allemands, qui fouillent partout, ne viennent-ils pas m'y déloger ?

Cet épisode étrange de la visite du chef de l'Etat, comme une parenthèse au drame que nous subissons, m'a troublé. Et si, comme certaines bonnes âmes le suggèrent, Pétain et de Gaulle étaient secrètement d'accord ? L'homme de Vichy serait le bouclier, l'homme de Londres le glaive. Comme si « la poignée de main de Montoire », Pétain serrant la main de Hitler, n'avait été qu'une ruse du vieux soldat pour tromper le diable. Mais qui a été trompé ? Les réalités nous écrasent : le pillage de la France sous son gouvernement, notre jeunesse vouée sur son ordre au service du travail obligatoire en Allemagne ; bref, la « collaboration ». Et l'arrestation des Juifs par la police française ; la Milice, complice de la Gestapo ; et encore un million de prisonniers de guerre toujours retenus en otage.

Je me retrouve enfin. Quelque chose en moi, ma conscience inaltérable, se refuse au compromis, au mélange des genres. Enthousiasmée par *La Marseillaise* et le drapeau tricolore, la foule se méprend. On la trompe. J'entends crier les suppliciés des caves et ceux des camps de concentration. Je crois entendre la voix de mon père, qui m'invite à suivre sans compromis les chemins escarpés de l'honneur.

Je lutterai contre l'ennemi nazi, tant qu'il souillera notre territoire. J'ai hâte de rejoindre mon maquis dans la forêt. Là, tout est clair : obéir à nos chefs. Jean, le Furet, qui me transmet les ordres de la hiérarchie FFI, me dit de rester où je suis jusqu'au débarquement. Mais enfin, quand débarqueront-ils ? Et où ?

Le 27 mai, le train de Paris ne peut franchir le pont d'Eauplet, qui a reçu des centaines de bombes. Ne pouvant atteindre la gare de Rouen rive droite, ni stopper à découvert en rase campagne, ni se mettre à l'abri dans le tunnel de la colline Sainte-Catherine, il doit faire tête à la gare des voyageurs, rive gauche, la gare d'Orléans, ce qu'il en reste. Ce train est bourré de civils français et de militaires allemands, retour de permission. Comme il stoppe dans cette gare dévastée dépourvue d'abris, il est attaqué en piqué par les chasseurs-bombardiers Mosquito britanniques. Criblé de balles et de petites bombes, le train prend feu. Cinquante civils français et autant de soldats allemands sont tués.

Dans la nuit, le tablier crevé du viaduc d'Eauplet est réparé, mais, le lendemain, les avions reviennent et s'acharnent à nouveau contre cet ouvrage vital. Malgré la DCA de la côte Sainte-Catherine, qui le crible à bout portant, un chasseur-bombardier, piquant avec une folle audace jusqu'au ras du fleuve, place sa bombe exactement sur l'objectif, puis, ébranlé par la déflagration, va s'écraser dans la campagne. Le pilier visé, frappé de plein fouet, s'écroule en entraînant vingt mètres de tablier métallique dans la Seine. Du beau travail !

C'est un coup dur pour les Allemands. Le viaduc est enfin neutralisé, non pas pour deux jours, mais, on l'espère, pour au moins deux semaines, et avec lui la voie stratégique des troupes et du matériel allemands vers la Normandie.

Avec une obstination farouche, les Allemands forment des bataillons du génie, où ils appellent des volontaires français pour réparer le pont, leur évitant le travail forcé en Allemagne. Ils les payent grassement, les nourrissent, les logent et les flattent. Pour qui n'a pas la vocation héroïque de la Résistance, cette besogne au service de l'ennemi semble préférable au sort précaire des FFI, traqués, affamés, emprisonnés, torturés, fusillés. Le pont de chemin de fer est bientôt rouvert à la circulation des convois militaires.

Et les deux ponts routiers de Rouen, si proches du centre-ville. La chasse allemande a été diminuée, ces fameux Messerschmitt qui faisaient régner la terreur dans le ciel de France en juin 1940, mais la DCA est puissante, et les pertes de l'aviation alliée en piqué sont trop lourdes. Il faudra donc faire appel aux sinistres forteresses volantes américaines B-17, et aux énormes Lancaster britanniques qui nous ont déjà massacrés, opérant sans risque à haute altitude, confondant sans vergogne une caserne et un hôpital. Nous sentons venir cette grande épreuve avec angoisse, mais la libération est à ce prix. Dans ces conditions, pourra-t-on parler de victoire ?

Ce mercredi 31 mai 1944, l'alerte a été donnée à onze heures et quart, mais, comme elle est presque permanente, je n'y fais plus attention. Le hurlement des piqués me surprend. Ce ne sont donc pas des forteresses volantes. Dissimulé derrière les balustrades de pierre de la tour centrale de la cathédrale, je contemple ce spectacle, dont le souvenir me fascinera jusqu'à la fin de mes jours.

Avec un mépris total de la DCA qui se déchaîne, ces fameux affûts quadruples de 20 à tir rapide, une première vague de bombardiers bimoteurs Lightning américains pique sur la ville. Muselée par leurs canons, la DCA se tait.

Une deuxième vague suit, elle s'en prend aux ponts. Des gerbes immenses de fumée et de flammes s'élèvent, entraînant des débris. Dans ce secteur déjà labouré par mille projectiles, qui s'appelait jadis le quai de la Bourse et le quai de Paris, d'où partaient pour La Bouille et Oissel les « bateaux omnibus » chers à Flaubert, ne subsistent que des ruines. Les bombes les soulèvent et les retournent avec rage, dans des nuages de poussière jaune.

Et les ponts ? Le pont provisoire sur piles de bois face à la rue du Bac semble démantelé, mais le pont Boieldieu est intact, ou presque, dans ses fondations, le tablier métallique préfabriqué pouvant toujours être remplacé, posé par une bigue, une grue flottante. Les bombes traversent ce tablier métallique et explosent dans la Seine en faisant peu de dégâts. Il faudrait, comme au viaduc d'Eauplet, démolir par un coup direct au moins un des trois énormes piliers en pierre de taille ancrés dans le lit du fleuve, un ouvrage monumental construit en 1888. Impossible.

Peut-être. A onze heures cinquante-trois, une troisième vague se présente. Au grondement puissant, je comprends qu'il s'agit cette fois des forteresses volantes, et sans doute des superforteresses B-29, des quadrimoteurs de soixante tonnes emportant jusqu'à neuf tonnes de bombes. Sans prendre le risque des avions en piqué, elles lâchent leurs énormes projectiles du haut du ciel sans guère se soucier de précision. La fumée et la poussière recouvrent d'ailleurs la ville.

Les Américains lancent des bombes de deux tonnes, du jamais vu. Ce pilonnage dépasse celui du 19 avril. De nombreuses bombes tombent en pleine ville. Des blocs entiers d'immeubles explosent. Je vois s'allumer un feu rue des Charrettes, derrière le théâtre des Arts, dont les ruines encaissent aussi quelques coups.

Le calme revient, ponctué par les sirènes des sauveteurs qui se dirigent vers les quartiers éventrés. La Chambre de commerce est démolie, et l'église Saint-Etienne des Tonneliers.

Joana débouche, tout essoufflée, d'un escalier à vis. Elle me porte du pain et des pommes. Je me reproche de l'avoir oubliée dans ce monstrueux bombardement qui paralyse l'esprit. Et de la voir, j'ai chaud au cœur, je me sens plus fort. Oui, je me sens invulnérable. Qui a dit que l'amour est plus fort que la mort ?

— Tu as bien fait de rester où tu es, me dit-elle en reprenant son souffle. Dans la cave de l'archevêché, c'est l'enfer. On est secoué comme dans la cale d'un bateau en pleine tempête, on étouffe, et il y a des Allemands. Des soldats, mais aussi des types de la Gestapo, en civil. Le monde pourrait s'écrouler, ces salopards ne peuvent s'empêcher de faire leur besogne.

Je la serre dans mes bras. Elle tremble, mais elle s'apaise aussitôt. Son corps est chaud et doux, et ce parfum de sueur qu'il exhale après cette montée me trouble et réveille mon désir. Qu'il serait bon de s'aimer ! Elle reste un temps immobile, que je voudrais infini. Il existait autrefois des amoureux qui se tenaient ainsi, sans autre souci que cet échange mystérieux : l'amour.

Elle se détache enfin de moi et va se pencher sur la balustrade de pierre pour observer la ville à nos pieds. Les avions sont partis. L'énorme nuage de fumée et de poussière, qui masquait la Seine, se dissipe au-dessus du quai de Paris, et nous contemplons le désastre. Le cours Boieldieu émerge à peine. Le palais des Consuls, la Bourse de commerce, l'hôtel des Douanes sont détruits, ces bâtiments magnifiques qui ordonnaient jadis la vie trépidante du premier port de France. L'incendie de la rue des Charrettes a embrasé l'Auto-Ciné, il lèche l'église Saint-Vincent et progresse vers le centre-ville, à nouveau voué aux flammes de l'enfer. Bientôt, toute la basse ville est en feu, depuis les quais jusqu'à la rue Jeanne-d'Arc et le Vieux-Marché.

Une dernière étreinte. Je voudrais retenir Joana. Je tente d'oublier le drame de la capitale normande en me perdant dans ses grands yeux bleus, comme si ce drame n'était pas aussi le nôtre et n'allait pas nous engloutir. Je caresse sa chevelure d'or, qui s'achève en duvet d'une finesse troublante entre l'oreille et la nuque. Un instant, elle m'abandonne ses lèvres. Instant infini que je voudrais retenir. Puis elle me repousse doucement et regagne l'archevêché pour porter secours aux pauvres gens qui se pressent dans la cour et le jardin. A l'impression déchirante de la perdre, je mesure alors la profondeur de notre amour, mais aussi la fragilité de nos vies, et je prends peur.

Je voudrais agir utilement alors qu'il y a tant à faire, non pas abattre des Allemands bien que l'envie m'en démange, mais me rendre utile en ville, comme Joana. Tant pis pour la Gestapo. Demain matin, je me présenterai au poste central de la Défense passive. On me donnera un casque, un pic ou une pelle, sans me demander mes papiers ; ils ont tant besoin de bras ! Mêlé aux sauveteurs, je fouillerai les décombres fumants pour en tirer des blessés inconscients, et peut-être seront-ils ramenés à la vie.

Joana m'apporte à manger : du pain, et les premières cerises. Repoussant cette nourriture pourtant nécessaire, je l'étreins avec une passion qui l'étonne, mais qu'elle partage aussitôt en riant, un rire qui se fige sur ses lèvres.

— Le centre-ville a reçu quelque cent soixante bombes. Il y a des centaines de morts. De nombreuses victimes demeurent prisonnières sous les décombres. Dans l'abri de l'immeuble des Douanes, qui s'est écroulé dans la nuit du 19 avril, deux cents personnes étouffent, encore vivantes, menacées une fois de plus par le feu et par l'eau.

— Pourquoi n'éteint-on pas ces feux ? Ils progressent en ville. Regarde !

— Toutes les canalisations d'eau sont crevées. On a mis en service quatre bateaux-pompes sur la Seine, mais les alertes continuelles rendent les secours aléatoires. Le maire et le préfet ont lancé non pas une invitation, mais un ordre d'évacuation de la ville, depuis la Seine jusqu'à cinq cents mètres, cathédrale incluse. Monseigneur a dit qu'il ne quitterait pas l'archevêché. Moi non plus.

— Ma petite Joana, il te faut partir.

Elle ne m'écoute même pas et poursuit :

— Un autre ordre a été lancé : tous les civils qui n'ont pas de fonction doivent quitter l'agglomération, à cause de la précarité des approvisionnements. Il n'y a plus d'eau courante, de gaz, d'électricité, de téléphone. Plus rien ! On ne ramasse même plus les ordures ménagères.

Elle essuie une larme et ajoute, avec désespoir :

— Ni les cadavres, qui pourrissent sous les maisons écroulées. Qui aurait cru cela possible ? A Rouen, au XXe siècle !

Je me penche vers la ville martyre, d'où monte un épais nuage de fumée, éclairé par la lueur des incendies qui progressent. La Ville aux cent clochers agonise, et nous, ses enfants, nous demeurons presque impuissants.

Joana me quitte. Elle a trop à faire en bas. Je fais mine de la suivre. Elle me supplie de rester où je suis. Elle a cru reconnaître dans le jardin de l'archevêché le sinistre Alie, l'inspecteur de police français qui travaille pour la Gestapo, avec la « section Antiterroriste » qu'il a créée. Son flair est redoutable. C'est leur meilleur limier, que les FFI tentent en vain de neutraliser, mais il échappe à toutes les embuscades. On dit qu'il ne travaille pas pour de l'argent. Mais pour quoi, alors, ou pour qui ? Il a vendu son âme au diable. Qui peut comprendre cela ?

La pluie a cessé vers onze heures et je me prépare à sortir. Cette fois, ma décision est prise, je vais rejoindre rue Jeanne-d'Arc les équipes de secouristes, les volontaires des Equipes nationales, qui assistent les professionnels de la Défense passive.

Comme j'arrive chez Joana, elle me tend un papier anonyme où je reconnais l'écriture de Jean, mon chef de réseau. « Reste où tu es et attends les ordres. » Un coin du papier est brûlé. Je le froisse et le jette rageusement dans le fourneau de la cuisine, où il se consume. Mais j'obéis.

Déjà, le ciel gronde d'avions. Ils reviennent. Pas le temps de remonter les escaliers à vis de la cathédrale. Joana m'entraîne dans la grande cave-abri de l'archevêché, des sous-sols voûtés du XIIIe siècle. Tout est obscur, à peine éclairé par des lampes-tempête à pétrole accrochées au plafond. J'aurais mieux fait de remonter là-haut. Cette foule qui sue la peur est contagieuse et me déprime.

Soudain, je me trouve confronté à un individu en gabardine grise, d'environ trente-cinq ans, de petite taille mais robuste, au visage glabre, au regard pénétrant et cruel. Il me dévisage avec insistance. Est-ce un gestapiste ? Ils sont partout, comme des vers dans le fruit. Est-ce Alie ? Il correspond à la description qu'on nous a faite. M'a-t-il reconnu, alors que mon portrait est toujours affiché dans les commissariats ? « Patrice Blanmesnil, dix-neuf ans, un mètre quatre-vingts, blond, yeux oranger verdâtre. Dangereux terroriste, armé. »

Profitant d'un mouvement de foule, je me glisse loin de lui. Je cherche Joana. La voilà, calme, toujours égale à elle-même. Je colle mon corps contre son corps. Elle se hausse sur la pointe des pieds et pose tendrement sa joue contre la mienne.

— Ma chérie, quelle est la couleur de mes yeux ?

Elle me regarde en souriant, surprise tout de même.

— Verte, comme l'espérance.

— Non. « Oranger verdâtre. » C'est la police qui l'a dit.

Elle n'a pas envie de rire. Ah, le gestapiste s'approche de moi.

— Papiers !

Je lui souris bêtement, comme s'il avait dit un bon mot. Un ébranlement opportun nous jette les uns contre les autres. La bombe n'a pas dû tomber loin. La lampe tangue au plafond voûté et s'éteint. Des femmes et des enfants crient dans le noir. Un vieux grogne dans un coin :

— C'est pire qu'à Verdun !

Le gestapiste a disparu. Je me hâte à tâtons vers la sortie, et je m'enfonce dans le cœur meurtri de la ville. Mais j'étouffe bientôt, dans les rues envahies par la fumée des incendies. Me rappelant les ordres, je me hâte de retrouver ma cache, dans les hauts de notre vieille cathédrale.

Le jour se lève sur un paysage de désolation. Comment rester là-haut, alors qu'en ville il y a tant à faire ? Je lis les journaux que Joana m'a apportés, et il n'y a pas de quoi vous remonter le moral. « Nous nous acheminons vers la destruction presque totale de la capitale normande », titre sans nuance le *Journal de Rouen*. Le pire est qu'il a sans doute raison.

En page deux s'étale la liste interminable des morts. En dessous, je lis cet avis, tombé là comme un cheveu sur la soupe :

« Faites-vous inscrire avant le 30 mai chez un cordonnier, à l'aide du ticket S de couleur rose de votre carte d'articles textiles. Vous aurez droit à un nouveau ressemelage, à partir du 1er juillet 1944. Ne peuvent être inscrits les enfants en bas âge. »

Un nouveau ressemelage ? Quel bonheur, même si les nourrissons ne peuvent en profiter !

Le bonheur, justement ! Sous la liste des morts, je lis cette publicité :

LA MAISON DU BONHEUR
87, RUE GROS-HORLOGE
LOTERIE NATIONALE

Il n'y a plus de lait, plus de beurre ni de viande, guère plus de pommes de terre et de lentilles, votre maison brûle ou menace de s'écrouler, vos proches agonisent à l'hôpital, mais on peut toujours acheter un billet de la Loterie nationale. On peut toujours rêver !

Dans le *Petit Normand*, je lis avec intérêt les condamnations du tribunal correctionnel, siégeant derrière une table de ping-pong, loin de son palais de justice foudroyé : cinq cents francs d'amende pour un retraité des PTT coupable de recel ; trois mille francs pour un bûcheron de La Loge-aux-Pauvres qui a volé du bois ; cinquante mille francs pour un épicier de Bihorel convaincu du transport irrégulier de denrées et de marché noir ; quatre mois de prison pour un marin qui a proféré des menaces de mort à l'égard d'un douanier et brutalisé un collègue.

Et les autres, ceux de la RAF et de l'US Air Force ? Qui les jugera ? Et qui jugera Hitler, Churchill, Roosevelt et Staline ?

Quant à moi, je mérite la mort, c'est évident. Mais je me suis habitué à cette perspective très ordinaire.

10

La mort, justement. Elle n'a pas manqué son rendez-vous. Les superforteresses volantes B-29 de l'US Air Force ont une fois de plus attaqué, en trois vagues successives. Des centaines de bombes ont à nouveau frappé la ville. Cette fois encore, rien ne me retiendra dans la cathédrale. J'erre comme un fou dans la ville assassinée.

Fous, le sont-ils devenus, à Londres ? Qui a pu ordonner un tel génocide ? Ce n'est pas seulement la rive gauche et la Seine, zones des objectifs stratégiques, qui ont encaissé le gros de l'attaque. Tout le centre-ville aussi est frappé. Partout les sauveteurs s'affairent pour dégager les victimes ensevelies, éteindre les incendies qui éclatent, attisés par le vent.

Rue Jeanne-d'Arc, l'église Saint-Vincent, trésor du XIVe siècle, a été écrasée. Son clocher carré et sa nef se sont écroulés. Seul demeure intact, au milieu des ruines, le grand crucifix qui dominait le chœur.

Dans la ville frappée à mort se déroulent des scènes déchirantes. Ici, un homme aux yeux enfiévrés, aux vêtements tachés de sang et de poussière, s'obstine à rechercher les siens sous l'inextricable amoncellement de pierres et de poutres de sa maison effondrée. Là, une vieille femme contemple d'un regard hébété les ruines de ce qui fut jadis son logis. Plus loin, des sinistrés récupèrent quelques vêtements souillés et les rares objets demeurés intacts sous les débris de leur foyer.

Au milieu de la cohue, le cortège lamentable des pauvres gens se fraie un chemin, pitoyable procession de brouettes, de charrettes, où s'entassent les meubles, les matelas, les couvertures, les vêtements. Dans des valises, des sacs, des paniers, des draps noués aux quatre coins, ils transportent le peu qu'ils ont pu sauver des flammes. Un homme hagard émerge des ruines de sa maison, en brandissant un anneau de serviette :

— Voilà tout ce que j'ai pu récupérer !

Partout règne cette animation fébrile des lendemains de catastrophe. Dans les rues obstruées, où les ambulances et les voitures de pompiers ne peuvent accéder, se pressent les sauveteurs de la Défense passive, casque sur la tête, outil sur l'épaule : la pelle, le pic, la barre à mine.

Place du Vieux-Marché, une bombe a creusé un entonnoir de cinq mètres et exhumé les vestiges de l'ancien cimetière Saint-Sauveur. De très vieux os ont été projetés alentour. Devant ce trou, une pauvre vieille s'étonne :

— Mais qui a fait ça ?

La statue de Jeanne d'Arc, cette fois encore, est intacte.

Rue des Bons-Enfants, le poste de secours a été écrasé, son personnel tué, déchiqueté. On n'entendra plus la voix rassurante et le bon rire du docteur Léonard et des dévouées religieuses qui l'entouraient.

A côté, dans l'ancienne église Sainte-Marie-la-Petite, la synagogue, évidemment interdite au culte, est aussi détruite. Les objets du culte jonchent la chaussée. Et la Thora, la loi sacrée de Moïse sur ses deux rouleaux de parchemin, gît dans le ruisseau. Mais qui oserait la ramasser ? D'ordre de Hitler, il n'y a plus de Juifs à Rouen, sinon quelques résistants traqués, cachés dans les caves.

Je n'y tiens plus. La loi de Moïse, c'est aussi la mienne, l'une des sources vivantes du christianisme. Je me penche et je ramasse les rouleaux avec respect, je les serre pour n'en faire qu'un seul bloc, aussi fort que ma foi.

Qu'en faire ? C'est un vrai problème. Je tiens entre mes mains une bombe qui risque de m'exploser à la figure.

Soudain, un vieil homme se dresse devant moi. Il devine aussitôt mon embarras.

— Donnez, mon petit. Je suis un ami du rabbin. Je vais mettre ces précieux rouleaux à l'abri.

Comme il s'éloigne en les serrant contre lui, je remarque qu'il boite. Ses vêtements sont vieux et usés. Avec son béret basque, il a l'air d'un petit retraité français ordinaire qui s'en revient du marché. Mais aujourd'hui, quel butin ! La Thora !

Je reprends ma marche hésitante à travers les ruines fumantes de la ville. Le Crédit Lyonnais est aussi détruit, comme si les Anglais ne respectaient rien, ni le bon Dieu ni l'argent ! L'œil hagard, un employé rescapé de la banque s'efforce de récupérer des papiers éparpillés sur la chaussée. Visiblement choqué, il parle tout seul, d'une manière incohérente. Dans la cave-abri de la banque ont péri quatorze des quinze employés. Il est le seul survivant. Les coffres ont éclaté, projetant jusque dans la rue pièces d'or, bijoux de famille, titres et billets de banque. Mais lui, l'employé modèle, ne s'intéresse qu'aux papiers administratifs et aux documents comptables.

Pas de jaloux ! A côté du Crédit Lyonnais, la Société générale a sévèrement encaissé. Un peu plus loin, le cinéma Eden est aussi démoli. Ils ne respectent rien, vous dis-je ! Ni le plaisir ni l'argent ! Ni même les « objets perdus », dont le Bureau a été détruit. Parmi les « objets » éparpillés dans la rue, je remarque un sac à main de dame, un gant de cuir, une paire de lunettes, une poupée d'enfant.

Evidemment, tout ce qui est proche de la Seine a été écrasé par les bombes. Notre orgueilleuse Bourse de commerce, dite « palais des Consuls », brûle, le café Victor est anéanti, le Théâtre des Arts défoncé une fois de plus, et les Nouvelles Galeries, dont les médiocres marchandises du temps de guerre jonchent la chaussée. Dans l'atmosphère incendiée volent des papiers, des factures à demi calcinées, des quittances.

Quai du Havre, l'immeuble des Douanes, où agonisent dans les caves deux cents survivants, a encore reçu des bombes. Elles ont crevé les canalisations et l'on dit que l'eau monte dans l'abri, ce qui pourrait abréger l'agonie de ces pauvres gens.

Cent mètres plus haut, l'école Catherine-Graindor a été coupée en deux par une bombe, mais sa directrice avait eu le temps d'évacuer les élèves. En revanche, l'abri voisin du poste de secours est détruit. Sur les soixante civils qui croyaient y trouver refuge, on n'en a sauvé que sept, en creusant une galerie.

Un marinier qui remonte du port me prend à témoin :

— Tout le bas de la ville est en feu. L'atmosphère est irrespirable. Du port maritime il ne reste que des ruines : quais labourés, bateaux coulés, hangars défoncés, grues basculées dans le fleuve.

Il a des larmes dans la voix. Sa vie aussi a chaviré.

— Et les ponts routiers sur la Seine ?

— Ah ! Ils sont coupés !

— Enfin ! Et la rive gauche ?

— Le quartier Saint-Sever est en ruine, et Sotteville aussi. Dans l'île Lacroix, rien n'a été épargné : chapelles, chantiers maritimes, et les Folies Bergère, où l'on donnait de merveilleux concerts.

Le marin mélomane s'éloigne en toussant.

Les ponts enfin coupés ? Je veux voir cela de mes yeux et je me dirige vers la Seine. On y respire mieux, mais quel spectacle !

Le pont provisoire, face à la rue du Bac, reste démantelé, les pieux de bois, de véritables troncs d'arbres, sont partis à la dérive. Cent mètres plus loin, le pont Boieldieu est crevé de part en part, mais ses trois piles massives, en pierre de taille, demeurent intactes, solidement plantées dans le fleuve. On peut encore passer à pied, sautant d'une poutrelle métallique à l'autre, en risquant de se noyer. Mais il faudra des jours pour le rétablir à la circulation automobile, si l'aviation alliée donne un répit, et on ne voit pas pourquoi elle ferait ce cadeau aux Allemands.

Je remonte vers la cathédrale, à travers le quartier abandonné des Halles, dont les quinze hectares ont brûlé en juin 1940. Des centaines de projectiles les ont inutilement retournés. Seule la tour de la Fierte reste debout, indestructible.

Dans ce désert de ruines, je cherche en vain la trace de la rue de l'Epicerie. Je ne sentirai plus le parfum de la frangipane et celui des tartes aux pommes rissolées au four avec un brin de cannelle. L'odeur du vieux bois brûlé a tout envahi. Perdus à jamais, aussi, les odeurs goudronnées du port et le long cri des sirènes, qui jadis me faisait rêver d'escales lointaines.

Devant le grand portail de la cathédrale, criblé d'éclats, l'immeuble de la Mutuelle-assurances a été éventré. Derrière la façade arrachée on voit les bureaux suspendus dans le vide, avec leurs meubles intacts. Là encore, des papiers éparpillés traînent sur la chaussée retournée. Mais qui se soucie de ces contrats d'assurance-vie, alors que partout la vie est saccagée ?

Les vêtements couverts de poussière, la gorge et les yeux irrités par la fumée, je me mêle aux sauveteurs, tirant ici un lourd tuyau, poussant là une « roulante » de soupe chaude que je distribue aux pompiers, dont la plupart sont sur la brèche depuis trente heures. Ici je fais le coup de pioche ou de barre à mine pour déterrer sous les ruines un blessé enfoui dont on entend les faibles gémissements.

Dans mon équipe, je remarque un garçon malingre au regard triste. Il ne doit pas avoir plus de quinze ans. Dans un moment de répit où nous partageons un sandwich, je lui demande dans quel quartier il habite. Il me répond, d'un air fataliste :

— Assistance publique.

Je demeure saisi. Un orphelin ! J'ai du mal à comprendre que l'on ne puisse pas avoir un père, une mère, un foyer où rentrer le soir. C'est pourtant mon cas.

Je lui demande ce qui l'a amené à venir se mêler aux équipes de sauveteurs.

— On a réclamé des volontaires pour déblayer les ruines. Je suis venu. Je ne le regrette pas. J'ai vu des plus malheureux que moi.

Et l'enfant abandonné ne se sent plus inutile dans ce monde bouleversé qui a perdu ses repères.

En silence, nous reprenons notre ouvrage. Heureusement, il ne m'a pas posé de questions.

Dans un poste de secours où j'ai amené un blessé, quelqu'un me reconnaît. Flic, ou résistant ? Par bonheur, c'est un FFI, un vieil infirmier de l'hôpital. Il me fixe dans les yeux, puis me souffle à l'oreille :

— On t'avait dit de rester planqué là où tu étais.

Comme je demeure sans voix, médusé, il ajoute :

— Va, petit. Ce n'est pas le moment de te faire piquer en ville. On aura besoin de toi là-haut, et c'est pour très bientôt.

Il se penche à nouveau vers moi. Une lumière brille dans son regard.

— Tu n'as donc pas entendu le message de la BBC ?

— Non. Quel message ?

— « Les sanglots longs des violons de l'automne… »

Le message ! Le débarquement imminent !

Je m'en retourne, bouleversé, vers la cathédrale. Je

ne vois même plus les rues jonchées de gravats, de débris de verre et de brandons calcinés. Ni l'affiche sur un pan de mur, signée par l'intendant au Maintien de l'ordre : « Tout individu surpris en flagrant délit de pillage sera abattu par les forces de l'ordre. » Je n'entends que la *Chanson d'automne* de Verlaine, « les sanglots longs des violons ».

La fumée est parfois si épaisse que je suffoque, mes yeux me brûlent. Devant l'agonie de ma ville natale, je laisse couler mes larmes. Les Alliés vont débarquer. Mais ne sera-t-il pas trop tard ? Au bout de la rue aux Ours, où l'on tente de sauver la centrale électrique, je débouche rue Grand-Pont. Elle est là, ma cathédrale, apparemment intacte, avec sa façade où fourmillent des personnages de la comédie humaine, et sa flèche altière qui pointe vers le ciel noir, masqué par la fumée.

Pour retourner dans la cathédrale, il me faut passer par l'archevêché, à moins d'escalader une palissade de bois, ce qui n'est pas conseillé !

La cour d'honneur et le jardin du Palais épiscopal sont toujours encombrés de sinistrés, surtout des femmes et des enfants, de très vieux hommes, aussi. Jamais on n'avait autant remarqué l'absence des hommes dans la force de l'âge, entre dix-huit et soixante ans : prisonniers de guerre, déportés, requis du travail obligatoire, maquisards des FFI. La nuit est avancée, certains de ces êtres brisés ont trouvé le sommeil. Dans leurs rêves, des enfants emmitouflés dans des laines rient ou pleurent.

Je retrouve Joana devant le logement du

carillonneur. Elle a cru que j'avais été arrêté. Elle est si épuisée qu'elle n'a pas la force de me reprocher mon escapade. Il est vrai que je n'ai pas fière allure, le visage, les bras, les mains balafrés de suie et d'écorchures, les vêtements noirs de suie, blancs de plâtre et déchirés, les cheveux brûlés par endroits.

Elle se jette dans mes bras.

— C'est comme ça que je t'aime !

Mais le bon sens reprend ses droits :

— Tu n'as pas de casque !

— Non.

Puis je demande, pitoyable :

— As-tu quelque chose à manger ?

— Je crois qu'il ne reste rien ; j'ai tout donné.

Ces mots me frappent. Il y a comme de la violence dans sa voix. C'est vrai, « quand on n'a pas tout donné, on n'a rien donné ».

Elle m'entraîne dans sa cuisine et trouve au fond d'un placard un reste de pain de sarrasin dur comme du bois et un bol de lentilles froides. Pendant que nous partageons ce piètre repas, je lui annonce la nouvelle, le message de la BBC. Elle a un sursaut de joie, que je me crois obligé de tempérer :

— Encore faut-il que ce message d'alerte soit confirmé par le message d'action : « ... blessent mon cœur d'une langueur monotone ».

— Il le sera !

Puis, avec des airs de conspiratrice, elle sort d'un tiroir une demi-tablette de chocolat, donnée par l'aviateur britannique.

— Ah oui ! le lieutenant William Bird. A-t-il pu franchir les Pyrénées ?

— Je l'espère, Patrice. Il est en route pour l'Espagne.

— L'Espagne ! La Navarre, la Castille, l'Andalousie !

Nous nous prenons à rêver de ces contrées ensoleillées où poussent les oranges et les olives, les seules d'Europe à avoir échappé à la guerre, avec le Portugal et la Suisse.

— Il est temps qu'ils débarquent, me dit-elle après un long silence. Cela va de plus en plus mal en ville. Hier, trois cents bombes ont écrasé le centre. Des centaines de morts demeurent ensevelis, dont on a renoncé à dégager les cadavres, pour ne se consacrer qu'aux survivants prisonniers sous les décombres.

— Mais pourquoi cet acharnement des Alliés contre nous ? Ah oui ! Le plan « Choke Point » !

Pour faire croire aux Allemands que le débarquement va avoir lieu entre Le Havre et Calais, où se trouve concentré le gros des forces blindées ennemies. Je garde sur la langue le goût du chocolat, comme une chose très ancienne et d'autant plus précieuse. Joana poursuit :

— L'appel du maire à quitter la ville a été pris trop au sérieux. On peut parler de panique. Dans la foulée, des centaines de boutiques de commerçants et des ateliers d'artisans ont fermé.

— Oui. J'ai vu les pancartes en ville, clouées aux portes : « Congés annuels. » Il n'y a pas de quoi rire.

— Même les ouvriers ont quitté leur travail. Un ordre du préfet va les réquisitionner, les ateliers et les boutiques seront éventuellement rouverts de force. Pour maîtriser les incendies, le maire a fait appel aux pompiers de Paris. Les nôtres sont épuisés. Ils ont perdu trente hommes, un bateau-pompe, quatre fourgons et des kilomètres de tuyaux.

— J'ai vu cela. Les tuyaux sont d'ailleurs percés, inutilisables. On se bat à mains nues contre un ennemi insaisissable. A côté du feu, l'ennemi allemand nous paraît dérisoire. Ils ont d'ailleurs eux aussi encaissé.

On entend des détonations à l'extérieur. Effectivement, la police a ordre de tirer à vue sur les pillards. Puis retentissent des coups de sifflet, stridents. Je prends peur.

— Une descente de police ?

— Non. Comme il n'y a plus d'électricité, on donne l'alerte au sifflet. Au canon, aussi. Ecoute !

Trois coups espacés retentissent. C'est à nouveau la ruée de la foule vers les caves-abris.

Joana se serre contre moi.

— Je ne peux plus supporter la cave, me dit-elle. Le drame des deux cents emmurés des Douanes nous épouvante. Impossible de les sortir de leur cave voûtée, ni d'y creuser un tunnel, aussitôt envahi par les eaux filtrantes de la Seine. Une horreur. Comme s'il ne suffisait pas de mourir ! Il y a de nombreux cas semblables, dans d'autres vieux immeubles.

— Viens, Joana. Montons là-haut. Plus près du ciel.

Mais elle refuse de me suivre. Elle est trop occupée avec les sinistrés qui affluent des quartiers voisins, au fur et à mesure que le feu se rapproche.

Je m'engage seul dans l'escalier à vis.

Quel jour est-on ? 1er juin 1944. Cinquième année d'occupation.

En bas, Rouen continue à brûler. L'orage de la

veille n'a pas suffi à éteindre les foyers. Comme en juin 1940, les feux se rapprochent dangereusement de la cathédrale, cette fois par le nord. Une explosion assourdissante retentit au cœur même du foyer, sans doute une grosse bombe qui n'avait pas éclaté en tombant.

L'explosion projette vers le ciel des débris incandescents, qui s'abattent sur le toit de la grande tour Saint-Romain de la cathédrale, haute de soixante-quinze mètres, la plus ancienne de l'édifice, XIIe siècle.

Est-ce que je rêve ? Une fumée apparaît sur la crête de ce toit en hache, très élevé, surmonté de deux croix et décoré de soleils. Je me précipite sur la balustrade de pierre de la tour centrale et je hurle :

— Le feu ! La cathédrale brûle !

Evidemment, à la hauteur où je me trouve, plus de cinquante mètres, personne ne peut m'entendre. Que faire ? Il est dix-huit heures quarante-cinq. Quinze minutes mortelles s'écoulent. La fumée s'élève, de plus en plus épaisse, comme celle d'un volcan qui va exploser. Et soudain, tout le toit de la tour s'embrase. Une énorme fumée noire monte vers le ciel. Devant ce désastre, je me trouve aussi impuissant qu'un mort.

Enfin, je vois arriver les pompiers, et les équipes de l'Entreprise Lanfry, qui a en charge la réparation de la cathédrale. Mais que faire ? A cette hauteur, impossible de dresser une échelle. Et les lances d'incendie, à supposer qu'on puisse les hisser, ne disposeraient d'aucune pression. Comment se battre à mains nues contre un tel feu ?

Oui, la cathédrale brûle. A dix-neuf heures vingt-cinq, les deux croix de fer du sommet de la tour Saint-Romain tombent dans le vide. Toute la charpente est alors un brasier grondant qui gagne d'étage en étage, alimenté par les centaines de nids de pigeons. Bientôt, la charpente de la tour s'effondre sur elle-même, avec fracas, en projetant une pluie d'étincelles. Le dernier étage abrite le beffroi en bois qui supporte les plus grosses cloches, les plus anciennes, aussi. Il est dévoré par le feu.

Toute la cathédrale est bientôt menacée. Mêlé aux sauveteurs presque impuissants, dans une chaleur infernale, je fais de mon mieux. On ne peut plus rien pour la tour Saint-Romain, mais il s'agit d'empêcher le feu de progresser jusqu'à la charpente des nefs, pour sauver le corps principal de l'édifice. Sous la pluie d'étincelles et de brandons tout s'embrase en bas de la tour Saint-Romain, jusque dans la cour d'Albane et la bibliothèque du chapitre, dans cette cour des Libraires où j'avais trouvé refuge. Oui, l'édifice entier est en danger, et même l'archevêché contigu, où des séminaristes en soutane commencent à déménager les archives.

A vingt-deux heures, tous les pompiers de l'agglomération, près de mille, se battent pour sauver la cathédrale de Rouen, un édifice mythique presque millénaire. Les pompiers du génie militaire allemand se joignent à eux, avec de puissantes autopompes.

Là-haut, sur les toits, nous nous battons à mains nues. Les flammèches criblent le pied de la tour centrale, où j'ai ma cachette, et se posent sur les poutres et les chevrons des combles. Il faut éteindre un par un les incendies naissants. On combat avec des balais, des pelles, des haches, du sable, et trop peu d'eau, montée dans des seaux en quantité dérisoire. Parfois, en haut des marches d'un escalier à vis, un homme s'effondre, son cœur a lâché. Certains pompiers se battent depuis trois jours et trois nuits.

Parmi les sauveteurs, je reconnais l'entrepreneur Georges Lanfry et son fils Marc ; Pierre de Frémont, le chef des Equipes nationales qui ont mobilisé la jeunesse de la ville ; le commandant Méré, chef des pompiers de Rouen, et son collègue de Paris, un colonel ; l'architecte des Monuments historiques, Paul Franchette. Son visage désespéré reflète l'ampleur du désastre. Des séminaristes participent au combat.

Enfin, un pompier brandit une lance, tirée à travers un escalier à vis, un exploit. Mais il n'y a pas de pression à soixante-dix mètres de hauteur, malgré la puissance des motopompes.

A vingt-trois heures trente, tandis que le feu achève de consumer tout ce qui est en bois dans la tour Saint-Romain, le plancher de la base de la flèche commence à brûler. Le corps même de l'immense bâtiment, qui a défié les siècles, est menacé. On organise un va-et-vient pathétique, celui de la dernière chance. Des centaines de volontaires se passent des seaux du haut en bas des escaliers de pierre, comme au Moyen Age. Beaucoup évoquent le tragique incendie, provoqué par la foudre, qui détruisit en 1822 la première flèche, en bois, datant du XVIe siècle. Heureusement, la nôtre est en fonte. Mais, à la base, les charpentes sont inchangées.

Sauvera-t-on la cathédrale ? J'imagine l'angoisse mortelle du vieil archevêque, anéanti en prières dans la chapelle de son manoir, menacé lui aussi par les flammes. Puis il se lève, et par une porte dérobée et la galerie couverte de l'Ambulatoria, il gagne la cathédrale. Il s'arrête un instant au pourtour du chœur, près de la grille du sanctuaire, devant le tombeau du XIVe siècle renfermant le cœur de Richard Cœur-de-Lion, roi d'Angleterre et duc de Normandie. Enfin, il se dirige vers la chapelle de la Vierge, à l'abside construite en 1302. Devant le retable de bois doré représentant la nativité du Sauveur, on a posé la statue de bois de Notre-Dame de Rouen, rescapée du grand bombardement. Vers elle monte sa prière fervente.

Elle a été entendue. Vers minuit, le feu est enfin maîtrisé. Mais l'intérieur de la tour Saint-Romain est entièrement détruit, jusqu'au sol ; il n'en reste que les murs calcinés, heureusement assez épais, jusqu'à trois mètres à la base, pour résister à l'épreuve du feu.

Le beffroi qui contenait les grandes cloches est détruit. Le gros bourdon lui-même, pesant vingt tonnes, baptisé « Jeanne d'Arc », a fondu avec les autres cloches, Louise, Henriette et Jeanne, et le métal en fusion s'est écoulé sur les voûtes des étages inférieurs, propageant le feu. Joana et moi imaginons le désespoir de maître Leclair, s'il voyait cela. Au moins son cher carillon est encore intact, dans le beffroi voisin de la tour de Beurre, qui a été préservée du feu.

Un peu avant le jour, je me retire, épuisé, dans une cache enfumée, au-dessus de la nef principale. Personne ne fait attention à moi. Dans mon émotion, j'en avais oublié le message de l'espoir, la *Chanson d'automne* de Verlaine. Mais y aura-t-il la suite ? Il le faut, sinon nous sommes perdus ! L'oreille collée aux écouteurs de mon poste à galène, je tente de capter la radio de Londres. Mais je n'entends que le brouillage des Allemands, et je m'endors là, dans ma cache, dans l'odeur obsédante du vieux bois brûlé.

Les heures se suivent et se ressemblent, on vit comme hors du temps. Le feu progresse en ville, les alertes se succèdent, les bombes pleuvent sur les toits, sur les rues, sur les décombres, brûlant et écrasant de nouveaux quartiers. Les gens fuient vers les hauteurs, la ville se vide, le centre n'est plus qu'une cité fantôme. Tout paraît absurde et sans issue. Le plan « Choke Point » est en action, et rien ne pourra l'arrêter.

J'ai réussi à capter la BBC. Mais pas le message attendu.

Joana est venue me rejoindre sur la plate-forme de la tour. Après le grand chambardement de l'incendie, la cathédrale a retrouvé le silence des pierres sans âge. Ensemble, silencieux et accablés, nous contemplons le désastre de la ville anéantie.

Toute la vie sociale est rompue. La mairie de Rouen est presque intacte, dans ces immenses bâtiments des Bénédictins du XVIIIe siècle, quitte à remettre dix fois les vitres aux fenêtres. Mais la préfecture, bombardée, a installé ses services dans un pensionnat. Les banques foudroyées se relogent où elles peuvent, les marchés et autres foires changent de place, mais cela n'a pas d'importance, il n'y a plus de denrées à vendre. Le palais de justice a été ravagé et celle-ci siège sans robe, du jamais vu, autour d'une table de ping-pong dans un patronage paroissial, jugeant sans désemparer les pillards pris sur le fait.

Des gens hagards fouillent encore les ruines pour sauver ce qui peut l'être de leurs biens saccagés. Ils ne comprennent pas cette loi bizarre : toute ruine appartient désormais à l'Etat. On ne leur laisse que leurs meubles cassés.

Les ordures ménagères s'entassent sur les places, où des clochards et des chiens errants cherchent leur pitance. Tout le monde dénonce, au pire la barbarie, au mieux la maladresse de nos alliés anglo-américains. Les tenants de la collaboration ont beau jeu de montrer Jehanne la Pucelle entourée des cratères des bombes anglaises au bûcher du Vieux-Marché. Oui, « ils » sont revenus sur le lieu de leur crime, et même la relique du cœur de Richard Cœur-de-Lion, duc de Normandie et roi d'Angleterre, n'y fera rien. Comme le Christ sur sa croix, comme Marie au Tombeau, Jeanne brûlera au Vieux-Marché jusqu'à la fin des temps.

Il ne nous reste qu'un espoir : « … bercent mon cœur d'une langueur monotone ».

11

Ce matin, 4 juin 1944, un contremaître de l'Entreprise Lanfry qui travaille à consolider la cathédrale, toujours instable, a découvert ma cache en venant inspecter les combles de la couverture. Il me rassure aussitôt :

— T'inquiète pas, petit. Du moment que tu ne fais pas de feu, tu peux rester à l'abri.

Il cligne de l'œil et ajoute :

— Réfractaire du STO ?

— Pas seulement.

— Résistant ?

Je ne réponds pas, mais il a compris. C'est un homme d'une cinquantaine d'années, au regard franc. Ses cheveux sont presque blancs et ses mains burinées par le travail. Il poursuit :

— Ma Résistance à moi, c'est d'entretenir toutes ces merveilles, que les générations de bâtisseurs nous ont confiées. La cathédrale a beaucoup souffert, mais on la sauvera. Je suis trop vieux pour entrer dans un réseau de la Résistance, mais à l'entreprise, on est tous avec vous, M. Lanfry le premier.

Il demeure silencieux, plongé dans un abîme de

réflexions, puis il se reprend, inspecte la charpente, détruit un nid de pigeon et revient vers moi.

— Comment bouffes-tu ?

— Je bouffe des œufs de pigeon. Parfois un pigeon.

Il rit. Il n'est pas dupe, mais ne cherche pas à savoir qui me nourrit. Un sacré travail, compte tenu des cent quarante marches à grimper ! Il ouvre sa musette et me tend une demi-boule de pain. Je l'accepte avec reconnaissance. Il n'est pas blanc, mais frais et bien cuit.

— Moi, c'est surtout le vin qui me manque. Le bon vin. Les Boches ont raflé les meilleures caves. Ils s'y connaissent. Ils nous laissent la piquette.

Je sens qu'il a besoin de parler. Il voudrait aussi me mettre en garde contre « les imprudences de la jeunesse ». Les temps sont difficiles, mais « ce n'est pas une raison pour faire n'importe quoi ». Il me raconte qu'un ami du cousin de sa femme est employé au greffe du palais de justice. Comme il parle l'allemand, il a été requis comme interprète par le tribunal militaire qui siège tous les mardis et vendredis, au 98 de la rue Jeanne-d'Arc. Là, quatre officiers allemands « très corrects » jugent les affaires courantes. Je demande :

— C'est quoi, les affaires courantes ?

— Actes de résistance, détention d'armes, cache d'aviateurs tombés du ciel, sabotages, attentats, espionnage, distribution de tracts et de journaux interdits, j'en passe.

Je souris. Tout mon programme !

— Fais bien gaffe à toi, petit. Il y a eu beaucoup de condamnations à mort.

— Je ne cherche pas la mort. Seulement la vie. La vraie vie.

— A Rouen, soixante-dix-neuf condamnations à mort régulières ont été prononcées. Soixante-seize ont été exécutées, trois hommes sont morts en prison, trois autres ont été déportés.

— Sans compter les exécutions sommaires de la Gestapo.

Je pense à mon père.

Un silence. Je demande :

— Le condamné peut-il signer un recours en grâce ?

— Oui, mais c'est une simple formalité, qui n'est jamais suivie d'effets positifs. Elle donne seulement une semaine de délai avant l'exécution, qui se déroule à l'aube. L'ami de notre cousin a été témoin, il a raconté. Le condamné déjeune. On remplace ses menottes par une chaîne. Il peut écrire à sa famille. Puis il est conduit en voiture jusqu'au stand de tir du Madrillet. Il gravit à pied le petit chemin qui conduit à la butte où se dresse le poteau.

Pourquoi me raconte-t-il tout cela ? Est-ce pour me dissuader ? Il en faudrait davantage ! Il poursuit :

— Cinquante soldats forment un demi-cercle et rendent les honneurs militaires. A cinq mètres du poteau, les douze soldats du peloton d'exécution ont l'arme au pied. L'officier donne lecture du jugement. Deux soldats attachent l'homme au poteau et lui passent le bandeau, qu'il peut refuser. On lui trace une croix blanche sur le cœur. L'aumônier lui parle.

— L'abbé Bellamy. Je le connais. Je me confessais à lui quand j'étais gosse. C'est un brave.

— Les Allemands l'ont expulsé. Ils le trouvaient

trop proche des Résistants. Un franciscain allemand l'a remplacé.

Je suis agacé par tous ces détails. Je me vois déjà attaché au poteau. Mais j'affecte l'indifférence :

— Ces Allemands-là font beaucoup d'histoires pour une simple exécution. Ils se réfèrent au code de l'ancienne Wehrmacht prussienne. Ils aiment le panache et se piquent de légalisme. La Gestapo ne prend pas tant de précautions. Une balle dans la nuque et tout est dit.

— Tu es bien renseigné. Aujourd'hui, tout s'accélère, même la mort. Plus de constat de décès par un médecin, plus d'inhumation au cimetière Saint-Sever, plus d'aumônier. Il n'y a plus que des exécutions sommaires, à la prison même. Les corps sont incinérés dans la voiture crématoire en usage dans l'armée allemande. Demain, ils les jetteront dans la Seine.

Il me regarde, droit dans les yeux. Je soutiens son regard. Il ajoute dans un souffle :

— Mon fils unique Philippe, vingt ans, FFI, a été pris, fusillé... Prends bien garde à toi, petit !

Ouf ! Il est parti. Il m'aurait donné la trouille. Mais voilà Joana. On dirait qu'elle attendait. Elle a l'air excitée. Elle me demande :

— Qui était cet homme ?

— Un contremaître de chez Lanfry, venu inspecter la charpente. Un brave type, un peu pessimiste. Il m'a donné du pain. Tiens, je t'en ai gardé la moitié.

— Patrice ! Il y a en bas un homme qui se dit résistant. Il porte une sorte de valise et insiste pour te voir. J'ai fait comme si je ne te connaissais pas, mais il a insisté. « Allez dire à Patrice : “Le feu tinte dans les cloches.” »

Je sursaute.

— C’est le mot de passe dont j’étais convenu avec Jean, mon chef ! Je descends…

— Non ! Il a insisté pour monter. Je vais le chercher.

Mon cœur bat à tout rompre. Enfin, je vais pouvoir me battre !

Trente minutes plus tard, l’homme arrive. C’est bien Jean, l’ex-sous-lieutenant du 39e régiment d’infanterie, l’homme qui a mené l’attaque contre le Donjon. Habillé comme un ouvrier, il porte en bandoulière une sorte de valise de plombier. Il me serre les mains avec effusion en reprenant son souffle.

— Ah, quelle montée…

— Quelles nouvelles ?

— Ils vont débarquer.

Je bondis de joie.

— Le message d’alerte a été confirmé ?

— Pas encore, mais cela ne saurait tarder.

— Va-t-on enfin se battre ?

— Doucement, petit ! Alain vient d’être pris par la Gestapo, place Cauchoise, dans un guet-apens organisé par le major Kübler.

« Alain », c’est le lieutenant d’aviation Phelippeau, le chef des FFI de Rouen.

— Ah, quel malheur !

— Il est remplacé par le capitaine Multrier. C’est lui qui m’envoie.

— Je suis à vos ordres.

Le Furet ouvre sa valise. C'est un poste de radio émetteur-récepteur tout neuf, de marque américaine. Une petite merveille, qui me laisse béat d'admiration.

— Voici les ordres. L'aviation alliée s'acharne en vain à couper les ponts de la Seine. Ces bombardements aveugles détruisent le cœur de la ville et nos monuments, qui faisaient notre richesse. Les Allemands ayant fait évacuer les quais et toute la zone qui va de la Seine jusqu'à la cathédrale, nous n'avons aucun moyen de faire savoir à Londres si les ponts sont ou non coupés. Les photos aériennes ne leur suffisent pas, les Allemands ont l'art du camouflage, et il y a tellement de fumée !

J'ai compris. J'occupe un poste d'observation idéal, avec vue imprenable sur la ville et le port. Je serais même capable de désigner les bâtiments occupés par la Gestapo, la Feldkommandantur et les casernes. Mais on ne m'en demande pas tant. Les ponts seuls les intéressent. Le Furet ajoute :

— C'est à cause du débarquement.

— Quand et où ?

— Où, je n'en sais rien. Nous avons capté, le 1er juin à la BBC, le premier message d'alerte annonçant que le débarquement va avoir lieu : « Les sanglots longs des violons de l'automne », suivi du message : « L'heure des combats viendra. »

— Débarquement imminent !

— Mais il a été suivi, le lendemain, par un autre message qui annule le premier : « Ils se répandirent dans les champs. » Opération remise, sans doute à cause de la météo, qui est défavorable dans la Manche. Attendons la suite.

Il se penche sur l'appareil, l'allume et m'en

explique le fonctionnement. Le bouton pour capter la BBC, sur telle longueur d'onde. Le bouton pour émettre un message vers Londres. C'est simple. C'est génial.

— Voici tes heures de vacation : à sept heures, douze heures et vingt heures. Qu'elles soient aussi brèves que possible, d'abord pour ménager la batterie, et parce que les Allemands disposent de systèmes radiogoniométriques pour localiser les émetteurs clandestins. Mais en ce moment tout est désorganisé en ville, à cause des bombardements et des incendies. Profite des attaques aériennes pour émettre. Les rues de la ville sont alors désertes.

— Si j'ai bien compris, je n'ai pas le droit de rejoindre mon réseau dans la forêt Verte...

— Tu as bien compris.

— Sauf si je suis découvert.

— Evidemment. Si tu es brûlé, sabote ou cache le matériel, et rejoins le bar du Cidre-Doux, rue Saint-Hilaire. On s'occupera de toi. Le jour du débarquement, si les ponts de Rouen sont coupés, cache la radio et rejoins le Cidre-Doux.

— J'ai hâte de me battre !

— Nous avons tous hâte de nous battre. Ecoute attentivement les messages de Londres. Lorsque tu entendras : « A la fin de l'envoi, je touche », cela indique l'application du plan Tortue : couper les routes et les ponts. Le plan Vert sera lancé par ce message : « Les dés sont sur le tapis. » Il concerne le sabotage des voies ferrées. Si tu entends : « La chimère a les cheveux décolorés », le plan Violet est lancé : sabotage des circuits téléphoniques. Le plan Bleu concerne les centrales électriques. Enfin, le message « il fait chaud à Suez » lance le plan Rouge, confirmant le déclenchement général de la guérilla. Les Alliés ont débarqué, les patriotes quittent leur refuge et gagnent le poste de combat qui leur a été assigné. Entraver par tous les moyens l'envoi des renforts ennemis : soldats, chars, matériel, munitions, ravitaillement. La grande tuerie qui boutera les nazis hors de France !

Je frémis d'impatience. Attaquer par surprise les voies ferrées, les convois routiers allemands, les dépôts de munitions, de matériel, de carburant et de vivres. Il s'agit d'empêcher de circuler un train chargé de véhicules blindés, et jusqu'à la moindre moto de liaison ; bref, « la mutilation systématique des organes vitaux de l'adversaire ». Plus un seul fil téléphonique ne doit rester intact. Pour se faire, dix mille résistants vont sortir de l'ombre et agir, les armes à la main, surgissant des forêts normandes, des grottes calcaires et des caves urbaines, paralysant l'ennemi sur ses arrières.

Jean me souhaite bonne chance.

— As-tu une arme ?

— Non. J'ai dû me débarrasser de mon 7,65 lorsque j'ai été traqué par la Gestapo, après l'attaque du Donjon. Il me manque furieusement.

Il me tend son arme et trois chargeurs, un superbe Mauser 96 calibre 9, pris aux Allemands, il ne dit pas comment. Puis il disparaît comme une ombre par l'escalier à vis de la muraille. Le gros revolver à la main, je me demande si je n'ai pas rêvé.

Joana, qui attendait à l'écart, se rapproche de moi. Elle sursaute à la vue du revolver. Elle, si forte et si courageuse, tremble de tous ses membres. Je la prends dans mes bras. Son corps est glacé.

— N'aie pas peur, ma chérie.

— C'est pour toi que j'ai peur.

Je sens alors à quel point nous avons besoin l'un de l'autre.

— Qu'y a-t-il dans cette valise ?

— Un poste de radio, pour communiquer avec Londres.

Elle sourit. Elle a retrouvé toutes ses forces.

— Tu m'apprendras à m'en servir !

Nous cachons l'arme dans un nid de pigeon, entre deux voliges, et nous nous mettons à l'écoute de la BBC.

Le préfet a renouvelé son appel à la population dite « non active », femmes, enfants, vieillards : « Partez, quittez la ville, réfugiez-vous à la campagne. » Mais partir comment ? Il n'existe plus aucun moyen de transport. Le moindre véhicule qui se risque sur les routes est aussitôt mitraillé par les chasseurs-bombardiers de la RAF, entièrement maîtres du ciel. La nuit, la Résistance contrôle les routes et ne fait pas dans le détail. Qui n'a pas le mot de passe est refoulé et risque de prendre un mauvais coup, ou de se voir confisquer son vélo ou son cheval.

Dans mes heures de vacation, je transmets le maximum d'informations à Londres. « Les gares de la rive gauche sont entièrement détruites, y compris le dépôt des locomotives. Inutile d'y déverser des bombes, d'autant plus que beaucoup frappent les cités ouvrières voisines, faites de petites maisons en brique qui ne possèdent pas de cave pouvant servir d'abri. »

Quant aux ponts, celui de la rue du Bac, sur pieux de bois, est hors d'état de servir, pour au moins un mois, coupé en trois endroits. Faute d'engin de levage, les Allemands ne peuvent le réparer. Seul le pont Boieldieu est relativement actif. Bien que son tablier soit coupé en deux points, des soldats arrivent encore à le franchir, et même des motos, au risque de tomber dans le fleuve. Pour ce pont, un bombardement de précision est nécessaire. Les forteresses volantes ne feraient rien de bon, sinon ajouter aux malheurs de la ville.

En dehors de ces prestations, j'écoute les nouvelles de la BBC. En Italie, où les Alliés ont débarqué, le monastère du Monte Cassino a été pris après des mois de furieux combats. Je songe à ces moines bénédictins, chassés de leur millénaire retraite, aujourd'hui réduite à des tas de pierres. Mais Rome a été évacuée par les Allemands ; le Duce est en fuite. A l'est, l'offensive soviétique se déploie vers la Vistule. Dans le Pacifique, les Japonais sont partout en repli, les Américains occupent les îles Mariannes, mais ils subissent de lourdes pertes navales à cause des kamikazes. A Alger, le Comité français de libération nationale devient le gouvernement provisoire de la République française, présidé par le général de Gaulle.

Donc, ils vont débarquer en France ! J'écoute avec impatience les messages personnels, puis je repasse sur l'onde courte des postes de secours de la ville, où les appels se multiplient.

Des deux cents emmurés de la Douane, cent cinquante sont encore vivants, mais l'eau monte, l'eau de la Seine toute proche. J'imagine avec horreur les cinquante cadavres qui pourrissent dans l'eau, à côté des agonisants. Dans la cave-abri de l'école Catherine-Graindor, qui s'est effondrée en bloquant les issues, soixante survivants luttent aussi contre la mort. Tout le quartier brûle. Les pompiers, en déversant de l'eau, inondent la grande cave-abri. On ne donne aux survivants que le choix de leur mort, brûlés ou noyés. L'émetteur des pompiers signale que dans cet abri des rats nagent dans l'eau qui l'a envahi.

On signale l'état critique des survivants dans l'abri du Crédit Lyonnais, touché de plein fouet. Vingt morts pourrissent sur place. Le poste de secours installé près de la synagogue ne répond plus. On demande aux sauveteurs de ne pas se risquer dans les ruines de l'église Saint-Vincent, qui a littéralement éclaté. Il y a peu de chances que le bedeau et l'enfant de chœur qui s'y trouvaient soient encore en vie. On les entendrait frapper.

Et le feu gagne partout. Il touche la rue du Petit-Salut, la rue Herbière. Parfois il rampe, parfois il saute un quartier, au gré des vents.

Entre deux alertes, la gendarmerie signale un fleuve humain qui remonte la rue Jeanne-d'Arc, pour tenter de gagner, par la rue Verte et la rue d'Ernemont, les hauteurs boisées de la ville.

Suite aux attaques en piqué, le pont Boieldieu est enfin coupé. Définitivement, j'espère. J'envoie ce message capital à Londres. Les bombardements cessent aussitôt. Le lendemain, 5 juin, on ne subit que trois alertes et un seul survol d'avions. Ce répit est-il le fruit de mon message ? Et le feu semble jugulé, ne demeurent que des foyers résiduels, qui couvent sous les ruines, très dangereux cependant, car ils peuvent activer des bombes qui n'ont pas explosé après leur chute.

Joana, ce soir, me rejoint dans ma cachette. Elle est épuisée. A côté d'elle, j'ai honte de bien me porter.

Elle me donne des nouvelles de la ville martyre. On enterre toujours des morts, par dizaines. On en avait oublié quarante à la morgue, et il y en a des centaines, encore prisonniers sous les décombres, qui dégagent l'odeur caractéristique des putréfactions collectives, que l'on ne connaissait plus depuis les grandes épidémies de peste du XVIIIe siècle.

Enfin le message de la BBC est répété, et je le reçois cinq sur cinq : « Les sanglots longs des violons de l'automne bercent mon cœur d'une langueur monotone. » Il confirme l'imminence du débarquement libérateur et la mobilisation de toutes les forces du pays qui refusent l'ordre nazi. Où débarqueront-ils ? A Calais, à Cherbourg, à Deauville ? Suivent les deux messages, lançant le plan Vert et le plan Tortue.

Je ne tiens plus en place. Joana tente en vain de me retenir. Mais l'amour que j'éprouve pour elle est si fort que je me sentirais indigne d'elle si je le trahissais en demeurant ici, à l'abri des combats.

Elle accepte enfin de me voir partir, dès l'annonce du débarquement, à condition de se substituer à moi avec le poste émetteur. Les ponts sont coupés, mais les Allemands pourraient les rétablir. Rouen demeure un nœud routier et ferroviaire essentiel pour la bataille qui, j'en suis sûr, s'annonce et aura lieu en Normandie.

Je tente de la dissuader. Les Allemands peuvent localiser le poste émetteur. A la longue, si les émissions persistent, ils y arriveront sûrement, avant d'être boutés hors de la ville. Si Joana était prise sur le fait, elle serait fusillée ou déportée, comme toutes les femmes héroïques de la Résistance, après avoir été sauvagement torturée. Mais elle s'obstine et j'accepte de lui passer les codes et les consignes.

Autre problème. Monseigneur Petit de Julleville et tout le personnel de l'archevêché sont partis, avec les réfugiés qui s'y abritaient. Joana a toutefois été autorisée à demeurer provisoirement chez elle, à ses risques et périls.

Dans la nuit, le plan Rouge est lancé. Le point de non-retour !

6 juin 1944. Joana et moi sommes collés au poste de radio. Ils ont débarqué en Normandie, sur les plages du Calvados ! Bientôt je reconnais, à travers le brouillage de la BBC, la voix rocailleuse du général de Gaulle : « La France est debout pour prendre part au combat. Le devoir est de combattre par tous les moyens. La bataille de France a commencé. »

Des centaines de milliers d'hommes, soldats, marins et aviateurs, des milliers de bateaux et d'avions, des tanks et des canons affluent vers les côtes normandes, pour la plus grande bataille de tous les temps.

A nouveau, le ciel gronde d'avions. Ils sont partout, ils piquent ici et là, mitraillant les postes de DCA qui les visent. Joana me demande d'attendre la fin de l'alerte pour partir.

Nous restons l'oreille collée à la radio. Nous captons un message du général Eisenhower, qui commande l'armée d'invasion : « Peuples de l'Europe, nous sommes à la veille de grandes batailles. Que tous les hommes libres soient des nôtres. Ensemble, nous vaincrons. »

Après les bombardements aveugles que nous avons subis, les Américains redoutent d'être mal accueillis. Les Allemands en profitent. A en juger par les émissions de Radio-Paris, ils ne croient nullement à la défaite et demeurent fascinés par leur chef charismatique, le Führer, qui prédit l'écrasement des commandos débarqués sur les plages et la destruction totale de l'Angleterre avec l'arme nouvelle, les engins sans pilote V1 et V2. Plusieurs sites de lancement ont été installés en pleine campagne, au nord de Rouen. M. le curé de Clères a même dit à Monseigneur en avoir vu voler, avec un bruit infernal qui ressemble à la chaîne d'un puits en train de se dérouler.

Au sujet de cette arme nouvelle et terrifiante courent les bruits les plus inquiétants, que Joana me rapporte. Le V1 est un petit avion sans pilote, et… sans hélice ! La nuit, il ressemble à une comète, crachant des étincelles. Autodirigé par un radar, cet engin pourrait détruire toutes les villes des côtes sud de l'Angleterre, et même Londres. Il porterait plusieurs tonnes d'explosifs, de quoi donner froid dans le dos.

D'autres témoins tempèrent ces informations. L'arme nouvelle est loin d'être au point, et le lieu de lancement, en rase campagne, peut être détruit par l'aviation alliée. Parfois, l'engin explose au départ, ce qui entraîne la destruction de la rampe de lancement. Si le guidage est défaillant, le V1 risque de faire demi-tour. Il peut alors s'écraser n'importe où, y compris sur une ville française. Il tourne en rond au-dessus de la campagne, jusqu'à épuisement de son carburant.

Sa vitesse est si élevée qu'une fois lancé très peu de chasseurs peuvent l'arrêter. Cependant, la précision de son impact ne serait pas aussi grande que les Allemands le souhaitent, mais cela pourrait venir. On parle alors de la fusée V2, plus puissante et plus rapide. Dans tous les cas, il était temps que les Alliés débarquent, pour mettre fin à cette course à la mort.

Le *Journal de Rouen* publie un avis menaçant du haut commandement allemand. Interdiction à la population de circuler la nuit, de former des attroupements, de se réunir. Tous les lieux publics, restaurants, cafés, salles de spectacles, sont fermés. Il est rappelé que les résistants seront traités comme des francs-tireurs terroristes et non comme des soldats réguliers. Pris, ils seront exécutés. Dont acte.

Il est temps pour moi de partir. Joana et moi, nous nous étreignons longuement. Verrons-nous un jour la paix, les retrouvailles dans un monde pacifié ? Et que restera-t-il de notre cité, sur laquelle va déferler la guerre d'invasion ? L'ordre de Hitler à ses troupes fanatisées est de défendre chaque plage, chaque ville, chaque maison, jusqu'à la mort.

Je marche maintenant dans les rues de la ville, presque déserte. Des traînées de fumée stagnent ici et là sur les ruines, comme un linceul. Je traverse la rue de la République en jetant un coup d'œil sur la vitrine de l'Office de placement allemand. Une affiche jaune y est collée, sur laquelle je lis :

« La Waffen SS prendra les inscriptions des recrues à son quartier général, le 6 juin 1944. Venez nombreux pour contribuer à l'établissement de l'Ordre nouveau en Europe. »

Je m'éloigne, je traverse la place Eau-de-Robec, encombrée de sinistrés qui campent au milieu du mobilier hétéroclite qu'ils ont pu arracher aux flammes. J'enfile la rue Saint-Hilaire. Voilà la façade galeuse du Cidre-Doux, portes et fenêtres closes. Je frappe et je lance discrètement le mot de passe :

— « Le feu tinte dans les cloches ! »

La figure émaciée de Jean apparaît aussitôt à la fenêtre de l'étage, dont un volet s'est entrouvert. Il sourit en me voyant, descend pour m'ouvrir et me souffle à l'oreille :

— Tu tombes bien, petit. Demain, nous allons faire sauter le viaduc d'Eauplet ! Un gros morceau !

12

Dans la nuit du 7 au 8 juin 1944, nous gagnons notre poste de combat à bicyclette et sans armes, isolément ou par deux, pour ne pas attirer l'attention des Allemands.

Le pont-viaduc de chemin de fer d'Eauplet, grand ouvrage métallique, enjambe la Seine à quelques kilomètres à l'est de Rouen, en utilisant la petite île Brouilly, inhabitée. La ligne arrive de Paris par la rive gauche, une voie se dirige vers les gares de marchandises. L'autre franchit le fleuve sur le viaduc d'Eauplet pour gagner la gare rive droite au centre-ville, et au-delà filer vers Le Havre. Le pont d'Eauplet est donc un élément capital du système de communication des Allemands. Il est fortement gardé par une compagnie de SS commandée par un capitaine. Situé au pied de la côte Sainte-Catherine – la colline de Bonsecours –, truffée de canons de DCA, il est presque hors d'atteinte des attaques aériennes. D'où notre mission de sabotage. Je suis fier d'avoir été choisi par Jean.

Une partie de notre groupe attaquera sur la rive gauche pour détourner l'attention des postes de garde, tandis que l'autre partie, une dizaine d'hommes, dans laquelle je me trouve, posera les engins explosifs, sur la rive droite.

Avec le Furet, je pédale sur la route du val d'Eauplet, qui longe les bords de Seine. Nous avons en poche un *ausweis* réglementaire, un faux habilement fabriqué par l'imprimerie Wolf. Sur ce papier, nous sommes censés appartenir à une équipe de nuit travaillant à l'Hospice général, et rentrons chez nous à Blosseville. Heureusement, les routes sont désertes, après les récents matraquages de la ville. La brume qui monte du fleuve nous favorise.

Encore un kilomètre le long de la Seine. Le pont-viaduc apparaît, magnifique sous la lune. Ce bel ouvrage métallique, long de cinq cents mètres, enjambe le fleuve sur de massives piles en pierre de taille. Il a été construit par une compagnie britannique à la fin du XIXe siècle, lors de la création de la ligne de chemin de fer Paris-Rouen-Le Havre. D'où son nom de « Pont aux Anglais ».

A l'arrivée des Allemands, en juin 1940, le pont a été sabordé ; tout un tronçon métallique, côté rive droite, est tombé dans le fleuve. Le génie allemand et nos Chemins de fer, requis, ont rétabli la liaison. Ils ont lancé un tablier métallique préfabriqué en Allemagne et mis en place grâce à des bigues. Ce tronçon, très fragile, repose sur des faisceaux de pieux de bois, au nombre de douze, véritables troncs d'arbres plantés dans le fleuve à l'aide d'un engin frappeur nommé « sonnette ». C'est ce point faible que nous devons saboter.

Depuis des années, les aviateurs britanniques de la RAF s'acharnent à détruire ce pont mythique. Il a reçu des centaines de bombes. L'attaque à haute altitude ne donne pas de résultats, les bombes se perdent dans la campagne, dans le fleuve, dans l'île ou dans les abattoirs avoisinants. Seuls les chasseurs-bombardiers Mosquito de la RAF, attaquant en piqué avec une précision relative, peuvent espérer placer une bombe sur la cible. C'est très dangereux pour eux, cibles de la puissante DCA. Ils ont ainsi attaqué le 27 mai, larguant cinq bombes d'une tonne, qui ont endommagé la partie nord du pont.

Mais les bombes ont peu d'effet. Elles passent à travers les poutrelles métalliques et explosent en percutant le lit du fleuve, sans effet durable. Le ballast est crevé, les rails sont arrachés, le génie allemand rétablit le passage en quelques jours. Il faudrait démolir les faisceaux des piles de bois qui soutiennent la passerelle de fortune. Ce sera notre travail.

Nous récupérons nos armes de poing dissimulées la veille dans un cabanon de pêcheur. Je reçois un Mauser 96, le Furet se réserve un superbe Colt américain.

Cachés derrière des taillis en bordure du fleuve, nous observons l'ouvrage à travers la brume. Il semble très abîmé, rafistolé, si l'on peut dire. Mais les trains militaires y passent, à toute petite vitesse.

Le Furet m'explique :

— Le pont a souvent été attaqué par la RAF, qui s'en est fait une spécialité. Du beau travail, qui a coûté la vie à plusieurs aviateurs britanniques. Le génie allemand a pris l'affaire en main pour maintenir coûte que coûte le passage. Cet énorme travail nécessite une forte main-d'œuvre.

— On dit qu'elle est dirigée par un ingénieur

français nommé Bordat, pourtant favorable à la Résistance.

— C'est exact. Averti de l'heure de l'attaque aérienne, il a amené près du pont la maudite sonnette allemande. Ce plan a réussi et la sonnette a été coulée, à la grande colère du capitaine allemand Bohme, qui a menacé Bordat de le faire fusiller pour sabotage. Mais il ne peut pas se passer de lui. Maintenant, c'est à nous de jouer. Le pont, s'il est coupé, ne pourra plus être rafistolé ; il est désormais impossible aux Allemands de faire venir une nouvelle sonnette, à plus forte raison un tablier métallique. Les routes sont mitraillées par les avions alliés, et les écluses du fleuve impraticables.

Une lumière clignote sur l'île Brouilly, à peine visible dans la brume.

— Le signal !

Le plan du Furet est bien monté. Les camarades de la rive gauche, cachés dans un hangar abandonné de l'ancien parc des expositions, ont passé le fleuve sur une petite barque plate et gagné l'île, où est installé le poste allemand le plus dangereux, qui veille nuit et jour sur le pont. A notre signal optique, ils vont attaquer le poste en faisant sauter une grosse bombe et des grenades, pour faire le maximum de bruit. Tous les soldats allemands se porteront sur le milieu du pont, là où il surplombe l'île. Ainsi, nous serons tranquilles pour poser nos charges sur la pile maîtresse de la rive droite, et sur les pieux de bois plantés dans le fleuve ces jours derniers pour soutenir la passerelle provisoire.

Sur l'ordre du Furet, je lance l'aperçu, trois lettres

en morse. « Tenez-vous prêts. » Ce n'est pas encore l'ordre d'attaquer. Le plus difficile reste à faire.

Le Furet a été formé à manipuler les dangereux explosifs. Il a passé trois mois en Angleterre. La dynamite, la tolite et les glycérines n'ont pas de secret pour lui. La réussite technique de l'opération en dépend. Les autres membres du commando ne sont que des tueurs (ceux de l'île Brouilly) ou des porteurs qui amènent le matériel. Ceux-là sont en retard. Le Furet s'impatiente.

Un éclat bref sur la route. Trois lettres, ce sont eux. Cinq hommes robustes tirent une petite charrette de foin, sous laquelle sont dissimulées les lourdes charges. Ces explosifs, dérobés sur des chantiers du mur de l'Atlantique, ont été réunis discrètement ces jours derniers dans des caches, près du tunnel qui s'enfonce dans la colline, avec le générateur électrique et cent mètres de fil.

La nuit d'été est paisible. La brume qui monte de la Seine nous favorise, à condition qu'elle n'augmente pas. De notre cache sur les bords du fleuve, entre les roseaux, nous distinguons les silhouettes des sentinelles allemandes qui, inlassablement, parcourent le pont, fusil à l'épaule. L'eau noire de la Seine coule sans bruit. On n'entend que les coassements voluptueux des grenouilles et le cri anxieux d'un oiseau de nuit.

Notre opération est très risquée. Le pont n'a jamais pu être dynamité. Il est trop bien gardé. Nos chefs n'en ont pris la responsabilité que devant l'échec relatif de l'aviation alliée.

Comment poser les charges sur les piliers provisoires, et sur la pile principale de la berge, sans se faire repérer par les sentinelles ? Et tirer quelque cent mètres de fil électrique ? D'où l'idée du Furet de créer une grosse diversion sur l'île Brouilly.

Les sentinelles du pont s'y laisseront-elles prendre ? De ce côté de la rive droite, elles sont cinq au moins à nous gêner. Dès le déclenchement de la diversion, iront-elles au feu, ou resteront-elles à leur poste ? En ce cas, deux camarades tireurs d'élite sont là pour les abattre avec des fusils munis de viseurs nocturnes, d'une précision redoutable.

Y a-t-il un poste de garde allemand sur la rive droite ? Une reconnaissance effectuée hier affirme que non. Le poste installé sur la rive gauche dans les bains du Galet est également fermé. Le gros des soldats se trouve concentré dans l'île, d'où il peut couvrir la totalité de l'ouvrage, sur les deux rives.

Nous sommes maintenant une dizaine de patriotes sur la berge de la rive droite, à décharger les caisses d'explosifs et le reste du matériel. Je suis chargé de dérouler les fils électriques et de les brancher sur une batterie d'accumulateurs. Je dispose d'une petite barque plate de pêcheur, amenée la veille, pour atteindre les piliers plantés en faisceaux dans le lit du fleuve. Une autre barque amènera les lourdes charges d'explosifs.

Tout cela paraît très compliqué. Mais quoi ? C'est l'affaire des saboteurs, qui n'en sont pas à leur coup d'essai. Cependant, un rien peut nous faire repérer. La nuit et la brume nous protègent, mais le moindre bruit suspect peut nous trahir.

Le Furet consulte sa montre. Minuit trente, heure allemande comme il se doit. On est dans les temps. Aux gars de l'île de jouer, pour faire diversion.

La torche électrique envoie l'ordre d'action. Tout devrait sauter sur l'île.

Rien ! La brume s'est encore épaissie. Ils ne reçoivent plus notre signal !

Heureusement, le Furet a tout prévu. Il allume une petite fusée verte qui monte vers le ciel. Elle va nous faire repérer, mais nous n'avons pas le choix.

Une minute plus tard, avant que les Allemands aient compris ce qui leur arrive, une formidable explosion ébranle l'île Brouilly. On voit aussitôt des Allemands sortir de leur refuge et tirailler au hasard avec leurs mitraillettes. Jets de grenades, fumigènes, nos amis mettent le paquet ; la confusion règne chez l'ennemi. Le plan se déroule comme prévu. La brume nous favorise.

Nous ne quittons pas de vue le pont métallique. Les sentinelles, fusil au poing, courent vers l'île. Sauf une. A-t-elle vu la fusée verte ? Est-elle sourde et aveugle à ce qui se passe sur l'île ? Un coup de feu part de la berge. Frappé à mort par l'un des nôtres, le soldat s'effondre dans le fleuve, qui l'engloutit.

— A nous de jouer !

La moitié de l'équipe se rue sur la pile principale en tirant la charrette. Les hommes sont bientôt occupés à poser deux cents kilos de tolite contre les moellons. Pour ma part, je conduis la barque qui dépose les hommes devant le faisceau des petites piles de bois, de jolis troncs d'arbres tout de même, sur lesquels ils attachent des charges moins lourdes, une par pieu, avec leur détonateur.

Je déroule les câbles électriques. Personne sur le pont, que je ne quitte pas des yeux. Dans l'île, c'est toujours un remue-ménage infernal, dans une fumée épaisse. Pour ajouter à la fête, des coups de feu tirés depuis la rive gauche par un petit groupe de FFI, venus en renfort des ruines du dépôt des locomotives, donnent l'impression aux Allemands qu'on s'en prend au pont sur cette rive, et non sur l'autre. Ils y dépêchent le gros de leurs forces.

Me voici de retour sur la rive droite, avec les saboteurs. Je relie les fils des charges au générateur. Le Furet vérifie tout. Il a même un galvanomètre. Les hommes qui ont truffé d'explosifs le pilier principal rallient à leur tour. Tout est en place pour le concert ! Le Furet ordonne :

— Aux armes !

Il ne s'agit pas de se laisser surprendre.

Un dernier coup d'œil sur le fleuve et sur les berges. Le Furet compte ses hommes. Il ne manque personne. Il les éloigne. Puis il s'avance seul vers le générateur électrique pour actionner la commande.

A ce moment, la tête d'un soldat allemand surgit du parapet du pont. D'où sort-il, celui-là ? Il fait les sommations et ouvre le feu sur le Furet, qui demeure aussi indifférent que s'il s'agissait d'un chant d'alouette. Il actionne posément le levier du générateur électrique et bat prestement en retraite.

Une série d'explosions nous plaque contre le sol. Et le tablier métallique du pont s'effondre dans le fleuve avec un claquement énorme, tandis que des blocs de pierre retombent alentour, avec le corps désarticulé du soldat. C'est gagné.

Le Furet est indemne. Il secoue ses vêtements tachés de boue et ordonne :

— Repli ! Arme au poing. Veillez au grain !

Nous avons ordre de rester groupés, le temps de

nous éloigner, puis de nous disperser avant l'entrée en ville, pour gagner les caches prévues dans la colline Sainte-Catherine. Le groupe de la rive gauche tentera pour sa part de se faire oublier dans les immeubles voisins du Marché-aux-Bestiaux, immense suite de locaux abandonnés, depuis qu'il n'y a plus de bestiaux.

Nous arrivons sur la route du val d'Eauplet. Mais, droit devant nous, des Allemands ! Une automitrailleuse ouvre le feu. Un projecteur nous éblouit. Nous nous jetons dans le fossé en ripostant, puis nous faisons demi-tour. D'autres Allemands surgissent par la route de Bonsecours et nous coupent la retraite. Ils sont très nombreux, certains armés de fusils-mitrailleurs.

Le Furet leur balance une grenade avant de tomber dans la poussière, frappé par une balle.

Un ordre en français :

— Rendez-vous ! Vous n'avez aucune chance de résister !

C'est évident. Les Allemands sont des dizaines, pourvus d'armes automatiques. Pas d'échappée possible sur les côtés. A droite la falaise de la colline, à gauche le fleuve. L'automitrailleuse se rapproche et son tir balaie les fourrés au-dessus de nos têtes. Aucun endroit pour s'abriter. Heureusement, ils veulent nous avoir vivants, sinon pas un ne sauverait sa peau.

Un à un nous jetons nos armes et nous nous dressons dans la lumière éblouissante des phares.

— Avancez, mains derrière la nuque !

C'est fini. Nous avons perdu. Non. Nous avons gagné, puisque la mission est remplie.

Le lieutenant allemand qui commande la section

jette un coup d'œil vers le fleuve. Une risée de vent vient de chasser la brume, découvrant l'ouvrage assassiné. Les poutrelles tordues du pont effondré se dressent au-dessus de l'eau. Du beau travail ! L'officier écume de rage. S'il a été préposé à la garde de ce pont, son compte est bon !

— Terroristes !

Un camion arrive. On nous passe les menottes et on nous embarque en nous rouant de coups. Le corps sans vie du Furet est jeté à nos pieds. J'envie son sort.

Dans le camion, qui fonce vers la ville, le Feldwebel qui nous garde, pistolet braqué, projette sa lampe-torche sur le visage du Furet. Il est très beau, apaisé, les yeux grands ouverts sur un monde pacifié. L'Allemand s'écrie :

— *Kaput !*

Je réplique :

— Pont, *kaput* !

Jean n'est pas mort pour rien.

J'aperçois à gauche les deux clochers de l'église Saint-Paul, et une prière monte de mon cœur, pour nous autant que pour lui.

Evitant le centre-ville, le camion tourne à droite et fonce sur les boulevards périphériques. Boulevard de l'Yser, il tourne à gauche et se dirige vers la rue du Donjon, le repaire de la Gestapo. Pour nous, l'heure de vérité approche.

13

Et cet instant que je redoutais entre tous. Retour à la case départ. Cette bonne vieille tour Jeanne-d'Arc, rue du Donjon, où fut interrogée la Pucelle, où fut enfermé mon père, où je livrai mon premier vrai combat, voici deux mois, qui devait me conduire jusqu'à cette cathédrale mythique où m'attendait Joana Leclair.

Ici, c'est un cachot humide de quelques mètres carrés, dans une totale obscurité. Je tâte le sol. De la paille sur la terre dure. Des murs de pierre, un plafond voûté, que je touche avec mes deux mains entravées par les menottes. L'entrée, qui occupe tout un côté, une grille avec sa serrure énorme, comme on en faisait au Moyen Age. Cette cave, cette tour ont près de huit cents ans.

Je ne peux m'empêcher d'être frappé par le contraste entre cette prison archaïque et la guerre moderne que nous subissons : les avions, les blindés, les armes sophistiquées. Mais que seront les interrogatoires ? L'homme a-t-il vraiment changé dans sa capacité à souffrir, aimer, espérer ?

J'ai peur, et je tremble de froid.

J'écoute. On n'entend rien, et c'est insupportable. Est-ce cela, la mort ? Non, puisque j'ai soif, j'ai faim, et qu'à travers mon corps je sens palpiter la vie. En tâtonnant dans le noir avec mes deux poings entravés, j'espérais trouver une cruche d'eau et un croûton de pain. Rien. Vais-je mourir de soif et de faim ? Non. Impossible d'être oublié. Ils ont trop besoin de moi.

Que sont devenus mes camarades de combat ? Sont-ils enfermés comme moi dans les caves de la tour ? Je risque un appel :

— Oh ! Oh !

Aucune réponse. Ce cri incongru, sans écho, me déprime. Pas même un geôlier pour s'en offusquer. Mieux vaut conserver mes forces en gardant le silence.

Quelles sont mes chances de survivre en ce monde ? Nulles. J'ai été pris avec les autres FFI les armes à la main, en pleine action de sabotage. Je suis un terroriste et je vais mourir comme tel. D'abord livré à la Gestapo pour interrogatoire, puis amené devant le tribunal militaire de la Wehrmacht, rue Jeanne-d'Arc, qui siège le mardi et le vendredi. Pas de circonstances atténuantes. Pas de recours possible. Pris les armes à la main après avoir fait sauter un pont. Et s'ils m'identifient, ils sauront que j'ai tué un soldat allemand dans l'attaque de la tour, le 15 avril 1944. Pour cette action, je suis déjà condamné à mort par contumace.

Aucune chance d'être libéré par un coup de main des patriotes. On ne réalise pas deux fois cet exploit. A l'évidence, les Allemands se méfient, ils ont renforcé leurs défenses, bouclé la rue, obturé les souterrains suspects, triplé les gardes. Même une grosse bombe aérienne écrasant la tour ne changerait rien à l'affaire. Je suis ici dans le meilleur des abris. En arrivant, j'ai compté les échelons du puits où l'on me poussait. Ce cachot doit être à six mètres sous terre.

La libération de Rouen ? A supposer que le débarquement sur les plages normandes ait réussi, il faudrait aux troupes alliées un mois pour arriver jusqu'à Rouen. Les Allemands livreront en Normandie leur bataille décisive. Ils en ont les moyens. Un million d'hommes vont converger vers les plages de débarquement. Ce sera une lutte à mort. Au moins ai-je la satisfaction d'avoir apporté ma petite contribution. Ce viaduc d'Eauplet coupé, les renforts ne peuvent plus arriver par trains entiers.

Que faire ? Tenir. Résister à l'angoisse et à la peur. Etre digne de mon père, et du rôle que j'ai librement choisi en entrant dans la Résistance. Je me répète à haute voix les paroles de monseigneur Petit de Julleville : « Ce ne sont pas les circonstances douloureuses que nous devons craindre, mais la faiblesse de nos âmes. » O mon âme, ne me lâche pas en ce moment terrifiant où ma petite vie côtoie la grande Mort !

Ils vont tenter de me faire parler, de me faire livrer mes complices. Je connais une dizaine de résistants, et leur cache. Ils pourraient être capturés à cause de moi. Et Joana ! Joana qui a accepté de jouer le jeu de la guerre, d'observer les ponts, de livrer des informations grâce à l'émetteur. Je pourrais aussi raconter les activités secrètes de l'archevêque, qui a protégé et caché des fuyards, des Juifs, et quoi encore ? Je pourrais être cela : un délateur. Révéler la chambre secrète du Manoir épiscopal.

Ont-ils les moyens – les moyens techniques – de me faire parler, malgré moi ? Quelle est ma part de liberté ? Une certaine force mentale, qui est le fruit de ma vie et la justifie. Elle siège au plus profond de moi-même, et nul ne pourra me l'arracher. A partir de cette conviction, construire mon château intérieur, mon donjon, et tenir. « Deviens ce que tu es », disait Nietzsche.

L'habitude de faire mon examen de conscience, acquise auprès de M. l'abbé Séry, l'aumônier du lycée Corneille, m'est une aide incomparable en ce temps d'extrême épreuve, comme un cheval que j'enfourche, pas toujours docile, mais fidèle à mon appel.

D'abord, m'ancrer dans cette certitude : on n'est jamais seul. Veille au fond de moi une puissance tutélaire, celle-là même qui m'a donné la vie. Le seul fait d'entrer en relation avec le Tout-autre m'apaise. Je me détends, je respire avec force et régularité, les battements de mon cœur cessent leur sarabande. Je me sens fort. Fort comme la Mort. Tout ce qui ne tue pas me fortifie. Et ce qui tue ne peut que me renvoyer à l'éternité.

Donner à mes juges, et même à mes tortionnaires, l'exemple d'un homme qui sait mourir pour son idéal. Quoi qu'il advienne, ne rien livrer qui puisse compromettre la sécurité de Joana et de mes compagnons de la Résistance.

Mais j'en reviens toujours à cette question obsédante : quelle est la limite de ce que le corps et l'esprit humain peuvent supporter en matière de souffrance physique ? Pas un résistant qui ne se soit posé la question. M'y voici à mon tour. Sous les pires tortures, mon père n'a pas parlé. Où es-tu, maintenant ? Me vois-tu d'un autre monde ? Peux-tu m'aider ?

C'est le moment ou jamais de prier.

Je me concentre sur son visage. Je m'attends à le voir apparaître, là, dans la nuit obscure de ce cachot. Et je vois aussi le visage de maman, penché la nuit sur son petit enfant en proie à un cauchemar. Je revois le visage de Joana, accueillant dans la cour des Libraires le fugitif blessé, épuisé.

Il m'est alors donné un état de plénitude et de joie partagée, et la certitude d'être vivant à jamais, à condition de vaincre la pire des épreuves en restant fidèle à moi-même.

Maintenant, je n'ai plus peur de la mort. Je suis même curieux de connaître ce qu'il y a *après*. J'ai réussi à dominer mon imagination, qui s'obstinait à me montrer les horreurs du *passage* lorsqu'on est escorté par les tortionnaires de la Gestapo, tout ce dont j'avais entendu parler. Mourir sereinement dans son lit serait l'idéal, le *passage* en douceur, et conscient, sinon il y manquerait quelque chose d'essentiel qu'on ne trouverait pas ailleurs. Mais, quoi qu'il arrive, je sais que je ne serai pas seul, le pire n'étant pas la souffrance, mais le déshonneur.

Le pas est franchi. Je m'avance, assuré. Je sais que je reverrai Joana, et ma mère, ma sœur, nos amis, non pas dans ce monde, mais dans l'autre, un monde vraiment libéré. Une force infinie me possède, elle n'est pas de moi tout en m'étant intime. Rien ne pourrait m'en priver.

Je me suis endormi. J'ai rêvé des berges verdoyantes de la Seine. Les ponts avaient été reconstruits et les trains passaient, dans un joyeux vacarme.

Des trains de gens en vacances, des enfants, des filles rieuses qui agitaient les mains aux fenêtres. Tout à coup, je voyais Joana à une fenêtre. Elle tendait les mains vers moi. Je me précipitais vers elle. Le train passait en grondant. Je m'accrochais à une portière et je me retrouvais dans ses bras.

Joana m'a apporté la compassion, d'où est venue mystérieusement la passion, par le biais de la tendresse. Ce qu'elle m'a alors enseigné par sa seule façon d'être n'a pas de prix, ni de limite : seul l'amour vaut d'être vécu dans cette existence éphémère à laquelle il donne la profondeur et le motif.

Je me souviens de notre premier baiser. Nous vivions intensément au cœur flamboyant de la Semaine rouge. Nous étions épuisés l'un et l'autre, elle avait passé la journée à s'occuper des sinistrés qui affluaient dans le jardin de l'archevêché ; moi je revenais du centre-ville qui brûlait. Je n'avais pas fière allure, les vêtements déchirés, les traits tirés marqués de brûlures et d'écorchures. Pour la deuxième fois, je la suppliai de partir, de s'en aller se mettre à l'abri à la campagne. Elle m'a pris la main et m'a demandé si nous pourrions imaginer de ne plus vivre ensemble. Je secouai la tête. A l'évidence, c'était impossible.

Puis elle m'a demandé si j'avais pensé que nous pourrions avoir une histoire ensemble. « Une histoire ? – Oui, une vraie histoire. » J'éclatai d'un rire joyeux. « Mais cette histoire, elle est déjà commencée ! » Une histoire d'amour.

C'est alors que nous avons uni nos lèvres. C'est la première fois que j'embrassais ainsi une femme, et c'est extraordinaire. A ce moment, le bleu lavande de ses yeux a changé. Il est devenu foncé comme le bleu du ciel lorsque tombe la nuit. Et des paillettes d'étoiles scintillaient dans ses prunelles.

Cette scène ne m'a jamais quitté. J'y puise la force d'affronter un avenir menaçant. Elle est pour moi non seulement un souvenir enchanté du passé, mais aussi un éternel présent.

Joana ! Je revois son visage, et mon cœur fond de tendresse et d'amour. Elle est douce, affectueuse, et, comment dire ? non pas sérieuse (elle l'est dans ses actions, évidemment) mais grave, de cette gravité qui prend sa source dans une profondeur un peu inquiète, face aux mystères incommensurables de la vie et aux menaces de notre temps.

Un bruit de bottes dans le couloir de ma prison. Les voilà. Je suis bien réveillé, maintenant, et les souvenirs du passé s'estompent dans ma conscience, après m'avoir nourri. La grille s'ouvre et la lumière qui envahit le cachot m'éblouit. Une voix marquée de rude accent germanique me réveille tout à fait :

— *Auf !* Vous, nous suivre !

Ils sont deux, deux soldats, ils me retirent les menottes. L'un devant, l'autre derrière, nous remontons l'échelle de fer, aux barreaux glissants de crasse et d'humidité. Une trappe s'ouvre et se referme. Nous voici dans la grande salle circulaire voûtée du rez-de-chaussée, où s'agitent des soldats et des policiers. Nous montons encore, par un escalier à vis. Il débouche dans une autre salle circulaire, éclairée par de petites ouvertures verticales, au premier étage du Donjon. En haut de la voûte à nervures, je reconnais l'écu fleurdelisé du roi Philippe Auguste.

Ils me font asseoir sur une chaise de fer, devant une table. Ils me passent une chaîne qui me retient à la chaise par les bras ramenés derrière le dos. Puis ils se retirent.

Presque aussitôt, un officier allemand entre. Il est jeune et porte le grade de lieutenant. Sur son képi brillent l'aigle germanique et la tête de mort de la Waffen SS, l'unité d'élite du régime nazi. Il pose un dossier sur la table, s'assoit derrière et me regarde.

Un échange interminable. Deux mondes s'affrontent. Mais il n'a pas l'air cruel que j'attendais. Ce regard est plein d'incertitude. Je me dis alors : « C'est lui, le vaincu. » Quelle que soit ma position désespérée, j'appartiens déjà au camp des vainqueurs. Cette illusion réconfortante ne dure que quelques secondes, mais elle suffit pour me donner l'assurance d'un bloc de granit.

L'officier ouvre son dossier et lit une feuille dactylographiée.

— « Blanmesnil Patrice, né le 15 octobre 1925 à Rouen, Seine-Inférieure ; de Blanmesnil Etienne, son père, docteur en médecine, et de Joséphine Couture, son épouse, sans profession. » Vous confirmez ?

Donc, ils m'ont identifié. D'ailleurs, peu importe !

— Vous confirmez ?

— Oui, monsieur.

— Lieutenant. Lieutenant Macker, détaché au tribunal militaire au titre d'instructeur. Vous êtes accusé de diverses activités terroristes contre le Grand Reich : attaque à main armée d'une prison militaire, meurtre d'un soldat allemand en uniforme et, plus récemment, attaque du pont de chemin de fer d'Eauplet en vue de le faire sauter. Reconnaissez-vous ces faits ?

— Oui, lieutenant Macker. Le viaduc d'Eauplet a bien sauté.

— Deux soldats allemands ont été tués. Vous savez ce qui vous attend ?

— Douze balles dans la peau.

Un silence. Il paraît surpris de mon assurance, et cela le déstabilise. Il poursuit, d'un ton hésitant :

— Il y a une alternative. Le règlement du tribunal militaire admet les circonstances atténuantes en faveur de tout prévenu qui s'est repenti et a collaboré avec les autorités d'occupation, pour mettre la main sur les coupables haut placés, qui seuls nous intéressent.

— Je ne collaborerai pas.

Curieusement, il a l'air soulagé. Il s'était pourtant dit : « Dix-neuf ans, c'est encore un enfant. Il parlera, à la seule perspective de la mort. Il sera facile alors de le sauver. »

— Réfléchissez bien. Si vous refusez, je devrai vous laisser entre les mains de la Gestapo. Ils savent faire parler les plus coriaces.

— Mon père n'a pas parlé.

— Vous êtes si jeune…

— Vous êtes jeune aussi, lieutenant Macker. Et pourtant, vous allez mourir.

Il me regarde, interloqué. Puis il réplique :

— Nous allons tous mourir. Mais mieux vaut mourir en bonne santé que d'être livré à la Gestapo.

— Que feriez-vous, à ma place ?

Il me regarde droit dans les yeux.

— Je viderais mon sac.

Mais son regard et tout son être affirment le contraire.

Un silence interminable.

C'est fini. Il remplit un formulaire et me le fait signer, appelle les gardes et se retire. Mais, sous le bloc de marbre du fonctionnaire, j'ai senti vibrer un homme.

On m'enlève la chaîne. On me reconduit en bas, dans la cave obscure, on me repasse les menottes. Pour le moment, tout va bien, si j'ose dire. Car je ne me fais pas d'illusions. Rien n'a commencé. Ce qui vient de se passer n'était qu'une formalité administrative sans importance.

A nouveau, le silence et la nuit. Une vingtaine d'heures ont dû s'écouler depuis mon arrivée dans la tour Jeanne-d'Arc, et je n'ai rien mangé ni rien bu. Ce n'est sûrement pas un oubli ou un hasard. Je rampe sur le sol, mains entravées en avant, pour découvrir quelque éventuel pichet d'eau, un quignon de pain, que quelqu'un aurait déposés pendant ma courte sortie. Rien.

Je m'installe sur le dos. Cette odeur de paille fraîche me rappelle la campagne. J'évoque le passé lointain de cette tour ronde plutôt sinistre dont les Rouennais sont fiers. C'était le donjon du château de Rouen, le Bouvreuil, que Philippe Auguste avait édifié en 1204, un ensemble alors considérable clos de murailles et de fossés, flanqué de sept tours. La grande cour intérieure abritait le logis du roi, une chapelle, le donjon où je suis, et de nombreux bâtiments. Jeanne d'Arc fut enfermée dans l'une des tours, interrogée dans le donjon en 1431. De ce vaste ouvrage militaire, il ne reste aujourd'hui que ce donjon, haut de vingt-trois mètres, avec son toit en poivrière et ses hourds de défense en bois formant encorbellement. De Jeanne, on connaît l'essentiel, grâce aux minutes du procès.

Enfant, j'ai souvent visité ce donjon en compagnie de mon père. La grande salle voûtée de quatorze mètres de diamètre du rez-de-chaussée était sombre et mystérieuse, avec son puits et sa trappe conduisant aux caves. C'est dans cette salle que Jeanne, le 9 mai 1431, fut mise en présence des instruments de torture, devant le bourreau Le Parmentier : brasero rougeoyant, chevalet, brodequins, pinces et tenailles, posés sur la table de torture. « Le mercredi neuvième de mai, en la grosse tour du château de Rouen, ladite Jeanne fut amenée en la présence de ses juges. Et lui furent lues et exposées de nombreuses choses sur les points susdits, et il lui fut dit que, si elle n'avouait la vérité, on la mettrait à la torture, qu'alors on lui montra préparée dans la tour même. »

Affrontant ses juges, elle avait eu cette réplique que j'ai retenue par cœur, tant elle m'avait frappé : « Vraiment, si vous deviez me détraire les membres et faire partir l'âme du corps, je ne vous en dirais autre chose. Et si je vous disais quelque chose, après je dirais que vous me l'auriez fait dire par force. »

Devant son entêtement à croire en ses Voix, Jeanne, accusée d'idolâtrie, hérésie et schisme, a-t-elle alors été mise à la torture ? C'est probable, sinon pourquoi aurait-elle cédé, avant de revenir sur ses prétendus aveux ?

Ai-je réveillé les fantômes endormis sous ces vieilles pierres ? Soudain, un cri déchirant perce le silence. Il envahit tout l'espace, au point que je ne saurais dire s'il vient du haut ou du bas, de la droite ou de la gauche, de l'être ou du néant.

En principe, on n'entend pas les cris des suppliciés de la Gestapo. Attachés nus sur une table, ils sont bâillonnés. Le bâillon est-il tombé ? Ou veulent-ils me donner un exemple de ce qui m'attend ?

Par trois fois, ce cri inhumain retentit dans la nuit. Puis tout retombe dans un silence opaque.

« Alors, voyant l'endurcissement de son âme, nous, juges susdits, craignant que les supplices des tortures ne puissent avoir que peu de profit, avons décidé de suspendre leur application. »

Après avoir avoué ses prétendus crimes, Jeanne se rétracta. Cette abjuration entraîna sa condamnation à mort, place du Vieux-Marché. « Après lecture de la sentence, l'évêque, l'inquisiteur et les juges se retirèrent et laissèrent Jeanne sur l'échafaud. Alors, le bailli de Rouen, un Anglais qui était là, commanda qu'elle fût menée au lieu où elle devait être brûlée. Quand Jeanne ouït ce commandement, elle commença à crier et à se plaindre si merveilleusement qu'elle émut le peuple aux larmes. Et incontinent ledit bailli commanda qu'on mît le feu, ce qui fut fait. »

A nouveau, le cri du supplicié retentit à travers le plancher du Donjon. Puis le silence s'étend comme un linceul et accompagne la nuit.

J'en suis venu à aimer ce silence. Il me renvoie à mes espaces intérieurs, qui sont bruits et chuchotements, et que je devrai apprendre à maîtriser. Plus difficile à supporter est la nuit, mais je finis par m'y habituer. Ce n'est d'ailleurs pas une nuit totale. Quand je fixe ce noir, je le vois constellé de petits points brillants, qui sont autant de cellules rétiniennes. Entre l'éveil et le sommeil viennent aussi les images hypnagogiques, des visions, que je m'efforcerai de traduire. Ce monde de l'inconscient me fascine. C'est la source même de mon être.

Les joies les plus belles sont des souffrances dont on a compris le sens profond.

Ah ! Une lumière dans le couloir. Est-ce vision, ou réalité ? J'entends un pas feutré. Ce ne sont pas les bottes et la pesante démarche d'un soldat. Peut-être m'apporte-t-on enfin à manger ? Tout mon estomac se dilate à cette perspective.

Mais la grille ne s'ouvre pas. L'homme ressemble à un gardien ordinaire, il est vêtu d'une sorte de salopette sans couleur. Je remarque qu'il ne porte aucune arme. Je ne vois pas son visage. Il passe entre deux barreaux un gros verre, une sorte de bock à bière comme en usent les Allemands. Il le pose sur le sol en écartant la paille, puis il se retire, éclairant le couloir avec sa lampe électrique.

J'avance mes deux mains entravées, doucement pour ne rien renverser. Ce verre contient de l'eau. Je la bois avec délice, bien qu'elle soit fade et glacée. Que j'avais soif ! Puis je cherche à tâtons la nourriture que l'homme aussi a dû déposer. Rien ! Pas le moindre croûton ! Je me dresse, indigné, et je crie :

— Oh, le Fritz ! Qu'on m'apporte à manger ! Même les chiens ont le droit de manger !

Rien. Pas même un écho. Je retombe, découragé,

sur ma paille. Job, sur son fumier, avait au moins de quoi satisfaire sa faim. Et le peu d'eau que j'ai bu n'a pas apaisé ma soif.

Cela ne sert à rien de se révolter. Ils veulent me mettre à l'épreuve, diminuer mes défenses… Je dois rester calme, et lucide. Garder mes convictions. La liberté triomphera, et la justice. Brusquement s'impose à moi, comme une torche dans la nuit, le fier slogan de notre Révolution : « La liberté ou la mort. »

La mort ? Est-ce que je rêve ? Je suis dans le Donjon de Jeanne, que les Anglais ont brûlée vive.

J'ai lu des histoires assez terrifiantes des temps anciens où l'on jetait les ennemis du roi dans des culs-de-basse-fosse. Ils y mouraient de faim et de soif, après une agonie interminable. Mais ce ne sont pas les méthodes de la Gestapo. Ils n'ont pas le temps. Le prisonnier détient des secrets qu'il faut lui arracher au plus vite. Le tuer ne servirait à rien, qu'à le faire s'envoler vers la liberté éternelle. C'est ma seule certitude. Ils me garderont en vie, me donnant à boire juste le minimum pour ne pas leur fausser compagnie par le haut.

Non, je ne suis pas tenté de trahir pour sauver ma peau. Jamais !

J'ai dû dormir pendant des heures. Impossible de savoir si c'est la nuit, si c'est le jour. Mais tout est bouleversé. Le sol tremble. J'ai l'impression que la tour chancelle, qu'elle va s'écrouler sur moi, m'écraser, m'étouffer.

Bon. Ce n'est qu'un bombardement ordinaire. Je n'entends ni les avions ni la DCA, pas même l'explosion des bombes. Je reçois seulement ces ébranlements formidables qui ressemblent à un tremblement de terre.

J'observe ainsi le passage de trois vagues. La troisième est la plus violente. De la poussière, du salpêtre et des éclats de pierre pourrie tombent du plafond voûté. Une odeur infecte de moisissure en émane. A deux reprises je vois des ombres portant une lampe-torche courir dans le souterrain creusé dans le calcaire. Ces chiens se mettent à l'abri. A leur tour ils ont peur. Mais le Donjon ne risque rien. A la base, ses murs ont quatre mètres d'épaisseur.

Quand donc les Américains viendront-ils nous libérer, au lieu de nous écraser sous des tonnes de bombes ? Peut-on espérer une rupture du front de Normandie ? Ne pas se bercer d'illusions. La bataille décisive sera longue. Des armées entières mécanisées s'affrontent. Des milliers de blindés et d'avions, un million d'hommes sont déjà aux prises, et ce chiffre ne fera qu'augmenter.

Peut-on même imaginer que les Américains et les Anglais soient rejetés à la mer, comme les Canadiens à Dieppe en 1942 ? Ce serait la fin de l'espoir, la chape de plomb à nouveau posée sur l'Europe asservie à une idéologie monstrueuse. Mais comment a-t-on pu en arriver là ? Qui donc se cache derrière cette figure maléfique qui a nom Hitler ? Comment ce pantin grotesque a-t-il pu mettre la main sur la patrie de Goethe et de Bach ? Et comment peut-il manipuler cette machine de guerre, la plus énorme de tous les temps ?

Qui a dit que Satan est le maître du monde ?

Après le bombardement, le calme est revenu, plus opaque que la nuit. Alors, je plonge dans l'univers de mon enfance pour y trouver la force de survivre. Les souvenirs aussitôt affluent. Je les accueille avec ferveur.

J'avais treize ans en 1938, l'âge où l'on se pose déjà les questions sans réponse. Un malaise profond régnait autour de moi. Une sourde menace pesait sur le monde. Je tentais de comprendre. La menace portait ce nom qui claquait comme un coup de fouet : Adolf Hitler. J'avais entendu à la radio ses hurlements hystériques, si opposés au langage lénifiant et académique des hommes politiques de chez nous, M. Daladier, M. Chamberlain. Hitler parlait à Nuremberg. Mes parents demeuraient muets, comme des animaux dans la prairie à l'annonce de l'orage. Je me tournai vers mon père. Il secoua la tête avec tristesse et me montra les journaux posés sur la table. « Son moindre souci paraît l'équité », écrivait le *Journal de Rouen* à propos de Hitler. Plus loin, un commentateur parlait « du stade avancé, terrifiant, de l'hégémonie allemande sur l'Europe ». *La Dépêche* du 21 septembre 1938 allait plus loin encore, évoquant « l'impuissance des deux grandes démocraties face au dynamisme hitlérien ».

Mon père hocha la tête.

« Si Hitler nous laisse un moment de répit, il faudra en profiter pour… »

Il n'acheva pas. Je l'interrogeai du regard. « La guerre ? »

Il feuilleta un autre journal et me montra un article de Léon Blum, le leader socialiste. « La question des Sudètes doit être réglée pacifiquement. »

Les Sudètes ? « C'est cette région incertaine de la

Tchécoslovaquie, au nord de l'Adriatique, me dit mon père. Un prétexte. »

Les jours passaient, avec leur charge d'angoisse. Après l'annexion de l'Autriche et le démantèlement de la Tchécoslovaquie, MM. Daladier et Chamberlain avaient rencontré MM. Hitler et Mussolini à Munich. Le monde respirait : ils s'étaient serré la main ! Au prix d'une lâcheté, on avait évité la guerre. Mais cette capitulation diplomatique, approuvée par les Parlements et par les opinions publiques, n'avait pas désamorcé la crise. Quelques mois plus tard, nous étions sur le parvis de l'enfer. Mais qui s'en doutait ? L'astrologue du *Journal de Rouen* n'avait-il pas écrit : « Il n'y aura point de guerre en 1939. M. Hitler souffrira de la gorge et sa vie sera en péril » ?

Tandis que les nuages s'amoncelaient sur l'Europe, l'astrologue demeurait imperturbable : « Aucun conflit armé généralisé ne menace l'Europe dans le proche avenir », écrivait-il le 30 avril 1939. Ce printemps était superbe. Au lycée, nous avions inauguré une nouvelle statue de Corneille. Le ministre de la Marine avait présidé la fête de la Jeunesse. Les anciens du 39e régiment d'infanterie avaient célébré l'anniversaire de la reprise de Douaumont. Un conférencier avait cependant posé cette question insolite : « La ligne Maginot peut-elle être tournée ? »

Refusant l'alliance franco-britannique, Staline laissait les mains libres à Hitler. Mais, le 2 juillet 1939, on pouvait lire dans le *Journal de Rouen* : « Le devoir de l'heure présente, c'est de continuer à vivre comme d'habitude. » Sur l'hippodrome des Bruyères, les chevaux couraient, comme d'habitude, les paris s'engrangeaient, le cardinal de Québec visitait notre archevêque, et les amoureux s'embrassaient sur les bancs, comme d'habitude.

En août, tout se gâta. Hitler et Staline signaient un pacte de non-agression. A Rouen, la mobilisation commençait. On réduisit l'éclairage public et l'on distribua les masques à gaz. Le 27 août, le 39e régiment d'infanterie partait vers le nord.

J'ai vu les gendarmes afficher, le 1er septembre, l'ordre de mobilisation générale. Etait-ce la guerre ? On circulait, masque à gaz en bandoulière. On déposait les vitraux des églises, on entassait des sacs de terre pour protéger les fragiles sculptures des portails gothiques. Le *black-out* s'imposait. Cafés et salles de spectacles fermaient à vingt et une heures. On déménageait même les musées, peintures, céramiques, ferronneries, antiquités, et les manuscrits de la Bibliothèque.

Le général de La Laurencie, casqué, faisait ses adieux à la ville, avec ses troupes. Le président des Anciens Combattants de 1914 lui déclara, la main sur le cœur : « A bientôt, mon général... Après la victoire ! » M. Metayer, le maire, lui souhaita bonne chance, « dans un glorieux retour ».

Je me souviens de la première alerte aérienne, le 4 septembre 1939, à l'aube. Des caves-abris d'immeubles avaient été désignées. On avait creusé des tranchées, aménagé des postes de secours, nommé des chefs d'îlot. On n'imaginait pas ce que pouvait être un bombardement aérien. Le commandant des pompiers avait obtenu un crédit pour acquérir trois mille mètres de tuyaux supplémentaires, capables d'éteindre simultanément cinquante incendies, une perspective inimaginable.

Mais les gens reprenaient leurs habitudes, on ne descendait plus aux caves, malgré l'avertissement de l'archevêque, en chaire de Notre-Dame de Rouen : « Ce 11 novembre 1939 marque les illusions tombées et fait passer du domaine séduisant du rêve à celui des réalités. »

Mais quelles réalités ? Que serait le visage de la guerre ?

Les appels à de nouveaux contingents de jeunes mobilisés se multipliaient. On en était à la classe 39. J'avais encore le temps. Je songeais déjà à l'Ecole navale. Mon père avait été mobilisé comme médecin-capitaine, mais maintenu à l'Hôtel-Dieu, où il restait indispensable.

Je me souviens de Noël 1939. La veille, à dix-huit heures, le carillon de la cathédrale avait joyeusement sonné, et l'Académie de Rouen avait distribué ses prix de vertu.

M'étais-je endormi sur ces lointains souvenirs ? Quelle heure est-il ? Quel jour ? J'ai tout le corps endolori et je souffre de la faim, de la soif.

De la lumière dans le souterrain. Est-ce pour l'interrogatoire ? Allons, mon corps ! Ne me lâche pas. Non, c'est le gardien. La comédie recommence. Il tend la main, avec ce ridicule bock d'eau, qu'il pose délicatement sur la terre battue. Je ne bouge pas. Je pourrais lui sauter dessus, lui saisir la main, m'emparer de ses clés…

Mes narines frémissantes hument l'air humide dans l'espoir de reconnaître l'odeur du pain. Un peu de pain, s'il vous plaît ! Même un seigle vieux et dur, ce pain infect des pauvres, où il y a peu de farine blanche et beaucoup de son. Renan a dit : « L'homme ne vit pas seulement de pain, mais il vit aussi de pain. »

Rien. Je retombe lourdement sur le dos. L'estomac me brûle. Puis je me dresse vers la grille. L'homme est encore là, avec sa lanterne, qui projette des ombres sinistres sur les pierres de mon cachot. Pour la première fois, je distingue les traits de son visage. La face inexpressive d'une brute, mais dépourvue de méchanceté. Qu'attend-il ? Je lui dis, d'un air accablé :

— Bonjour, monsieur.

Il ne répond pas. Peut-être ne comprend-il pas le français. Je lui dis quelques mots en allemand. Il semble hésiter, puis il me demande, dans un mauvais français :

— Vous, avoir quelque chose à déclarer ? Sinon, rien manger.

J'ai compris. Ils veulent m'avoir par la famine. Je m'attendais à être roué de coups, suspendu par les pieds au plafond, plongé dans une baignoire d'eau glacée, puis bouillante, avoir les ongles écrasés à coups de marteau. Rien. Rien que la faim. C'est un mauvais signe, du point de vue de la bataille de Normandie. Ici, à Rouen, dans le Donjon, ils prennent leur temps. Les Alliés n'ont donc pas fait leur percée.

— Je n'ai rien à déclarer.

— Vous, alors, rien manger.

Il a l'air sincèrement désolé. Il va se retirer. Je l'arrête.

— Attendez !

Cet homme très ordinaire reste mon seul espoir. Justement parce qu'il est ordinaire. Le soudoyer. Lui laisser espérer une récompense fabuleuse et le pardon des vainqueurs, après la défaite allemande. C'est ma dernière carte. Mais d'abord, nouer le dialogue :

— Quel est votre nom ?

— Hans. Je suis de Hambourg.

— Gestapo ?

— Non. Wehrmacht.

Il secoue la tête avec colère, et émet quelques paroles confuses. Je crois comprendre qu'il a été puni pour un délit mineur, mais c'est pure injustice. Après tout, cette affectation au vieux Donjon lui a sans doute sauvé la vie. Tous ses amis, ses frères, ses cousins ont été tués dans la grande bataille contre les Russes, à Stalingrad. Les Russes, mauvaises bêtes ! Pires que la Gestapo et la SS. Et maintenant, les Américains !

Je tente de me placer :

— Guerre bientôt finie, Hans. Hitler *kaput*. Encore temps pour vous de changer de camp. Discrètement. Je pourrais vous aider. J'ai le bras long…

Il secoue la tête avec lassitude et m'explique que Hitler n'a pas dit son dernier mot. Ses ingénieurs mettent au point des armes secrètes. Et puis lui, Hans, c'est un bon Allemand, il ne trahira pas son Führer. C'est un bon Führer, qui a donné du travail aux Allemands, effacé la honte de la défaite de 1918 et purgé l'Allemagne de ses Juifs.

Il m'explique ensuite que je ne pourrai pas m'évader, même avec des complicités intérieures. Lui n'a pas la clé de ma grille, ni celle de mes menottes. Et je ne pourrais pas franchir la porte de la tour sans passer par la grande salle du rez-de-chaussée, qui grouille de policiers et de soldats.

— Les souterrains ?

— Tous bouchés, après l'attaque du 15 avril.

S'il savait que j'en étais et que j'ai tué l'un des siens !

Il me plaint sincèrement. Puis il passe à l'attaque à son tour et me fait son petit discours tout préparé. Je comprends alors que ses singulières confidences n'ont pas d'autre but que de m'amadouer. Si je parle, si je livre mes complices, je serai arraché à la méchante Gestapo, et livré au tribunal militaire régulier de la rue Jeanne-d'Arc, qui prononcera une condamnation *modérée*, grâce aux circonstances atténuantes. Je serai *seulement* déporté en Allemagne. Peut-être finirai-je comme travailleur volontaire dans une bonne ferme du Wurtemberg. Là, beaucoup manger cochon, boire bonne bière fraîche !

Quel jeu joue-t-il ? Espère-t-il, en me tirant des aveux, obtenir lui aussi sa mutation à un poste plus glorieux ? S'il me donnait seulement un quignon de pain pour calmer ma faim, je serais tenté de le croire sincère.

— Manger !

— Pas manger si vous pas livrer les complices !

Je me détourne et je retombe sur la paille. C'est fini. Il est parti. A nouveau, le silence et la nuit. Mais cela m'a fait du bien de parler à cet imbécile, et surtout de rêver.

Les jours passent, et les nuits, sans que j'en aie conscience. Parfois, un bombardement vient nous surprendre. Je souffre affreusement de la faim, et surtout de la soif, mais il me semble que mon estomac s'habitue. En revanche, je me sens de plus en plus faible et désormais incapable de m'évader. Combien de temps peut-on tenir sans manger ? Les ermites du désert jeûnaient pendant quarante jours. Mais jeûnaient-ils intégralement ? Ils buvaient, en tout cas, et moi je n'ai qu'un verre d'eau par jour, incapable d'apaiser la soif qui me brûle.

En attendant, j'ai reçu la visite d'un rat. Pendant mon sommeil, il avait commencé à me grignoter un orteil. A mon arrivée au Donjon, les Allemands m'avaient confisqué mes souliers, ce qui a facilité les affaires de ce rat. Je me suis violemment rebiffé. Mais il est revenu, et cela m'empêche de dormir. Est-ce le même rat, ou y en a-t-il plusieurs ? Quelque chose me dit qu'il n'y en a qu'un. Il n'est pas agressif et devient presque familier. Evidemment, cette cave où il n'y a rien à manger n'intéresse pas les rats. Sauf celui-là, pour une autre raison. Mais laquelle ?

Je me dis que je pourrais l'apprivoiser, le capturer, l'étrangler et le manger. Mais cette fourberie ne servirait à rien, qu'à prolonger inutilement mon supplice. Et puis, je me suis attaché à ce rat. Je l'ai appelé Manfred, puis Fred. Il reconnaît ma voix, fait son petit tour dans la cellule, avec l'espoir d'y trouver quelques miettes. C'est mon ami. Comme moi, il a fait sienne la devise : « Point n'est besoin d'espérer pour entreprendre, ni de réussir pour persévérer. »

J'ai reçu une autre visite, celle-là conséquente. Un homme en civil, un Français d'aspect plutôt chétif mais au regard redoutable, âgé d'environ quarante ans.

Cette apparition me produit un effet violent, comme si la haine avait ses coups de foudre.

Il me semble que je l'ai déjà rencontré quelque part. Les yeux, le nez, la bouche, tout suinte la méchanceté et la haine. Deux soldats allemands l'accompagnent. Ils lui ouvrent respectueusement la grille et la referment, restant postés dans le souterrain. Je suis si faible que je me sens incapable de me lever. Il ne s'en formalise pas et demeure accroupi à côté de moi, la lanterne électrique posée sur le sol. Il m'examine avec intérêt, puis il se présente :

— Inspecteur Alie.

J'ai sursauté. C'est le tombeur de mon père. Un policier français travaillant uniquement pour la Gestapo. Elle lui doit des prises retentissantes, des réseaux entiers de FFI, de la base à la tête. Il est plus habile que le diable. Et maintenant, je sais où je l'ai rencontré : dans la cave-abri de l'Archevêché, en plein bombardement. Ce jour-là, il a bien failli m'avoir.

Pourquoi ce policier français, correctement rémunéré par notre Sûreté nationale, a-t-il accepté de devenir le principal auxiliaire de la Gestapo, dans sa lutte contre la Résistance ? Il n'est pas, dit-on, à la solde des Allemands. Il n'agirait que par fanatisme anticommuniste et par admiration du Maréchal et de l'Ordre nouveau qu'il incarne.

Etrange, cette possibilité qu'ont les hommes d'être des saints ou des barbares. Mais qui oserait juger ce salaud ? Quelle est la part de hasard dans son choix ? Et celui de la nécessité ?

La Résistance l'a condamné à mort mais n'a jamais pu l'avoir. Les Allemands, dans leurs rapports avec la police française, n'ont confiance qu'en lui. Ils ont exigé que ce modeste inspecteur du commissariat central, spécialisé dans le renseignement contre les FFI, prenne la tête de la nouvelle section, la Brigade antiterroriste, responsable de toute la Normandie. Louis Alie aurait ainsi fait arrêter des centaines de résistants, qui ont été torturés par la Gestapo avant d'être fusillés. Il a tellement fait de mal qu'il n'a plus rien à perdre.

Le 8 mai 1944, Louis Alie a décapité la Résistance départementale en capturant dans le traquenard de la Demi-Lune, à la sortie de Rouen, les dirigeants du Comité de libération. Le 23 mai, il a capturé René Phelippeau, le chef départemental des FFI. Les méthodes d'Alie : la délation et la torture. On dit qu'il ne torture pas de sa main. Son chauffeur et interprète, un Allemand sadique nommé Schoeller, exécute cette basse besogne.

— Nous sommes entre Français. Détendez-vous.

Alie me parle doucement, et cette douceur me semble plus redoutable que la violence aveugle de la police allemande. Comme il se penche vers moi, je distingue mieux son visage : celui d'un être fourbe, obstiné, prisonnier de ses choix détestables. Cependant, je demeure fasciné par ce visage qui exprime aussi une intelligence supérieure. Et je suis épouvanté par ce mélange détonant de haine et d'intelligence.

Son visage exprime la joie maligne de me tenir entre ses mains, lui qui n'avait rien pu obtenir de mon père. Je supporte sans sourciller le regard féroce de ses yeux, une méchanceté dont l'origine se perd dans les abîmes de l'âme et peut-être d'une enfance saccagée.

Le ton de sa voix se fait plus dur :

— Pourquoi vous obstiner ? Ils finiront par vous faire parler.

— Mon père n'a pas parlé.

— Il en est mort. Les morts ont toujours tort.

Un silence. Mon père me disait : « Il faut agir en homme de pensée, et penser en homme d'action. » Je m'y concentre tout entier.

Soudain, la voix d'Alie devient grinçante, et sa véritable personnalité se fait jour :

— Il y a aussi votre mère et votre sœur. Vous savez ce qu'elles risquent ? Nous les avons « logées ». Elles habitent chez une certaine veuve Bouzigue, au n° 3 rue des Tables, au Puy-en-Velay.

Une bombe de deux tonnes frappant le Donjon ne m'aurait pas plus ébranlé. Ainsi, ils ont découvert la retraite de ma mère et de ma sœur !

Il poursuit, implacable :

— Il ne tient qu'à nous de les arrêter. En tant que proches parentes d'un terroriste exécuté, votre père, et d'un autre terroriste, vous-même, condamné à mort par contumace par le tribunal militaire, elles sont doublement passibles de déportation. Vous avez entendu parler de Drancy et d'Auschwitz ?

Je ne réponds pas. Je demeure accablé, soudain envahi par une fatigue insurmontable. A cet instant, je comprends qu'Alie est en train de gagner la partie. En un sursaut violent, je mobilise ce qu'il me reste de forces, comme un boxeur à terre qui tente de reprendre pied.

Fort d'avoir marqué un point, il poursuit, d'une voix impersonnelle, métallique :

— Nous avons surtout besoin de certains renseignements concernant les ponts routiers de la Seine, à

Rouen. Les Anglais sont exactement informés des résultats des bombardements. Or la photo aérienne à haute altitude ne donne pas de détails aussi précis. Londres ne peut donc être informé que par ce que vous appelez la Résistance.

Je suis à l'agonie. Joana ! Ils pourraient s'emparer d'elle, la torturer. Et le docteur Flambert, si généreux, si oublieux de sa sécurité, prêt à mourir pour la défense de son idéal.

Enfin, je reprends mon souffle. J'ai l'impression de naviguer dans un cauchemar qui aurait harassé mon âme et épuisé mon corps.

Si au moins j'avais quelque chose à boire. Il me semble que je n'ai rien bu depuis des jours, ma bouche est sèche et brûlante comme l'enfer. Mais je ne réclamerai pas un verre d'eau à ce salopard, ce serait un signe de faiblesse dont il tirerait avantage.

J'articule d'une voix ferme :

— Je ne connais rien à ces histoires. Je suis un simple soldat. J'obéis aux ordres et j'exécute.

— Aux ordres de qui ?

— Vous le savez. Il a été tué pendant le raid contre le pont d'Eauplet.

— Jean, dit le Furet, n'est qu'un comparse. Il nous faut les noms des commanditaires de ce raid insensé.

Va-t-il me laisser, enfin ? Cet homme, ce traître, est diabolique. Je tente une diversion.

— Depuis combien de jours suis-je enfermé dans cette cave ?

— Depuis quatorze jours. C'est grâce à moi qu'on vous a ménagé.

J'ai compris. Responsable de l'arrestation de mon père, il en veut à la Gestapo de ses manières brutales qui ont causé sa mort, avant qu'il ait livré un seul de ses compagnons, une seule information utile. Ayant pris le fils, il pense que le même sang ne saurait mentir. Il a obtenu de ses maîtres une autre méthode. L'affamement. J'ai lu quelque part que les Russes soviétiques staliniens usent de cette méthode. Affaiblir lentement le corps sans le détruire doit affaiblir l'esprit et le soumettre. Les aveux s'ensuivent avec la promesse de sortir de l'enfer.

Je le croirais si je n'avais lu saint Jean de la Croix, ce mystique espagnol du XVIe siècle, lui aussi emprisonné et affamé dans les geôles de son propre ordre, les Carmes. Ce policier me donne des idées.

Je me sens mieux, maintenant. Je me sens en sécurité. Incroyable ! Je me sens… immortel. Impression subjugante d'être une réalité impérissable. Tout le reste n'est que détail, ou mauvais rêve. Comme le disent les Chinois : « Celui qui doit mourir pendu se rit des eaux profondes. »

Maintenant qu'il sait que je ne parlerai pas, son regard trahit un orgueil forcené, sa véritable nature, que ma résistance passive exacerbe.

Je ferme les yeux pour ne plus le voir. Quand je les rouvre, il est parti. Que le diable son maître l'emporte !

L'inspecteur Alie est revenu trois fois. Etonné de me trouver chaque fois plus ferme dans mes convictions, plus serein et plus calme face à la mort. Trente jours que je n'ai rien mangé. Je ne sens plus mon corps. Mais mon esprit, lucide, est comme un rocher ancré dans l'invisible fondement du monde. Je sais maintenant que je deviens ce que j'étais vraiment, c'est-à-dire immortel. Quel est donc ce miracle, lequel, à la faveur de ma souffrance intime, me donne la connaissance de moi-même et me fait exister ? Je me sens approcher de la Vérité absolue. Mais ne suis-je pas déjà cette vérité éternelle et mystérieuse ?

La dernière fois qu'Alie est venu, il m'a dit, comme s'il prononçait sa propre condamnation à mort et l'aveu de son échec :

— Je ne peux plus rien pour vous. Je vais être obligé de vous livrer au bras séculier.

Etrange, il a les paroles mêmes du procès de Jeanne d'Arc, la rebelle indomptable à qui l'on demandait simplement de renier ses Voix, qui lui disaient de bouter les Anglais hors de France. Aujourd'hui, le bras séculier, c'est la Gestapo. Mais plus rien désormais ne saurait m'atteindre.

Il est parti, me laissant à la nuit. « O nuit, plus douce que l'aurore ! »

Mais, dans la nuit profonde, l'angoisse revient et me submerge, non pour moi mais pour les êtres qui me sont chers : maman, Michèle. Et Joana ! Menacées par tant de périls !

DEUXIEME PARTIE

Récit de Joana

« L'essentiel est l'amour.
C'est l'amour qui fait sens. »
A. Comte-Sponville

14

Je m'appelle Joana Leclair. J'ai eu quinze ans à Noël 1943. Je suis la fille de Romain Leclair, qui fut dans les années trente le maître carillonneur de Notre-Dame de Rouen.

Ma vie est extraordinaire. Mon enfance a été heureuse et sans histoire, puis la guerre a frappé durement notre famille, devant cet archevêché que l'on croyait à l'abri derrière ses vieux murs, à l'ombre protectrice de notre chère cathédrale. Ma mère a été tuée par une balle perdue allemande lors de l'invasion de juin 1940. Quatre ans plus tard, mon père a été tué à son pupitre pendant le bombardement des Anglais, le 19 avril 1944.

Ma vie avait basculé quatre jours auparavant. Je sortais d'une réunion des animateurs de la Maîtrise Saint-Evode, qui nous forme au chant liturgique. J'étais partie un peu avant la fin de la réunion, j'étais donc seule dans la cour des Libraires. Aussitôt, j'avais entendu des bruits suspects rue Saint-Romain, des claquements de portières, des ordres en allemand.

Brusquement, je me suis trouvée nez à nez avec un homme jeune à l'opulente chevelure blonde. Essoufflé, visiblement traqué, il était blessé à la jambe droite et son visage reflétait la souffrance et la peur. Son regard, surtout, attirait. Ses yeux d'un vert intense piquetés de paillettes d'or exprimaient à la fois, au-delà de la peur, la naïveté d'un enfant et un intense désir de vivre.

Au même moment, j'ai vu s'ouvrir le portail de la cour qui donne rue Saint-Romain. Des Allemands en armes s'y ruaient. Je n'ai pas réfléchi davantage et j'ai entraîné l'inconnu vers l'issue opposée, une petite porte qui ouvre dans le grand portail nord de la cathédrale. Par un hasard inespéré, M. l'abbé Sénéclauze venait de m'en confier la clé. C'est ainsi que j'ai sauvé et connu Patrice Blanmesnil. Les événements se sont alors enchaînés, que dis-je ? ils nous ont emportés dans un rythme endiablé.

Quand Patrice tourna vers moi son jeune visage marqué par la souffrance, j'ai su que rien dans ma vie ne serait comme avant. C'est ainsi. Presque aussitôt, sans le savoir, nous nous sommes aimés, et c'est là un très grand mystère, dont je ne cesse de sonder la profondeur.

Tout de suite, j'ai aimé sa franchise. On sentait ce garçon incapable de tromperie pour un profit personnel.

Ce qui m'a aussi frappée, à cette première rencontre, en cette nuit tragique, c'est la vie qui rayonnait en lui. Est-ce parce que la sienne était menacée que je l'ai aimé ? Oui, je l'ai aimé lorsque j'ai compris que je lui étais indispensable pour survivre. Je n'avais jamais éprouvé cela, et au demeurant il était beau ! J'ai su alors que nous étions destinés l'un à l'autre. La vie, c'est comme l'amour, un mystère, un miracle sans cesse renouvelé et sans cesse menacé. Patrice se donnait à la vie comme on se donne à une femme, et quand j'ai su que cette femme c'était moi, mon cœur a bondi de joie.

Plus tard, j'ai pu sonder le mystère de sa personnalité. Son air à la fois naïf et loyal, toujours étonné, ne trompe pas. On pouvait lui faire confiance. Mais on devait savoir qu'entre deux chemins il choisirait le plus difficile, par nécessité, mais aussi par plaisir ou par bravade, et cela posait un vrai problème en ces temps extrêmes, un problème de survie.

La loyauté qu'il manifesta aussitôt envers moi se doublait heureusement d'une loyauté envers lui-même, beaucoup plus difficile à assumer. Il se jugeait sévèrement, persuadé que ruser pour échapper à une connaissance de soi-même, aussi douloureuse fût-elle, ne pourrait en définitive apporter rien de bon. Ce qui donnait du prix à tout acte qu'il accomplissait.

Il demeurait obsédé par cette attaque du Donjon, qui l'avait introduit dans l'univers des exploits héroïques de la Résistance, contrepoids à l'humiliante défaite de 1940. Encore qu'il n'osât pas prononcer le mot « héroïsme ».

Cette satisfaction légitime se trouvait gâchée par le meurtre involontaire qu'il avait commis en tuant le soldat allemand qui le menaçait. « Involontaire ? C'est à voir, disait-il. Au lieu de viser la tête, j'aurais dû tirer dans les jambes. » Et il se torturait de remords.

Patrice était beau, grand et fort, bien qu'un peu maigre à mon goût, mais qui oserait être en chair en ces temps de famine ? Il était sûr de lui alors que j'étais timide et angoissée. En m'aimant, il m'a donné confiance en moi.

J'aspirais à la pureté – de corps et d'âme – jusqu'à

ce jour où, rencontrant un homme – non : cet homme-là –, j'ai compris tout ce que mon esprit pouvait contenir de trouble et de désirs. J'étais cela aussi, et il fallait l'assumer. Le plus troublant est que j'aimais cet homme qui la veille m'était inconnu. Une rencontre fortuite, un hasard ? Il me semble qu'une vie entière ne sera pas de trop pour comprendre ce mystère, en saisir toutes les richesses, et réaliser ce pour quoi et pour qui je suis venue au monde.

J'ai su tout de suite que j'étais amoureuse de lui, et mon esprit raisonnable en a été irrité, mais en vain. L'esprit profond, le cœur, celui qui ne peut pas se tromper, me criait : « Vas-y, Joana ! Tu peux lui faire confiance. »

En dehors de la passion amoureuse, qui procède d'un instinct inexplicable, nous nous complétions. Je l'ai dit, il était fort alors que je me sentais faible ; il était sûr de lui alors que je doutais de tout. Il savait où il allait alors que l'avenir était pour moi un mystère redoutable. Il croyait en la victoire du droit et de la liberté dans un monde asservi par les idéologies égoïstes et voué à la violence aveugle. Il se passionnait pour le destin du monde ; je ne comprenais rien à la politique.

Il croyait en Dieu, moi aussi. Nous aimions la musique, le chant des cloches, et la splendeur de l'architecture gothique.

Je lui apportais l'élément modérateur dont il avait besoin, non seulement pour réussir mais simplement, en ces temps d'extrêmes périls, pour survivre.

Mais je n'ai pas su le retenir, le garder égoïstement à l'abri, alors qu'il était déjà si menacé. Au nom même de notre amour, qui ne peut être étroitement refermé sur lui-même, Patrice s'est échappé, il m'a échappé pour se livrer à ses activités patriotiques, un terme qui sonne étrangement, mais qui a pour lui une valeur d'absolu, comme Dieu pour un croyant. Depuis, je ne sais pas ce qu'il est devenu et j'ai peur. Il aimait trop la liberté ; pour lui, c'était le sens même de la vie. Du sang viking coulait dans ses veines, qui le portait à une action où il prenait trop de risques. On sentait bouillonner en lui des réserves cachées d'énergie, cette dynamique mystérieuse qui lance en avant les peuples conquérants, apparemment pacifiés, en fait marqués à jamais par un patrimoine génétique miraculeusement conservé.

Et maintenant ? Au nom de notre amour, je ne saurais le décevoir. Moi, petite créature effacée, me voici chargée d'une mission de résistance, avec en main un poste émetteur de radio ! Patrice me disait : « L'événement nous déborde ? Il faut nous mettre à son école. »

Quelle que soit la folie de mon action, je poursuivrai la tâche qu'il m'a confiée, à moi, si étrangère à tout ce qui touche la violence et la guerre. Observer du haut de la cathédrale les ponts de la Seine après chaque nuit que les Allemands mettent à profit pour les rafistoler, après chaque bombardement aussi, et transmettre ces informations capitales à Londres. Ainsi, par cette action répétée – les ponts sont sans cesse attaqués, détruits plus ou moins et plus ou moins réparés –, je parviens à limiter les attaques aveugles du Bomber Command et de l'US Air Force. Moi, aussi effacée que la nuit, aussi discrète que la lune à son premier quartier, je sauve des vies humaines et peut-être réduirai-je aussi les attaques destructrices contre nos monuments et nos vieilles maisons, tout ce patrimoine incomparable que nous ont légué les siècles qui ont fait de Rouen la Ville aux cent clochers, la Florence du Nord.

En me confiant cette mission, Patrice m'a mise en garde. Il y a un risque certain à me faire repérer. Du haut de la tour de Beurre, j'ai vu stationner, place de la Cathédrale, le camion détecteur de l'armée allemande, avec sa longue antenne permettant de capter tout message hertzien et de le localiser par radiogoniométrie, grâce à un autre camion situé ailleurs en ville. Il faut faire très vite. Rédiger le message, pas plus d'une dizaine de mots : « Pont Boieldieu coupé, pile endommagée. » Heureusement, c'est du direct, du vocal, rien à crypter, à lancer en morse comme autrefois. J'utilise seulement un code convenu : Le pont Boieldieu, c'est Barnabé. Le pont du Bac, c'est Joséphine. Ce qui donne : « Barnabé a la jambe cassée. Mamie attend à la porte. » Mamie, c'est un petit convoi militaire. Ah, je voudrais dire : « Barnabé est mort et enterré. » Mais ne rêvons pas.

Cette activité m'arrache à l'angoisse de savoir Patrice lui aussi en pleine action, au risque de sa vie. Mais que pèsent nos vies, dans le grand chambardement qui menace la planète ?

Je n'ai pas dormi de la nuit, dans ma petite chambre de l'annexe de l'archevêché, rue des Bonnetiers. Un sombre pressentiment me tourmente.

Après m'être habillée, j'ai bu une tasse de lait et pris le chemin de la cathédrale, pour y exécuter ma mission habituelle. Grimper là-haut et observer de la base de la tour centrale les ponts de la Seine et les quais. Les Allemands ont-ils réussi cette nuit à colmater les brèches du pont Boieldieu, à jeter des planches entre les poutrelles rompues ? Dans l'affirmative, des éléments militaires franchissent-ils la Seine ? S'agit-il de piétons, de motos, de véhicules, de blindés ? Ensuite, envoyer mon message à Londres.

Je grimpe l'escalier à vis, lentement pour ménager mon souffle. Cent quarante marches ! J'émerge enfin au grand air et me dirige vers la plate-forme de la tour centrale, qui soutient la haute flèche de fonte, dont la lanterne est invisible dans la brume. Mais il y a assez de visibilité au sol pour observer les ponts avec les petites jumelles que m'a confiées Patrice.

Soudain, j'entends un bruit de voix du côté de l'abri, sous les combles de la nef principale où j'ai caché le poste émetteur. Horreur ! Deux Allemands sont là, deux soldats, penchés sur l'appareil.

Fuir ! Trop tard ! Ils m'ont vue. Avec mes jumelles à la main, impossible de les tromper quant à ma présence sur le toit de la cathédrale à sept heures du matin !

Au lieu de plonger dans l'escalier à vis, j'ai le réflexe de prendre la fuite par les toits de la nef principale. Les deux soldats me poursuivent en criant. Heureusement, je connais mieux qu'eux les dédales de la cathédrale, et je les sème après une courte poursuite.

Me voici à l'intérieur de la grande nef, tout en haut. Il y a aussi des Allemands en bas ! Et des civils, des policiers de la Gestapo, avec leur sinistre gabardine grise, chapeau feutre sur la tête. Ils fouillent partout, bousculant les ouvriers qui arrivent au travail.

Je me faufile à travers les croisillons des transepts.

Puis je me glisse sur les encorbellements portés par des faisceaux de colonnettes, qui surplombent le vide. Là, personne n'osera me poursuivre. J'ai semé les deux soldats, mais ils ont donné l'alerte en bas. Le mot *Mörder*, « terroriste », a retenti à travers la grande nef, démultiplié par l'écho. Terroriste, moi ?

Je suis bientôt repérée par les gens d'en bas. Coups de sifflet stridents, dont les échos se répercutent à travers la nef. Un policier sort une arme. Vont-ils chercher à m'abattre ? N'ont-ils aucun respect pour le vénérable monument ?

Me voici au-dessus du chœur. Sortir de ce piège. Je plonge dans un escalier à vis. Il y a une chance sur deux pour qu'un Allemand m'attende en bas.

Personne dans le chœur, ni dans le déambulatoire et dans les chapelles rayonnantes. Ils ont perdu ma trace.

Enfin, voilà la porte qui donne accès à l'archevêché. Pourvu qu'elle ne soit pas fermée à clé. Elle est fermée. Je suis perdue. J'entends des pas qui dévalent l'escalier à vis, et le brouhaha des Allemands, de plus en plus nombreux. Ils ont envahi la nef et fouillent tout, chapelle après chapelle, bloquant les issues. Ils sont excités comme des chasseurs traquant une biche.

Un homme se dresse devant moi. Je suis perdue.

Non. C'est un ouvrier de l'Entreprise Lanfry. Nous nous sommes déjà rencontrés, il y a aussi des travaux à l'archevêché.

Il m'a reconnue. Je lui montre la porte. Sans un mot, il sort une clé de sa poche et l'ouvre. Je m'y engouffre. La porte se referme derrière moi et j'entends le claquement de la serrure. Sauvée !

Je suis dans la galerie couverte qu'on appelait

autrefois *ambulatoria*. Elle donne accès à l'archevêché. Je reprends mon souffle. Le logement du carillonneur est tout proche, sous la chapelle du XVIIIe siècle. Dans la cour basse qui prolonge la cour d'honneur, je distingue une activité inhabituelle à cette heure matinale. Il y a même un chien policier, un berger allemand, qui flaire partout. Faut-il que je rentre chez moi ? Maintenant que j'ai été vue par les soldats, ce serait prendre un trop grand risque. Et j'ai laissé imprudemment, là-haut, à côté du poste émetteur, un vêtement de laine et des gants.

Je monte à l'étage du Palais épiscopal, dans l'immense salle des Etats, déserte. Par une fenêtre, j'aperçois dans la cour d'honneur des soldats et des policiers qui s'agitent. Il n'y a plus une minute à perdre. Il me faut disparaître ou périr.

Je connais l'échappatoire, un très ancien souterrain qui part des caves et doit aboutir, au-delà de la rue Saint-Romain, dans une maison abandonnée de la rue Damiette, une propriété du chapitre de la cathédrale.

Je redescends au rez-de-chaussée et m'enfonce dans le sous-sol. Je cours à travers les caves, heureusement éclairées en permanence ; elles servent d'abri pendant les bombardements. Je dois être sous le pavillon Saint-Romain. La porte est là. Je tire le verrou. Devant moi s'ouvre un boyau obscur et humide.

Cheminement dans le noir. Si au moins j'avais une lampe ! Je me heurte aux murs, je tombe, je me relève, meurtrie, j'avance. Un escalier. Je remonte. Je me cogne à une porte. Pourvu qu'elle ne soit pas fermée à clé. Elle l'est, mais elle est tellement vermoulue qu'elle cède après quelques poussées.

J'aboutis dans la cave de la maison du chapitre. Elle

a reçu une bombe, et tout n'est que gravats et confusion, mais j'arrive à m'extraire de la cave à demi effondrée. De la lumière, enfin !

Je reprends mon souffle. Sauvée ? C'est à voir. La vieille maison paraît déserte. On y a rangé ici et là des objets du culte, des livres, une statue du curé d'Ars, le tout recouvert d'une épaisse poussière.

Que faire ? Où aller ? Où survivre ? Je ne vois qu'une seule possibilité, l'Hospice général, tout proche, où exerce le docteur Flambert. Il me faudra me risquer en ville, en pleine lumière, par la rue Damiette et la rue d'Amiens. Mais sortir de nuit serait pire.

Je remets un peu d'ordre dans mes vêtements, secoue la poussière et la cendre.

Il me reçoit à midi dans son bureau. Je l'ai attendu toute la matinée avec angoisse, tandis qu'il s'activait au bloc opératoire. Maintenant que je suis sans doute « logée » par la Gestapo, je sais qu'en venant le trouver je lui fais courir un risque certain. L'appartement de fonction du carillonneur a dû être visité et fouillé, le chien a reconnu ma trace dès qu'on lui a présenté mon vêtement de laine laissé sous les toits. Ma disparition est l'aveu de ma culpabilité. Terroriste !

Je n'ai pas fière allure après la course-poursuite dans la cathédrale, le cheminement dans le souterrain et les éboulis de la cave. Heureusement, j'ai pu me laver les mains et me débarbouiller dans les toilettes de l'Hospice général.

— Bonjour, Joana. Pourquoi avez-vous quitté votre poste ?

Comment sait-il ? Je réponds :

— L'émetteur a été découvert par la police allemande. Depuis ce matin, ils fouillent partout : la cathédrale et l'archevêché. J'ai pu m'enfuir par un souterrain. Je crains d'avoir été reconnue, identifiée.

Il me regarde gravement. Sans doute doit-il penser : « C'est nous qui avons mis cette petite dans ce pétrin. » Je m'accroche à lui comme à mon seul secours. Enfin, il parle, lentement, et chacune de ses paroles me brise le cœur :

— J'ai de mauvaises nouvelles de Patrice. Il a été pris par les Allemands après un coup de main réussi avec son groupe, contre le viaduc de chemin de fer d'Eauplet. Jean, dit « le Furet », responsable du commando, a été tué. D'après nos informations, des membres rescapés du groupe auraient été internés dans les caves du palais de justice. Patrice, quant à lui, serait enfermé dans les sous-sols du Donjon.

Le Donjon, la sinistre prison de Jeanne d'Arc, le repaire de la Gestapo, d'où personne ne sort indemne. Je sens que je vais m'effondrer. Une prière monte en moi. « Mon Dieu, sauvez-le ! Moi, cela n'a pas d'importance. »

Et j'attends. Je respecte le silence du docteur Flambert. Mon sort est entre ses mains. Il réfléchit intensément. Enfin, il parle :

— Vous allez vous installer ici, à l'hôpital, aide-soignante parmi les autres. Je vais vous faire donner les vêtements nécessaires, et une nouvelle carte d'identité. Disons… sœur Marie-Ange. Je vais prévenir mère Marie-Thérèse, l'infirmière en chef du service. Elle est des nôtres.

— Merci, docteur. Et… Patrice ?

— Patrice ? Je ne sais pas…

Nous avons eu tous les deux la même pensée. Renouveler le coup de main du 15 avril, qui avait permis de libérer deux résistants. Il secoue la tête.

— La situation a changé. Après la destruction de son immeuble de la rue du Donjon, la Gestapo n'a pas quitté la tour. Ils ont renforcé les gardes, bloqué les souterrains. La rue est d'ailleurs fermée par des barricades derrière lesquelles veillent jour et nuit des soldats en armes.

Une autre pensée nous assaille. Patrice, soumis à la torture, livrera-t-il des noms ? Et parmi eux, celui du docteur Flambert ? Le mien ?

Je repousse avec violence cette pensée sacrilège. Le docteur Flambert aussi. Cependant, quand un réseau de résistance est menacé, peut-être brûlé par la capture de l'un des siens, il est prudent, voire impératif, de se disperser, de prendre la fuite pour se mettre à l'abri au cœur de la forêt. Chirurgien indispensable à son service de l'hôpital, il demeurera à son poste. Quant à moi…

Soudain, une idée. Elle est tellement aberrante qu'elle me laisse d'abord sans réaction. Les yeux dans le vague, je la retourne en tous sens, je la repousse, mais elle revient à moi comme la vague montante à l'écueil.

— A quoi pensez-vous, Joana ?

— Oh ! J'ai eu tout à coup la vision exacte de ce que je devais faire.

— Mais encore ?

J'hésite longtemps, puis enfin je me livre :

— Je connais un officier allemand à la kommandantur de Rouen, un capitaine nommé Jörg Schmidt.

Le regard du médecin s'est durci.

— Ce nom me dit quelque chose, et ce n'est pas bon. Mais où voulez-vous en venir ?

— Au début de l'Occupation, Jörg Schmidt était venu voir mon père, en civil. Cet homme distingué et discret s'était présenté comme l'ancien organiste de la cathédrale de Stuttgart, mobilisé dans le service de renseignement de l'armée allemande, l'Abwehr. Il avait entendu parler de notre grand carillon, et devant son enthousiasme mon père lui montra nos cloches, racontant l'histoire de chacune, en particulier la Jeanne d'Arc, l'un des plus gros bourdons du monde.

Le visage du docteur Flambert a pâli. Brusquement, il se souvient, et le ton angoissé de sa voix montre l'ampleur du problème :

— Le capitaine Schmidt dirige la section rouennaise de l'Abwehr, le service qui tente de débusquer l'émetteur clandestin de la cathédrale. Poursuivez, Joana.

— Schmidt est revenu voir mon père, toujours discrètement, en civil. Au fil des conversations, il ne cachait pas son hostilité au régime nazi. L'Abwehr était d'ailleurs hostile à la Gestapo, que Schmidt était secrètement chargé de surveiller à Rouen. Au fur et à mesure que les années d'occupation passaient, les victoires allemandes se transformaient en défaites. Comme au-dessus de la mêlée, Jörg Schmidt assumait consciencieusement sa mission, rêvant surtout d'un temps où les peuples pacifiés pourraient à nouveau se parler, et les musiciens se retrouver derrière un buffet d'orgue ou dans l'orchestre.

— Il n'empêche que Schmidt est, de par sa fonction, l'un de nos adversaires les plus coriaces. Mais parlez, Joana. Vous avez une idée. Je la devine avec épouvante.

— Si vous m'y autorisez, j'irai voir le capitaine Schmidt. Une intuition me dit qu'il y a là une carte à jouer. La seule sans doute pour sauver Patrice.

— C'est de la folie. Si vous êtes fichée par la Gestapo, vous ne ferez pas trois pas place de l'Hôtel-de-Ville sans être interpellée. Cela s'appelle « se jeter dans la gueule du loup ».

— Je ne vois pas d'autre espoir pour sauver Patrice.

Le docteur Flambert s'est levé. D'un pas nerveux, il tourne en rond dans son bureau. Par la fenêtre qui donne sur la cour, j'aperçois une ambulance qui débarque des blessés. Ils sont couverts de poussière et de sang. A l'évidence, ils sortent d'une maison effondrée.

Moi, ma décision est prise, même au risque, comme il le dit, de me jeter dans la gueule du loup. Une folie, c'est sûr. Mais à situation exceptionnelle, mesure exceptionnelle. Dans un monde saisi par la folie, seul un fou peut tirer son épingle du jeu. D'ailleurs, malgré ce maudit berger allemand, rien ne dit que j'ai été identifiée.

Le docteur Flambert revient à son bureau. Il hésite, puis il sort une clé de sa poche et ouvre un coffre dissimulé dans le mur. Il en tire une petite boîte, d'où il extrait une pilule noire, qu'il me tend.

— C'est une capsule de strychnine, un alcaloïde

très toxique. Elle vous servira en cas d'échec. La mort est instantanée.

Je demeure médusée de stupeur. Puis je prends l'*objet*, à la fois minuscule et redoutable, j'ouvre mon sac et glisse la pilule dans un tube d'aspirine.

La mort. Ce mot ne me sort pas de l'esprit tandis que je quitte l'Hospice général après que le docteur Flambert m'a fait changer de vêtements. J'ai pris une douche, je me suis coiffée. A nouveau j'ai l'air d'une petite Rouennaise comme les autres, du moins je l'espère.

Quelques centaines de mètres séparent l'hôpital de la kommandantur, où sont les bureaux de l'Abwehr. Il est une heure de l'après-midi. La ville est presque déserte, les gens sont chez eux, à se partager les maigres aliments qui constituent leur ordinaire. Je traverse la place Saint-Vivien. Un mendiant somnole sous le porche de l'église. Il ne connaît pas son bonheur, lui, sans autre souci que de ne pas mourir de faim.

Voilà la rue des Faulx, qui jouxte le grand parc de l'église abbatiale Saint-Ouen, l'ancienne basilique bénédictine.

Soudain, j'ai peur. Fuir. Profiter de la somnolence de la ville. Gagner les hauteurs de Bihorel, et de là la forêt Verte, riche en cachettes, dont Patrice m'a si souvent parlé. Je connais une petite ferme isolée en lisière, où l'on m'accueillera. Les FFI viennent régulièrement s'y ravitailler. Ils me prendront en charge, et je ne serai plus qu'un élément anonyme dans la grande armée de l'ombre.

Je chasse cette pensée importune.

J'arrive en pleine lumière, place de l'Hôtel-de-Ville, l'ancienne abbaye du XVIIe siècle. Par quel miracle a-t-elle presque échappé aux bombardements ? Une partie des bâtiments est occupée par la mairie de Rouen, l'autre par la kommandantur. Au fronton se dresse la hampe nue d'un drapeau. Les Allemands ont cru prudent de retirer leur pavillon à croix gammée. Autrement, je n'aurais jamais eu le courage d'entrer.

Le grand hall est peu animé. « Ils » sont à table. Mon Patrice aussi est *à table*, et c'est ce qui me donne le courage d'avancer.

Les sentinelles ne me regardent même pas. J'ai l'air tellement innocente ! Une secrétaire regagnant son bureau.

A droite, la mairie ; à gauche, l'Occupant. Des pancartes sur les murs : *Feldkommandant, Orstkommandant, Abwehr.*

J'ai repéré tout de suite la petite pancarte et je me dirige d'un pas ferme. Surtout, ne pas hésiter. Faire comme si j'étais ici chez moi, ce qui est vrai, après tout !

Des portes, le long d'un couloir ; des noms. *Hauptmann J. Schmidt.* Je suis étonnée et quelque peu inquiète que tout ait été aussi facile. Je frappe et j'entre.

Une « souris grise » tape à la machine. Pourvu qu'elle parle français.

— Bonjour. Je viens voir le capitaine Schmidt.

— Vous avez rendez-vous ?

— Non, mais je pense qu'il me recevra. C'est un ami.

Elle me regarde avec méfiance. Serait-elle jalouse ?

Elle acquiesce enfin. Ils en ont tant vu, à l'Abwehr ! Les dénonciations, les délations…

— Il déjeune là-haut, mais il ne tardera pas à revenir. Je suis obligée de vous fouiller.

— Faites.

Elle me palpe sans ménagement, ouvre mon sac sans faire attention au petit tube d'aspirine où j'ai caché la capsule de strychnine.

— Vous avez une carte d'identité ?

— Non. Je n'ai que quinze ans et je vis chez mes parents, au 2 rue des Bonnetiers.

Je lui montre ma carte scolaire du lycée Jeanne-d'Arc, sur laquelle elle jette un regard soupçonneux. Puis, sans plus s'occuper de moi, elle se remet à sa machine et tape avec entrain, un œil sur son bloc sténo. Je me suis assise sur une chaise et j'attends ; j'attends, le cœur battant.

A nouveau, je prends peur. Je suis complètement folle, de m'être ainsi jetée dans la gueule du loup. Je voudrais me lever, fuir… Trop tard !

Brusquement, la porte qui donne sur le couloir s'ouvre. C'est lui, Jörg Schmidt. Il est en uniforme d'officier de la Wehrmacht. Grand, blond, il doit avoir quarante ans. Ses yeux très bleus révèlent une âme d'artiste. Il n'a rien d'un officier allemand. Ni d'un maître espion !

Il m'a aussitôt reconnue :

— Mademoiselle Joana ! Quelle bonne surprise !

Comme je l'avais déjà remarqué chez mon père, il s'exprime parfaitement en français, sans accent.

Il me fait entrer dans son bureau et referme la porte, tandis que la secrétaire me lance un regard noir.

Heureusement, la porte est capitonnée. Je pourrai donc parler sans crainte.

Je suis maintenant assise devant lui, au centre d'une belle pièce, dont la grande fenêtre ouvre sur les jardins de l'hôtel de ville. Des meubles Empire, un tapis d'Orient. Seul anachronisme, au mur un portrait de Hitler, avec sa mèche comme un couteau sorti.

Schmidt me contemple avec étonnement et un plaisir évident, l'air de dire : « Cette petite est devenue une vraie femme ! »

Il s'extasie naïvement, mais sans provocation. C'est vrai, la dernière fois qu'il m'a vue, c'était en 1942, je n'avais que treize ans.

Un silence. Il cesse enfin de me déshabiller du regard, se ressaisit, demande :

— Comment va votre père ?

— Il... il est mort.

Ma voix se brise. Schmidt a un recul étonné. Un silence interminable nous sépare. Puis il murmure :

— Je suis sincèrement désolé. Je pense qu'il s'agit du bombardement du 19 avril ? Une infamie !

— Oui, monsieur. Il est mort au pupitre de son carillon. En pleine nuit, il n'aurait pas dû être là. C'est comme s'il avait voulu le protéger.

— C'était un grand musicien, de réputation internationale. Il est très difficile de se faire un nom dans cet art des cloches. Beaucoup plus qu'avec les orgues, au jeu si multiple.

Il parle, je l'écoute à peine. Je crains de ne pouvoir lui dire ce pour quoi je suis venue. A-t-il deviné qu'au-delà de ma détresse d'orpheline, contre laquelle il ne peut rien, existe une autre détresse ?

Enfin, il se reprend. Il me regarde avec sympathie,

et à nouveau je crois lire dans son regard, oui, un certain désir, sur lequel il vaut mieux ne pas s'appesantir. C'est vrai que je suis belle. On me le disait déjà au lycée. Et Patrice...

La voix troublée de Jörg Schmidt me fait sursauter.

— Que puis-je pour vous ?

Autant me jeter à l'eau tout de suite. Je respire à fond, me lance :

— Un ami de mon père est entre les mains de la Gestapo. Je souhaiterais, non pas qu'on le libère, son cas est difficile. Mais qu'il soit remis à la justice militaire ordinaire, qui statuera légalement, sans en passer par les sévices.

Je me suis entièrement reprise. Etonnée de m'entendre parler d'une voix presque ordinaire, comme s'il ne s'agissait pas de la vie d'un homme, et de l'homme que j'aime ; et de ma propre vie.

Pour folle qu'elle est, ma démarche me semble habile. Je ne demande à Schmidt que d'intervenir pour ce qui est légal. Quand il aura fait ce premier pas, s'il le fait, on verra pour la suite.

— Quel est le nom de cet homme ?

— Patrice Blanmesnil.

Il sursaute, ouvre un tiroir, consulte un fichier.

— Voilà. « Blanmesnil Patrice, dix-neuf ans, attaque à main armée le 15 avril 1944 contre le siège de la Gestapo, rue du Donjon. Un soldat allemand tué. Condamné à mort par contumace le 15 mai 1944. Capturé le 8 juin 1944 après une attaque à main armée au cours de laquelle le viaduc de chemin de fer d'Eauplet a été saboté et deux soldats allemands tués. »

Jörg Schmidt me dévisage avec consternation, mêlée d'une franche indignation.

— Mais c'est un cas sans espoir. Un… terroriste ! D'ailleurs, il a reconnu les faits. Un terroriste !

— Un homme qui se bat pour la libération de son pays.

— Soit. Je suppose que vous connaissez mes convictions, sinon vous ne seriez pas ici. Cette guerre, qui verra la destruction de nos deux nations, est absurde et criminelle. Mais moi, citoyen allemand, officier du IIIe Reich, je ne peux rien faire d'autre qu'en suivre le cours et obéir.

— Le front de Normandie est rompu, capitaine Schmidt. Les Alliés ont débarqué deux cent mille hommes appuyés par des blindés. Ils ne pourront plus être rejetés à la mer. Cherbourg va être prise, qui pourra recevoir du matériel de guerre et des renforts illimités.

— Mais non pas Caen, qui verrouille l'avance des Anglo-Américains. Avec trois divisions blindées, Rommel, notre meilleur général de *Panzer*, empêche le regroupement des Alliés et leur percée vers l'intérieur. Les combats dans le bocage normand favorisent la résistance des troupes allemandes, en attendant les renforts. Le sud de l'Angleterre est pilonné par les V1 et les V2, la nouvelle arme de Hitler. Il n'y a aucune défense contre elle. Enfin, mille sous-marins d'un type nouveau, indétectable, vont infester les mers.

— Les Alliés ont la maîtrise du ciel et de la mer. Leurs réserves sont illimitées, et la guérilla empêche l'arrivée des renforts allemands.

Il me regarde avec lassitude.

— Joana ! Etes-vous venue pour me faire un cours de stratégie militaire ?

— Non, capitaine. Seulement pour vous demander la justice, sans trahir votre pays. Que Patrice soit retiré des mains de la Gestapo et remis, selon la loi allemande, au tribunal militaire de la Wehrmacht.

Soudain, son regard s'assombrit.

— Etes-vous amoureuse de lui ?

Sous ce coup direct, je chancelle. Et je comprends la folie et l'inutilité de ma démarche.

Il ne me reste qu'une carte à jouer.

— Avez-vous remarqué que depuis quelques jours le tribunal militaire régulier de la Wehrmacht ne prononce plus de condamnations à mort ? On se contente de déporter et d'emprisonner.

— En effet. Ces messieurs du tribunal ménagent leurs arrières. Ils ont raison.

— Seule la Gestapo persiste dans ses folies sanguinaires et dans sa soif suicidaire de vengeance. Dans quelques mois, la France sera libérée. Alors, l'Allemagne, purgée du nazisme, aura des comptes à rendre.

Impossible d'en dire davantage. J'espère qu'il a compris. Oui, le sort de la guerre est scellé, et il a tout intérêt à donner des gages pour sauver sa peau après la victoire des Alliés.

Mais je ne suis pas au bout de mes peines. Il me fixe droit dans les yeux. Et c'est un autre homme qui parle :

— Depuis ce matin, nos agents ont mis la main sur l'émetteur clandestin de la cathédrale. *J3*, c'est vous ?

Mon nom de code ! Je suis perdue. Il ne me reste plus de carte à jouer. A moins que…

Depuis quelques secondes, il me regarde d'une

manière différente. Comme un homme regarde une femme. Non, pas ça ! Patrice ne voudrait pas !

Qu'est-ce que j'en sais ? A cet instant, peut-être est-il attaché nu sur une table de fer, le corps rompu par ses bourreaux. Je pense à Judith, cette héroïne de la Bible qui, pour sauver sa ville de Béthulie, avait séduit Holopherne, le général ennemi de l'armée assyrienne. Puis, profitant de son ivresse, elle lui avait tranché la tête.

Heureusement, je n'en suis pas là. Mais je laisse faire. Je sais que quand tout va mal il faut laisser les choses se produire, sans intervenir. « Quand l'événement nous déborde, il faut nous mettre à son école. »

Mais comment résoudre cette contradiction ? Schmidt sait maintenant que je suis amoureuse de l'homme que je lui demande de sauver.

Je le regarde alors d'une certaine manière, qui ne veut pas lui dire oui, mais qui ne dit pas non. Aussitôt, une bouffée de honte me submerge. Trop tard ; il a cru lire dans mon regard, sinon une acceptation, du moins un espoir. Il m'aime – enfin, il a envie de moi – et je lui laisserai une chance. Nous cheminons ainsi tous les trois, lui, Patrice et moi, sur cette crête de montagne entourée par l'abîme.

Je n'ai pas avoué que je suis *J3*, l'agent clandestin émetteur de la cathédrale. Il fait semblant de ne pas le savoir, pour ne pas avoir à trahir, et m'accorde le bénéfice du doute.

— Joana, je ferai de mon mieux pour sauver l'ami de votre père. Je vais tenter une démarche auprès de la Gestapo, sous prétexte d'interroger Patrice Blanmesnil, comme c'est mon droit. Je verrai ensuite si je peux le mettre à l'abri, tout au moins faire traîner le procès.

C'est fini. Gagné, perdu ? On verra. Schmidt est-il sincère ? Pourquoi prendrait-il un tel risque, s'il n'était amoureux de moi ? Un double risque, puisqu'il devrait aussi me livrer à la police. Ce foutu berger allemand a dû « parler » !

Je me lève et lui souris gentiment, d'une manière bien féminine, qui laisse espérer tout sans se déclarer vraiment. Mais où ai-je appris cela ? Si ma sainte mère me voyait !

Il se lève, prend ma main, y pose ses lèvres avec ferveur. Je sens trembler ses doigts. Malgré moi, je suis troublée.

— Sauvez-vous, Joana ! Cachez-vous. Les temps qui viennent seront terribles. Hitler n'a pas dit son dernier mot. Promettez-moi…

Il hésite, puis il achève :

— Promettez-moi seulement de nous revoir, après la guerre.

— Je vous le promets… si je suis encore de ce monde.

— D'ici là, où puis-je vous contacter, pour vous tenir au courant, au sujet de ce… Blanmesnil ?

J'hésite à révéler ma cache. Puis je décide de lui faire confiance. C'est le gage à donner pour qu'il s'engage à son tour.

— A l'Hospice général, au service d'orthopédie. J'y exerce comme aide-soignante sous le nom de sœur Marie-Ange.

Il sourit.

— Ce nom vous va si bien !

Hélas, j'aurais plutôt dû m'appeler Marie-Madeleine !

Je me retire, ployant au passage sous le regard soupçonneux de la secrétaire. Je ne me reconnais plus. Une autre femme vit en moi et me conduit. Où ? Je n'en sais rien et j'ai peur. Jusqu'où devrai-je aller pour sauver Patrice ?

15

J'apprends avec consternation que de nombreux engins sans pilote allemands, les V1 (V pour *Vergeltung*, qui signifie « représailles »), ont été lancés contre Londres, qui l'a reconnu dans un communiqué : « Des avions sans pilote ont bombardé le sud de l'Angleterre. Il y a des victimes et les dégâts sont considérables. » L'ennemi exulte.

J'apprends aussi que des rampes de lancement sont dissimulées dans la forêt Verte, près d'Houpeville, et à Mont-Cauvaire, dans le fameux Collège de Normandie, un établissement d'inspiration britannique où Patrice devait être inscrit, mais la guerre l'en a empêché.

Les Allemands font savoir qu'ils construisent mille V1 par jour, grâce auxquels, comme l'a dit à Radio-Paris le traître Paquis, « l'Angleterre, comme Carthage, sera détruite ». Il y aurait une centaine de rampes de lancement dans notre département, cachées dans les bois et les taillis. Il s'agit d'un engin portant une tonne d'explosif, propulsé à cinq ou six cents kilomètres à l'heure.

Le temps s'écoule, interminable, ponctué par les alertes aériennes. Nous gardons l'oreille collée aux postes de radio pour écouter les nouvelles. La bataille de Normandie n'est pas encore gagnée. La rupture du front qui lancera les forces blindées alliées vers Paris et vers l'Allemagne ne s'est pas encore réalisée, malgré les moyens massifs mis en œuvre.

Comme me l'a dit Jörg Schmidt, les Alliés piétinent devant Caen. Et tout va se jouer dans les approvisionnements. Un grand port leur est indispensable. La bataille de Cherbourg a commencé, elle sera sanglante.

Tout dépend aussi des renforts blindés allemands qui tentent d'affluer vers les côtes normandes. Passeront-ils ?

Le docteur Flambert m'explique :

— La 2e Panzer SS, la division Das Reich, basée à Montauban, l'élite des blindés réclamés par Rommel, est contrainte de rejoindre le front par les routes. Elle mettra quinze jours, au lieu de deux si elle avait pu utiliser le chemin de fer. Les chars lourds ne sont pas faits pour rouler sur de grandes distances. Leurs chenilles s'usent et se bloquent, ils sont alors inaptes au combat.

Les Alliés sont toujours maîtres du ciel, les routes et les voies ferrées sont bombardées le jour ; la nuit, la Résistance fait merveille, au prix de lourds sacrifices.

Mais il en résulte aussi que Rouen n'est plus ravitaillée. Un avis menaçant de l'intendant au maintien de l'ordre s'en prend à tous les commerçants qui ont fermé boutique et sont soupçonnés de stocker des denrées pour leur propre compte : « Je donne l'ordre aux forces miliciennes d'ouvrir les portes et de les enfoncer, le cas échéant. Si un stock est découvert, les miliciens appliqueront des sanctions graves, et, s'il y a lieu, définitives. »

Le ravitaillement de la population modeste devient donc de plus en plus critique. On ne trouve plus de produits laitiers, que les Allemands réquisitionnent pour graisser les moteurs de leurs engins et autres véhicules. On ne trouve pratiquement plus, sauf au marché noir, à des prix exorbitants, du beurre, de la farine, du sucre et de la viande. Ni sel ni savon. Un peu de lait et de riz, très peu de vin ou de vrai cidre. Un simple vrai camembert vaut de l'or ! Depuis 1940, les prix ont augmenté de cinq cents pour cent, alors que les salaires et les retraites n'ont progressé que de cent cinquante pour cent.

A l'Hospice général, nous sommes encore ravitaillés, avec de sévères restrictions. Tout le personnel hospitalier se prive en faveur des malades et des nombreux blessés des bombardements. Nos camions sillonnent la campagne en arborant des drapeaux blancs. Mais les Allemands nous interdisent cette pratique, qui désigne leurs propres véhicules aux coups des chasseurs-bombardiers alliés.

Le 16 juin, les forteresses volantes ont jeté quelque quatre cents bombes sur Rouen et sa banlieue. On nous amène trente-cinq blessés. Il y aurait plus de quarante morts en ville. La préfecture a été touchée. Place du Vieux-Marché, la fameuse auberge de l'Ecu de France s'est écroulée. La statue de Jeanne d'Arc a été une fois de plus encadrée. Quai du Havre, une bombe a éventré un abri. Vingt-deux morts. Toute la rive gauche est en feu. Grand-Couronne a reçu près de deux cents bombes, la mairie, la poste et la gendarmerie sont détruites. Cent bombes ont démoli Déville, qui déplore plus de soixante-dix morts. Au total, l'agglomération compte cent vingt morts, des centaines de blessés, des milliers de sinistrés.

Aujourd'hui, 29 juin 1944, la Milice a débaptisé la rue Philippe-Pétain, qui devient la rue Philippe-Henriot, le secrétaire d'Etat à l'Information de Vichy, exécuté hier par la Résistance. On apprend que notre ancien maire, Maurice Poissant, a été déporté par les Allemands. Toute cette violence me consterne. Jusqu'où ira-t-on ?

Je n'ai aucune nouvelle de Patrice.

Dans les rares moments de paix que me laisse mon service, je pense à lui avec intensité.

Je revis les brefs moments de bonheur que nous avons connus ensemble, dans la cathédrale. Son visage reflétait les émotions qui le traversaient, le plaisir et la souffrance, la joie et la tristesse. Quand il plongeait ses yeux dans les miens, l'amour me faisait fondre et me rendait totalement dépendante de lui, et heureuse de l'être ; en lui je réalisais mes aspirations les plus profondes.

Je revois ses prunelles vertes pailletées d'or. Quand il était triste ou en colère, le vert de ses yeux s'assombrissait. Mais quand il me regardait, c'était une explosion d'étincelles d'or, et ses longs cils palpitaient. J'éprouvais alors l'impression exaltante de lui être nécessaire, de le compléter, comme il me complétait moi-même.

Je me réfugiais contre lui, je fermais les yeux et me laissais combler par cette grande marée de douceur, par laquelle nous exprimions, sans mots et sans gestes, notre ferveur amoureuse.

Où est-il, aujourd'hui ?

En raison de l'afflux des blessés, l'Hospice général, qui par hasard ou par grâce a échappé aux bombardements, se trouve saturé et l'on ouvre une annexe sanitaire à l'école Saint-André, au nord-ouest de la ville. J'ai été désignée parmi le personnel chargé d'y organiser l'accueil : un médecin, un infirmier, deux aides-soignantes.

Après une journée épuisante, je me réfugie dans la petite chambre qui m'a été réservée dans un pavillon un peu à l'écart de l'école. Malgré la chaleur accablante, je n'ose pas ouvrir la fenêtre de ce rez-de-chaussée. Je ferme les volets, je me déshabille, je passe une légère chemise de nuit et je m'effondre sur le lit, l'estomac et la tête vides.

Je dormais profondément lorsque des coups frappés contre la porte me font sursauter. Et cette voix, à demi étouffée :

— Ouvrez, Joana ! C'est moi, Jörg Schmidt. J'ai des nouvelles !

Des nouvelles ! Le cœur battant, je me précipite. Je suis si troublée et à demi endormie que je ne prends pas garde à ma tenue plus que déshabillée. D'ailleurs, je n'ai pas apporté de robe de chambre.

Schmidt est en uniforme, une tenue presque élégante. Il paraît très ému. Moi aussi !

— Joana ! J'ai réussi !

— Patrice est libéré ?

— Ne rêvez pas ! J'ai seulement pu l'arracher à la Gestapo.

Je respire. Patrice est vivant, c'est l'essentiel. Oubliant ma tenue indécente, je fais asseoir Jörg et, sans prendre garde à son trouble, je l'interroge avec fébrilité :

— Comment va-t-il ?

— Aussi bien que possible.

— Vous l'avez vu ?

— Oui. Sur mon ordre écrit, la Gestapo me l'a livré. Il a été conduit à la prison du palais de justice, où je l'ai interrogé. Il était très maigre, il ne tenait pas debout, mais il m'a assuré n'avoir subi d'autres sévices que la privation totale de nourriture solide.

— Oh ! Trente jours sans nourriture ?

— J'ai demandé qu'un médecin l'examine, ce qui a été fait. Il lui a prescrit un régime spécial pour se remettre, et le lendemain j'ai pu l'interroger.

— Lui avez-vous parlé de moi ?

— Vous plaisantez ! Au palais de justice, les murs ont des oreilles, je suis bien placé pour le savoir. J'ai joué mon rôle, comme prévu. Un interrogatoire classique. Naturellement, il n'a rien dit, pas plus qu'il n'avait parlé devant la Gestapo, comme me l'a indiqué une copie du procès-verbal. Il a seulement reconnu son identité et sa participation aux deux actions militaires qui lui sont reprochées. Ce garçon fait preuve d'un courage extraordinaire.

— Pourquoi la Gestapo ne l'a-t-elle pas torturé, comme son père et tant de leurs camarades de la Résistance ?

— C'est une idée de l'inspecteur Alie, ce policier

français redoutable qui travaille pour la Gestapo. Il est venu me voir. Il était furieux que je leur aie retiré le prisonnier. Il prétendait qu'il aurait fini par parler, livrer les noms de ses complices, au besoin en ajoutant à la famine quelques sévices plus musclés. Je suis arrivé à temps.

— Ne risque-t-il pas d'être repris par la Gestapo ?

— Non. J'ai parlé avec le commandant Schoenbach, qui préside le tribunal militaire. Comme moi, ils en ont assez de la Gestapo, qui déshonore la nation allemande et va générer de terribles représailles. Le prisonnier restera dans les caves du palais de justice et sera jugé mardi prochain.

— Que risque-t-il ?

— Si l'affaire s'était déroulée avant le débarquement, il passait devant le peloton d'exécution. Maintenant, ces messieurs, sauf cas de force majeure, ne tuent plus les résistants, malgré les affiches toujours menaçantes du Feldkommandant. On les déporte. Les Alliés ont avisé les Allemands qu'ils auraient à rendre des comptes, chaque officier individuellement, sur sa tête. Mais compte tenu des charges écrasantes qui pèsent sur Patrice et de ses aveux de culpabilité, il n'échappera pas à une lourde condamnation.

— C'est-à-dire ?

— Il sera déporté, et pas à Drancy, qui n'est qu'une étape. Il sera envoyé en Allemagne ou en Pologne, dans l'un de ces camps dont le régime nazi garde le secret. C'est le minimum qu'on espère obtenir.

— Je vous remercie, monsieur Schmidt.

Il s'est insensiblement rapproché de moi, et je remarque que son haleine sent l'alcool. Brusquement, je prends peur. Je suis seule dans ce pavillon isolé, car tous mes camarades ont de la famille en ville et sont rentrés chez eux pour la nuit. Et je suis à moitié nue devant cet homme visiblement excité. Il fallait que je sois épuisée et à moitié endormie pour me mettre dans cette situation.

Je constate avec effarement que je suis prise dans un piège. Il va me demander de payer ma dette. Tous les signes sont là. Il n'a plus sa tête, ses mains tremblent et ses yeux brillent, pupilles dilatées. De toute évidence, il ne s'attendait pas, à huit heures du soir, à me trouver dans cette tenue légère, qui, malgré lui, porte son désir au paroxysme. Et il a bu !

Je bredouille :

— S'il vous plaît ! Voulez-vous passer dans la pièce à côté, je voudrais me rhabiller. Ce n'est pas une tenue décente pour recevoir. Je dormais profondément quand vous avez frappé.

— Je vous en prie, Joana, restez comme vous êtes. Vous êtes adorable !

Que faire ? Impossible de prendre la fuite, il barre la porte de sa haute stature. Crier, appeler à l'aide n'arrangerait rien, et provoquerait un scandale. Tout geste brutal de ma part ne pourrait qu'aviver son désir et exacerber cette passion sauvage que je sens monter en lui, et qui peut exploser à tout instant. Je ne le retiens que par le regard. Et par la parole, peut-être, en gardant tout mon sang-froid ?

— Que voulez-vous ?

Il hésite. Un instant, il semble reprendre le contrôle

de lui-même, redevenir un homme civilisé, un officier bien élevé.

Gagner du temps, faire en sorte que l'alcool qu'il a absorbé perde ce pouvoir dissolvant qui libère les instincts.

Enfin, il murmure :

— Je ne demande qu'un peu de tendresse, Joana.

— Je vous ai seulement promis de vous revoir, après la guerre.

— Après la guerre, je ne serai plus de ce monde.

— Qu'en savez-vous ? Vous me disiez encore, la semaine dernière, que Hitler n'avait pas abattu toutes ses cartes.

— Mais moi, je suis brûlé. L'inspecteur Alie, qui a l'oreille de la Gestapo, me l'a fait clairement savoir. La police allemande n'a accepté de lâcher Patrice que sur un ordre écrit de moi, pour me compromettre. Ils me tiennent désormais en leur pouvoir. A l'heure qu'il est, un dossier spécial a dû partir pour Berlin, demandant mon remplacement à la tête du bureau rouennais de l'Abwehr. Ils n'attendaient qu'une occasion pour se débarrasser de moi, et ne l'ont pas ratée. Je suis bon pour le front de l'Est, dont chacun sait que l'on ne revient pas.

Décontenancée, je garde le silence. C'est ce qu'il fallait éviter. Ses yeux s'égarent sur ma gorge découverte, sur les formes de mon corps que cache à peine la légère tenue de nuit. Je sens qu'il perd la tête, il va commettre l'irréparable. Je perds la tête à mon tour.

Soudain, je vois mon petit sac à main sur la table. Le tube d'aspirine ! Je tends la main, mais il se méprend et me saisit le bras, qu'il serre avec violence. A l'évidence, il croit que je veux prendre une arme, un petit revolver 6,35, comme en possèdent toutes les « souris grises » dans leur sac.

— Pas de ça, Joana !

— Vous vous méprenez, mon ami. Je ne voulais prendre qu'un cachet d'aspirine. J'ai eu une journée épuisante et le mal de tête me broie les tempes.

Incrédule, il saisit le sac, l'ouvre, n'y trouve pas d'arme, aperçoit le petit tube d'aluminium. Il me le tend avec un sourire béat.

Je tiens maintenant le tube dans ma main. Mourir. Partir avant qu'il ne soit trop tard. De toute façon, je sais que Patrice ne reviendra pas. On ne revient pas des camps de la mort. J'ai hâte de le précéder dans l'autre monde.

J'ouvre le tube. Au-dessus des blancs cachets d'aspirine brille la boulette mortelle de strychnine. Sa couleur noire me fascine.

— Voulez-vous un verre d'eau ?

— S'il vous plaît.

Jamais je n'ai été aussi lucide.

Il s'approche du petit lavabo, prend le verre sur la tablette, le remplit à moitié, me le tend. Sa main tremble. Ses yeux me déshabillent avec ferveur. Allons ! Pas d'autre alternative que la mort. J'approche la pilule mortelle de mes lèvres.

A cet instant, on frappe à la porte.

— Sœur Marie-Ange ? Etes-vous là ?

Je reconnais la voix de M. Legrand, le chef infirmier qui a organisé l'annexe. Je crie :

— Entrez !

Il entre et demeure médusé. Cet officier allemand au regard exorbité ; et moi dans cette tenue indécente ! Il bredouille une excuse et fait mine de se retirer.

— Restez, monsieur Legrand !

Puis je me tourne vers l'Allemand.

— Je vous remercie, capitaine. Vous pouvez disposer.

Tandis qu'il se retire, dépité, dégrisé, je replace la pilule dans le tube. Mon cœur bat à tout rompre. Je n'ai jamais été aussi près de la mort, même pendant les pires bombardements.

M. Legrand balbutie des excuses.

— J'ai vu de la lumière chez vous, je voulais seulement vous demander…

Il bafouille. Il a oublié ce qu'il voulait me dire. Il se retire à reculons en bredouillant ses excuses, qui laissent percer une forte indignation.

— Sœur Marie-Ange, sœur Marie-Ange !

— Bonne nuit, monsieur Legrand. Que le Seigneur vous bénisse.

Il sort. Je referme la porte et donne un tour de clé. Puis je m'effondre en larmes sur mon lit.

16

J'ai demandé au docteur Flambert de me retirer du poste de secours Saint-André, où je suis trop exposée, la nuit. J'ai peur du retour de Jörg Schmidt. Cet homme me terrorise et à la fois me fascine.

Le docteur m'a aussitôt réintégrée à son service de l'Hospice général, comme aide-soignante. Je lui ai raconté mon aventure à la Feldkommandantur et il a peine à me croire. Mais les résultats sont là, confirmés par ce résistant qui travaille au greffe du palais de justice. Patrice y est effectivement emprisonné, comme me l'avait promis Schmidt. Relativement bien traité, correctement nourri, il est en instance de comparaître devant le tribunal militaire allemand. Je prie pour qu'il soit oublié jusqu'à la libération de Rouen, dans ces caves nauséabondes qui semblent confortables à côté de celles du Donjon. C'est maintenant sa seule chance de survie.

Naturellement, je n'ai pas dit un mot au docteur Flambert de l'incident sentimental avec Schmidt, qui a failli me coûter la vie, autant par ma faute que par la sienne, d'ailleurs.

Quand je revis ce qui s'est passé depuis le 15 avril, je demeure perplexe. Moi, petite bourgeoise rouennaise insignifiante, je me sens emportée dans une aventure que je ne maîtrise pas. En tout, j'agis sans réfléchir. Cet accueil nocturne d'un « terroriste » inconnu, que j'ai caché et nourri au cœur même de la cathédrale. Cette acceptation, moi qui suis non violente, d'œuvrer pour la Résistance, au point de me servir d'un poste émetteur de radio. Cet engagement sans réserve à l'hôpital, et cette folie, alors que je suis recherchée par la police allemande, d'aller au cœur du commandement ennemi pour tenter d'arracher Patrice à la mort.

Mais je ne regrette rien. Domine en moi le grand amour qui a illuminé ma vie. Dans le secret de mon cœur je me suis donnée à Patrice et à lui seul, pour toujours. S'il devait périr dans cette funeste guerre, je prendrais l'habit de religieuse dans cet ordre généreux qui a en charge l'Hospice général de Rouen. Sa supérieure, mère Marie de la Passion, m'a remarquée et prise discrètement sous son aile. Elle voit en moi une postulante idéale et me donne le soir des cours d'infirmière.

Je lui ai finalement avoué que j'aime un homme menacé de mort, et que je l'épouserai, si Dieu le veut. Elle m'a surprise en me répondant, avec un grand sourire :

— Ma petite fille, je vais prier pour lui de tout mon cœur, et si Dieu vous veut à lui, il saura trouver la solution à ce problème.

En attendant, les bombardements continuent. Le 15 juillet, des avions ont mitraillé le port. Dans la soirée, des bombardiers en piqué ont jeté trente bombes sur Rouen. Il s'en est suivi un furieux combat aérien. Deux avions alliés ont été abattus par la Luftwaffe, qui en a perdu un.

Le 18 juillet, notre malheureuse cité a subi un nouveau pilonnage. Une centaine de bombes de gros calibre ont labouré les quais. Une annexe de l'hôpital civil a été touchée. A nouveau, des incendies font rage. On compte vingt-deux morts et cinquante blessés dans la population civile. Nous les accueillons de notre mieux. On installe des lits de fortune dans les couloirs de l'Hospice général.

Le 20 juillet, on apprend que Saint-Lô a été libérée, mais la ville serait entièrement rasée. Est-ce le sort qui nous est réservé ? En Basse-Normandie, les Alliés piétinent toujours devant une résistance farouche des armées allemandes.

A Rouen, comme dans toutes les villes, la situation devient de plus en plus critique pour le ravitaillement. On ne peut plus circuler sur les routes pour aller mendier quelque nourriture dans les fermes ; les moindres chemins sont mitraillés, le jour par l'aviation alliée, la nuit par la Résistance.

Il n'y a plus de gaz dans toute l'agglomération, et seulement une heure d'électricité à midi, pour réchauffer un plat de navets, ou de topinambours, relevés à la margarine. Même le bois vient à manquer. Seuls les habitants disposant d'un jardin connaissent encore le goût des fruits, des légumes frais et des pommes de terre.

Le dortoir des aides-soignantes laïques étant saturé, le docteur Flambert m'a installée provisoirement dans une petite chambre, sous les combles de l'hôpital. Il y fait très froid. Aucun chauffage n'a été prévu. C'est le logement habituel des jeunes domestiques, qui nous arrivent de la campagne et des banlieues dévastées. Comme les aides-soignantes, elles sont souvent injustement méprisées, alors qu'elles sont indispensables. Les aides-soignantes ont rêvé d'être infirmières, mais le milieu social modeste dont elles sont souvent issues les a empêchées d'entreprendre des études ; certaines savent à peine lire et écrire. Et pourtant, leur dévouement est sans limites.

Au travail, religieuses-infirmières et aides-soignantes laïques se mêlent fraternellement. Je n'aurais qu'un mot à dire à mère Marie de la Passion pour qu'elle m'accueille dans son ordre, comme postulante. J'aimerais tellement me sentir protégée, guidée ! Mais je résiste à cette tentation de *l'abandon en Dieu*, qui résoudrait presque tous les problèmes. Il y a Patrice. Est-il encore vivant, est-il mort ? Est-il encore à Rouen, oublié dans une cave du palais de justice ? Tant qu'il restera un espoir, je lui serai fidèle.

Le pape Pie XII a envoyé quatre-vingt mille francs pour les enfants sinistrés de Rouen, qui manquent de lait et de farine. Le lait, surtout, est essentiel à leur développement. Le docteur Carrel, venu librement de New York à Paris, fait distribuer chaque jour dans toutes les écoles un verre de lait et deux biscuits vitaminés pour chaque enfant de France, à quelque milieu social qu'il appartienne.

Le temps s'écoule. Les armées de libération, malgré l'énormité de leurs effectifs, piétinent en Basse-Normandie, ne progressant que mètre par mètre dans le bocage, au prix de lourdes pertes.

Le journal du 24 juillet publie le télégramme envoyé par Laval à Hitler, pour le féliciter d'avoir échappé à un attentat. Par la BBC j'apprends que l'Armée rouge est à quarante kilomètres de la Vistule et s'approche de Varsovie. En Normandie, les Américains, faute de déferler vers Paris, poussent vers la Bretagne.

Une vacance s'étant produite, on m'a installée dans le petit dortoir des aides-soignantes, où je trouve un abîme de misères et de problèmes. Mais elles se donnent aux malades avec passion, ce qui les sauve en les arrachant à elles-mêmes. J'en ferai autant.

La violence des bombardements monte en puissance, tandis que tarde la percée des Alliés vers Paris. Le 1er août, nous recevons un tapis de bombes américaines, qui font des dégâts considérables. Certains sinistrés l'ont été deux ou trois fois. Après chaque attaque, c'est la ruée des ambulances, la saturation du service des urgences, où se fait le tri des blessés et des morts, l'encombrement des blocs opératoires. J'admire le docteur Flambert. Depuis un mois, il ne dort que deux ou trois heures par nuit. Lui aussi se donne avec amour, avec passion, opérant douze heures par jour, réconfortant dans l'intervalle les blessés et leurs familles.

Des rumeurs inquiétantes circulent sur les armes nouvelles dont Hitler a menacé les Alliés. Les Allemands seraient prêts à lancer de nouveaux engins meurtriers sur l'Angleterre, les fusées V2 de treize tonnes, sans pilote, volant à cinq mille kilomètres à l'heure après avoir grimpé en une minute à cinquante kilomètres d'altitude, du jamais vu. Autoguidées sur l'objectif, elles seraient indétectables et imparables.

Cette arme terrifiante portant une tonne d'explosifs devrait détruire Londres et d'autres villes et ports du sud de l'Angleterre. Les Allemands tentent d'en construire des milliers par semaine, en utilisant massivement la main-d'œuvre des esclaves qu'ils ont déportés dans les camps. Aménagées à cent mètres sous terre, ces usines seraient hors de portée des bombardiers alliés, qui écrasent les villes allemandes.

On parle aussi des meutes de sous-marins indétectables de l'amiral Dönitz, capables de lancer en plongée des missiles chargés d'explosifs, et peut-être de bacilles mortels. Après avoir traversé l'Atlantique sans faire surface, ces nouveaux U-Boote prendraient position au large de New York, pour détruire l'orgueilleuse cité qui n'a jamais connu la guerre. Dans tout cela, on sent une lutte de vitesse entre le pouvoir nazi, nullement exsangue, et les forces colossales que les Alliés tentent de lui opposer.

On reçoit aussi des nouvelles plus optimistes. Les Allemands, en prévision de renforts envoyés de Hollande et de Belgique, avaient rafistolé notre pont de bateaux de la rue du Bac. Une action hardie de la Résistance Libé-Nord a incendié l'ouvrage. Côté front de Normandie, les Alliés sont à Granville. Et Rommel, le meilleur général de la Wehrmacht, venu prendre le commandement en Normandie, a été blessé, mitraillé dans sa voiture par un avion attaquant en rase-mottes, puis il se serait suicidé. Certains disent que la Gestapo l'y aurait forcé, car il serait impliqué dans l'attentat manqué contre Hitler.

Les Allemands ont réussi à rétablir le pont de chemin de fer d'Oissel, voisin de celui d'Eauplet, malgré les sabotages savants de l'ingénieur Bordat, qui utilisait secrètement des pieux de bois pourris. Une brillante action de la Résistance a mis fin à cet ouvrage. Ils ont alerté le Bomber Command du passage d'un train de munitions et de chars. Le pont a sauté à l'heure dite et trente blindés ont basculé dans la Seine. Cinquante Allemands ont péri.

Je m'étonne de me réjouir de ces violences. Je fais seulement de mon mieux pour participer à la Résistance qui libérera notre pays.

Mère Marie de la Passion m'a confié un aviateur anglais blessé, abattu au cours d'un combat aérien. Il a sauté en parachute à quelques dizaines de mètres du sol et s'est reçu brutalement. Ce jeune volontaire de la Royal Air Force n'a guère plus de vingt ans. Il ne parle pas un mot de français, mais j'ai appris l'anglais et je le réconforte ; il a perdu un pied, le docteur Flambert a dû l'amputer. Il est très courageux, mais, vu son état, il nous est impossible de le faire évader. Comme la Gestapo effectue régulièrement des contrôles dans le dortoir des blessés, mère Marie l'a caché dans notre dortoir des aides-soignantes, ce qui cause un certain émoi. Il est très amoureux de moi, mais je lui explique que je suis fiancée – *I am engaged* –, ce qui le désespère.

Qu'en sera-t-il de Patrice ? J'ai enfin de ses nouvelles, grâce à un bref billet de Jörg Schmidt, imprudemment déposé chez le concierge de l'Hospice général. Bien quc tapé à la machine et non signé, il ne peut venir que de lui :

Le tribunal militaire a condamné P. à la prison à vie. Il échappe donc à la mort et sera extradé dans un camp de concentration, en Allemagne ou en Pologne.

Tous ses autres camarades ont été exécutés par la Gestapo.

En ce qui me concerne, je vais quitter Rouen pour le front de l'Est, avec le convoi des femmes allemandes qui sont évacuées cette nuit par camions.

Adieu ! Vous m'avez donné un peu de bonheur, dans cette époque qui en est si avare. Gardez-moi un petit coin de votre cœur. Adieu.

Patrice ne sera donc pas exécuté ! S'en sortira-t-il pour autant ? Son convoi échappera-t-il au mitraillage des routes ? Et survivra-t-il ensuite à l'enfer que l'on peut deviner dans ces camps de concentration, dont personne, jusqu'à ce jour, n'est revenu ?

Un espoir indestructible me possède néanmoins, que je confie à mère Marie. Ses prières ont été efficaces. Elle a un pauvre sourire en m'annonçant que l'abbaye bénédictine de Saint-Wandrille, trésor du Moyen Age, vient d'être bombardée. Mais dans quel monde vivons-nous ? Et que fait Dieu pour ses enfants ?

J'ai aussi une pensée pour Jörg Schmidt. Cet homme m'a aimée, je ne saurais l'oublier. Il m'a troublée, aussi, me révélant des profondeurs secrètes de mon cœur. L'imprudence avec laquelle il a écrit sa lettre, qui aurait pu être saisie par la police, montre à l'évidence qu'il n'a plus rien à perdre.

Par un résistant que nous avons recueilli, blessé, nous apprenons que les Alliés ont enfin réussi leur percée en Basse-Normandie, au prix de milliers de bombes et d'obus jetés sur les villes normandes, mais aussi du sang de nombreux soldats alliés. Le général américain Bradley a lancé sa Ire armée dans la bataille, à l'ouest de Saint-Lô, et rompu le front. L'aile gauche allemande a enfin cédé. Trente-quatre divisions blindées allemandes du général von Klüge ont été décimées, les survivants sont en déroute. Des milliers d'Allemands sont pris au piège, emprisonnés dans la poche de Falaise. Le général Patton lance sa IIIe armée vers la Seine. Serons-nous enfin libérés ?

Grâce à un petit poste de radio caché, je réussis à capter la BBC. A l'autre extrémité du front, Rennes a été libérée le 3 août. On se bat devant Lorient et Brest. Le Mans, Chartres, Nantes et Angers vont retrouver la liberté. A quand notre tour ?

Bon signe : dans la nuit du 12 août, la Milice de Rouen est évacuée par camions militaires, direction l'Allemagne. Puis nous apprenons que les Alliés ont débarqué en Provence, avec le général de Lattre.

A Rouen se livrent chaque nuit de véritables combats de rue. Les FFI sont nombreux, mais ils manquent d'armes. Il faut donc les prendre aux Allemands. Dans les rues, le soir, se déroulent des combats primitifs, des « combats de chiens », des attaques sauvages au couteau. On s'égorge, on s'étripe, on désarme tout soldat isolé qui se risque dehors.

Des petits groupes de FFI s'attaquent même aux camions. Une fois armée, la Résistance s'en prend aux convois routiers qui tentent de faire évacuer la ville aux troupes d'occupation.

On assiste aux premières désertions allemandes. Ces soldats perdus achètent ou volent des vêtements civils, et tentent de se fondre dans la population, en vain naturellement, car il y a trop de haine accumulée.

Les FFI, de plus en plus nombreux et agressifs, se

chargent de les débusquer. Ils s'en prennent même directement aux troupes organisées. Ils ont ainsi attaqué la prison Bonne-Nouvelle et libéré dix-sept prisonniers en attente d'exécution ou de déportation. Le commando s'est retiré en emportant les armes des gardiens. D'autres FFI sectionnent les câbles téléphoniques des états-majors, jetant la confusion dans le commandement.

La confusion, voilà bien le maître mot aujourd'hui. Et je n'ai aucune nouvelle de Patrice. Où est-il à cette heure, pris dans la fournaise de l'Europe centrale, entre le déferlement des armées soviétiques, ivres de vengeance, et les Allemands réduits à la défensive ?

La famine s'étend dans les bas quartiers de Rouen. Au Moyen Age, le peuple se serait révolté. Avec les nazis, toute velléité de révolte est matée dans le sang.

Circuler dans la campagne survolée par les chasseurs-bombardiers de la RAF comporte un risque mortel. Tout y passe, du camion à gazogène à la voiture attelée à un cheval. Nous admirons les employés du Ravitaillement, « les hommes au drapeau blanc », qui chaque jour vont encore dans les fermes ramasser le lait et les légumes dont la ville a besoin pour survivre. Même les cyclistes sont mitraillés, avec au guidon le pot de lait salvateur.

Je demeure perplexe en lisant dans le *Journal de Rouen* qu'une session spéciale du baccalauréat aura lieu les 29 et 30 août. Où serons-nous, le 30 août ?

Le journal publie aussi un étrange article : « Rouen attend avec angoisse l'heure fatidique où son nom figurera aux communiqués de guerre. Oui, la guerre est à nos portes, dans notre ciel, sur nos routes, mais la vie a gardé sa sérénité. Rouen n'a pas peur. »

Voire…

Ce qui est certain, c'est que les armées allemandes du front de Normandie, talonnées par le général Patton, sont en pleine déroute, et cela nous réjouit le cœur. Nous allons être libérés. Mais à quel prix ? Les Alliés exigent la capitulation sans conditions de l'Allemagne et de l'Italie. Jamais Hitler n'y consentira. Il préfère sacrifier des peuples entiers à sa folie orgueilleuse. Et c'est là le drame ultime de l'Europe. Il est vrai que Churchill a promis, s'il le capture vivant, de le promener nu dans une cage de fer à travers toute l'Europe libérée !

Les ponts de la Seine sont définitivement coupés. Les Allemands tentent encore quelques passages sur des bacs improvisés, car le dernier bac régulier a coulé à Quillebeuf. Tout au long de la Seine, d'Amfreville à Duclair, les populations riveraines, ces agriculteurs fruitiers qui nous sont si chers, assistent avec jubilation aux massacres. Les Allemands qui affluent de la rive gauche construisent des bacs en reliant deux énormes bateaux pneumatiques avec des planches, mais les FFI, embusqués sur l'autre rive, les crèvent avec des balles explosives, et l'esquif chavire en projetant à l'eau les soldats, si harnachés qu'ils coulent à pic, dans des clameurs gutturales que répercutent les rives du fleuve.

Pour cette armée d'occupation détestée, qui nous a humiliés et réduits à la famine, c'est le commencement de la fin. Le 20 août, les Alliés libèrent Orléans, Mantes et Vernon. Paris se soulève ! A Rouen, qui demeure à l'écart de la percée principale, les

Allemands font sauter ou minent tout ce qui peut l'être dans le port encore épargné par les bombes. Comme la Libération tarde ! Nous avons peur et nous avons faim. La ration de pain tombe à cent quatre-vingts grammes par jour, soixante-cinq grammes pour les enfants. Même à l'hôpital, où l'épuisement du personnel hospitalier atteint un niveau critique, on souffre de la faim, et les médicaments font défaut. En ville, on a encore de l'eau dans certains quartiers, mais plus d'électricité. A l'hôpital, on opère éclairé grâce à des groupes électrogènes, mais le pétrole qui les alimente va manquer.

Nous apprenons que les Allemands auraient obtenu des Alliés le statut provisoire pour Rouen de « ville sanitaire », pour un délai de vingt-quatre heures, en vue d'évacuer leurs blessés, venus du Calvados, avant la rupture des ponts. L'Hôtel-Dieu, qu'ils occupent depuis 1940, est saturé. Les soldats blessés se comptent par milliers et encombrent les pelouses de cet hôpital, où ils meurent faute de soins.

De l'autre côté du fleuve, un drame se prépare. Dans l'immense boucle-piège de la Seine affluent en désordre les rescapés des armées nazies en déroute, échappés de la poche de Falaise. L'aviation alliée les bombarde le jour, la Résistance les harcèle la nuit. C'est un vrai cauchemar pour ces soldats orgueilleux, qui ont dominé l'Europe pendant cinq ans. La Seine, nouvelle Berezina ! Qui aurait pu le croire ?

Toujours pas de nouvelles de Patrice. Je me dis que s'il était resté ici à se battre, il serait peut-être plus exposé que dans son camp de déportés en Allemagne. Mais des bruits terrifiants courent sur ces camps. On y mourrait de faim, hommes, femmes, enfants, Juifs ou résistants, adversaires politiques du pire régime que le monde ait connu. On parle même de « chambres à gaz », un privilège réservé aux Juifs.

Le débordement du front par le sud laissait espérer que Rouen serait épargnée par les combats, mais cette menace de l'armée von Klüge en déroute pèse sur nous. Elle déferle sans que nous puissions rien pour l'éviter. Toute la rive gauche de Rouen et ses communes sont condamnées, et qu'en sera-t-il de la rive droite, le Rouen historique déjà massacré par les avions alliés, si les Allemands parviennent à franchir le fleuve ?

Nous sommes déjà le 25 août. Quatre-vingts jours qu'ils ont débarqué en Normandie ! Tandis que la bataille fait rage dans Paris insurgée, les Alliés atteignent la Seine à Criquebeuf. Ils occupent Louviers. Puis c'est la percée attendue. Paris se rend le 26 août au général Leclerc, la France exulte. Marseille et Grenoble aussi sont libérées.

A Rouen, en revanche, tout fait craindre le pire. Par centaines, par milliers, les chars et les camions de l'armée von Klüge en retraite se ruent dans la boucle de la Seine, qu'ils espèrent encore franchir à Rouen. S'ils réussissent, la ville sera détruite. Un gigantesque massacre se prépare déjà sur la rive gauche. De l'automitrailleuse aux tanks lourds Tigre et Panther, ils encombrent les rues qui conduisent au fleuve, devenu un cul-de-sac mortel. Klüge aurait dû foncer sur Vernon, où un pont, par miracle, restait ouvert. Il a été trompé par la Résistance, qui non seulement avait changé les pancartes routières à tous les carrefours, mais en avait planté de mensongères :

« Direction, les ponts de Rouen ! » Or tous sont coupés. Mais on peut toujours construire un pont de bateaux.

Triste cadeau pour nous, à Rouen, appelés à supporter le choc de cette armée en déroute prête à vendre chèrement sa peau pour son Führer, car il n'est pas question pour elle de se rendre. Pourtant, le bruit court avec insistance que le général von Klüge, démis par Hitler de son commandement après sa défaite, lui aurait écrit pour lui demander d'arrêter la guerre. Et devant son refus, comme Rommel il se serait suicidé.

Autre rumeur : les batteries antiaériennes qui truffent la colline de Bonsecours auraient été converties en canons ordinaires, prêts à pilonner la ville et à la détruire si les Alliés y pénètrent.

A l'Hospice général, nous recevons, toute la nuit du 24 au 25 août, par des rescapés français qui ont franchi le fleuve à la nage, des nouvelles de la débâcle allemande. Les fiers soldats de la Wehrmacht qui affluent dans la boucle de la Seine sont épuisés. Un orage diluvien achève de les démoraliser. Arrivés dans les faubourgs de Rouen, rive gauche, ils tentent de se cacher dans le Jardin des Plantes et ailleurs, puis ils reçoivent l'ordre de se regrouper sur les quais, où leur a été promis un pont de bateaux.

Rien ! L'embouteillage gonfle comme un ballon qui menace d'exploser. Les soldats sacrifiés attendent aussi des bacs, qui ne viendront jamais. Véhicules divers, camions bourrés de munitions et d'essence, chars légers et chars lourds, Mercedes d'état-major, canons tractés, ambulances, motos, c'est un chaos indescriptible.

Des soldats isolés jettent leurs armes et tentent de

passer la Seine sur des radeaux tirés par des chevaux qui nagent, s'épuisent et sont emportés par les courants du fleuve grossi par l'orage.

On s'affole. Où sont les bacs ? Et le pont de bateaux promis ? Le commandant allemand responsable du port de Rouen est passé par les armes, au motif d'avoir été incapable de le construire. Les Allemands réquisitionnent deux cents civils français pour en fabriquer un. Pour le dissimuler à l'aviation alliée, ils brûlent des fumigènes pendant toute la journée du 25 août. Enfin, le pont est achevé. Vont-ils passer ? Un groupe de gendarmes résistants se sacrifie et lance l'attaque. Le pont est démantelé, les péniches se dispersent, emportées par le fleuve et avec elles le dernier espoir allemand de le franchir.

Sur toute la rive gauche de Rouen, depuis la place Carnot jusqu'à Quevilly, à plusieurs kilomètres à l'ouest, s'étale un monstrueux embouteillage de véhicules blindés, où grouillent des milliers de soldats démoralisés, qui n'ont même pas la ressource de se rendre, car l'ordre de Hitler demeure omniprésent, imposé par les troupes d'élite SS : combattre jusqu'à la mort. Et d'ailleurs, se rendre à qui ? Il n'y a pas l'ombre d'un soldat allié à l'horizon.

On s'attend au pire. Le pire arrive du ciel à dix-neuf heures. Un déluge de bombes incendiaires écrase l'armée allemande. Tout s'embrase et explose dans un gigantesque feu d'artifice, que les Rouennais effarés peuvent entendre de l'autre rive et contempler des hauteurs de Canteleu et de Bonsecours. Des obus chauffés à blanc explosent dans les camions et partent dans toutes les directions. Les Allemands tentent de fuir en se jetant dans le fleuve, qui les engloutit. Ce carnage dure toute la nuit, l'aviation alliée continuant sans répit ses attaques à la lumière des incendies et des fusées au magnésium. Il n'y a plus de trace de la Luftwaffe, le dernier chasseur a été abattu dans la campagne normande.

La rive gauche brûlera pendant plusieurs jours. Des quais, transformés en monstrueux chaos, l'on voit parfois surgir un Allemand nu qui a pu franchir le fleuve à la nage, pitoyable débris de l'ex-première armée du monde. Il décrira les tas de ferraille tordue, les nuages de grosses mouches se disputant les centaines de cadavres en décomposition, et autres débris humains, d'où monte une odeur pestilentielle.

Quelques rescapés allemands terrifiés, menacés par le typhus, errent dans le faubourg Saint-Sever. Des blessés frappent aux rares maisons qui ont échappé aux bombardements, suppliant qu'on les laisse entrer, et parfois une porte s'ouvre devant ce malheur extrême qui dépasse les haines et les divisions. Les plus vaillants de ces soldats perdus tentent encore de franchir le fleuve pour échapper aux brasiers. Ils se jettent à l'eau, accrochés à un baquet, un tonneau, ou agrippés à un cheval. La plupart se noient et le fleuve impassible emporte les corps vers la mer.

Fuyant les bords de Seine embrasés, ce fond de la boucle, ce piège qui a causé leur perte, quelques milliers de soldats allemands ont fait demi-tour, et tentent de se cacher dans la forêt du Rouvray. Ils sont traqués par les FFI de Jean Capdeville. Des batailles rangées s'engagent. Pas de quartier, de part et d'autre. Aux Essarts, six résistants, capturés par les SS de la division Das Reich, sont fusillés, avec treize civils suspectés de complicité, dont un enfant. Mais quel

Français, en ces heures tragiques de la revanche, où l'on voit poindre la libération au-delà des nuages de feu, ne se déclarerait solidaire de la Résistance ?

Elle capture mille cinq cents Allemands, mille trois cents chevaux et un énorme matériel de guerre. Dans la boucle de la Seine, quelque cinq mille blindés auraient été détruits par l'aviation alliée, carcasses fumantes des anciennes divisions conquérantes de l'Europe.

Tout est comme pris de folie. On ne saura jamais ce qui s'est passé. Des soldats allemands affamés entrent dans des maisons en enfonçant la porte. N'y trouvant rien à manger, ils pillent la cave, s'enivrent, violent les femmes. Perdue pour perdue, que la guerre donne un peu de plaisir sauvage. Et ils s'emparent de tout ce qui roule, du vélo d'enfant au tracteur agricole, mais à quoi bon ? il n'y a plus de carburant.

Sur la Seine, à l'ouest de Rouen, les grottes des falaises calcaires de Dieppedalle, cernées par les Allemands, explosent. Elles abritaient des caches de résistants bourrées de munitions. En ville, dès le 25 août, les centres de commandement allemands ont reçu l'ordre d'évacuer les dernières troupes, consignées dans les casernes. Il n'y aura donc pas, comme au Havre, de bataille de Rouen. L'ultime débâcle s'achève.

Rue du Donjon, le pavillon noir des SS est amené. La Gestapo évacue aussi, dans des tractions avant, bourrées d'hommes prêts au pire pour sauver leur peau.

Mais auparavant, tout ce qui peut être à vocation plus ou moins militaire sera détruit : le central téléphonique de la Kriegsmarine, les stations radio, la centrale électrique de la ville, les dépôts de locomotives, ce qu'il en reste. A Bonsecours, le fort militaire explose et brûle. Tous les canons de DCA sont « cloués », à notre grand soulagement.

Dans le port déjà ravagé, les Allemands achèvent de dynamiter cinq kilomètres de quais. Pas un mètre ne doit rester intact. Les bateaux encore à flot sont coulés, cargos, pétroliers, remorqueurs, chalands, péniches, vedettes ; tous les engins de levage basculés dans le fleuve. Docks flottants, dragues et grues flottantes sont aussi sabordés. Il n'y a plus un seul immeuble debout, du quai du Havre jusqu'au Mont-Riboudet.

Mais pourquoi cette rage de détruire, alors que de toute évidence ils ont perdu la guerre ? Ordre du Führer : ne laisser qu'une terre brûlée, des villes en ruine, des monceaux de cadavres.

Plane toujours la menace terrifiante des armes nouvelles : avions sans pilote, fusées balistiques, sous-marins indétectables et bombe atomique. Tout ce que le génie de l'homme a inventé de pire pour se détruire lui-même.

Et aucune nouvelle de Patrice.

Je sens peser sur moi le regard attentif de mère Marie de la Passion.

17

On apprend que l'état-major canadien du général Crerar s'est installé à la Maison-Brûlée. La Bouille serait donc libérée, à seize kilomètres au sud de Rouen. La Résistance a capturé le dernier convoi allemand qui errait dans le port dévasté, à la recherche d'un bac. Entre-temps, le Feldkommandant de Rouen a quitté l'hôtel de ville avec son état-major. Son dernier ordre a été… le recensement et la réquisition des bicyclettes.

Le 28, les Canadiens franchissent la Seine à Saint-Aubin-lès-Elbeuf. A Rouen, toujours privée d'électricité, de gaz et de téléphone, les habitants, embusqués derrière leurs volets mi-clos, regardent avec une jubilation mêlée de crainte passer des Allemands en déroute, rescapés des batailles de Normandie. Comment ont-ils pu franchir la Seine ?

Dans la nuit du 29 au 30 août, les Allemands incendient avec du mazout le central téléphonique de la ville, rue Ecuyère. Tout le quartier brûle. En plein centre, les FFI traquent les derniers ennemis. On se fusille à bout portant, on s'égorge. Mais qu'attendent les Alliés pour nous libérer ? Venant d'Elbeuf, ils auraient franchi la Seine à Oissel. Au nord de Rouen, les Canadiens arrivent aussi. Le 30, le drapeau français flotte, dit-on, sur Bonsecours.

En ville monte une attente anxieuse chargée d'espoir. Les coups de feu ont cessé, un silence étrange s'appesantit sur Rouen. Soudain, le pas est franchi, la frontière entre la servitude et la liberté. Les FFI du capitaine Multrier occupent l'hôtel de ville, ils brûlent le drapeau allemand, hissent le pavillon tricolore. Sur la place une foule excitée entonne *La Marseillaise* et attend passionnément ses libérateurs.

Le préfet, M. Dramard, a brûlé ses archives, revêtu sa tenue numéro un, et s'apprête à les recevoir. Mais il tombe de haut lorsqu'un détachement de FFI, conduit par Alfred Guéret, dit « la Puce », s'empare de lui et le jette en prison comme un vulgaire malfaiteur.

Enfin, les voilà, ou plutôt le voilà, le premier soldat allié libérateur, un motocycliste canadien. Couvert de fleurs, il arrive glorieusement de Bonsecours, suivi par une jeep de correspondants de guerre, puis par un camion plein de soldats hilares.

On les acclame. On est content que les premiers libérateurs soient nos cousins canadiens. L'enthousiasme submerge bientôt la ville, de la place Beauvoisine jusqu'à la Seine. Et cela efface notre honte, l'armée allemande dévalant la côte de Neufchâtel en juin 40, et s'emparant de la ville abandonnée par ses défenseurs et ses édiles.

Nous voyons aussi quelques Anglais. Devant les ruines de la cité assassinée, ils se font tout petits.

Pourquoi un si grand moment est-il entaché de bassesse ? On pourchasse encore en ville des

Allemands, mais ce sont de piètres fuyards. En tant que soldats, on ne peut pas les tuer. On les hue, on leur crache dessus, on les humilie. Près de neuf mille sont ainsi capturés, et livrés aux Alliés, qui occupent les casernes.

Mais la foule aveugle veut d'autres têtes. On recherche les « collaborateurs », on veut leur peau. Des centaines de Français sont dénoncés, arrachés à leur maison et emmenés dans les commissariats. La tension monte, on exécute sommairement ici et là, malgré les mises en garde du Comité départemental de libération. Un Alsacien policier français, un agent de la Gestapo, nommé Imbert, et Fisher, le directeur du Centre d'accueil allemand, font les frais de cette justice sommaire, qui tente de purger quatre années d'humiliations.

Evidemment, les gros poissons ont pris la fuite. Mais on dit que le sinistre Alie serait entre les mains des patriotes.

Il y a aussi les femmes. Dès le matin du 31 août, la foule excitée se masse place de l'Hôtel-de-Ville. Quelques pauvres filles sont amenées. Elles ont « couché avec les Boches ». Des prostituées, mais aussi des veuves de guerre et des femmes de prisonniers.

Les femmes, vaste problème que l'on tente d'étouffer. Dans la France occupée par un million de soldats ou de fonctionnaires allemands, venus pour la plupart sans leur femme, la situation était explosive. Rien qu'à Paris, il y aurait cent mille prostituées clandestines. Parmi elles, combien de femmes de prisonniers de guerre et de veuves, dont la plupart ne disposaient pour vivre que d'une allocation mensuelle de mille francs donnée par le gouvernement de Vichy, pas de quoi survivre avec des enfants pour celles, la majorité, qui ne trouvaient aucun emploi.

Cinq femmes françaises pour trois Français ! A côté, un million de mâles germaniques en manque. A la Libération, il y aurait en France, dit-on dans les milieux bien informés de l'hôpital, deux cent cinquante mille enfants naturels, malgré l'usage massif des pratiques abortives clandestines. On les appelle « les petits Boches ». Les mères coupables les cachent, elles ne savent pas quoi en faire, attendant avec angoisse le retour du mari.

En attendant, on règle les comptes. Place de l'Hôtel-de-Ville, à Rouen, le coiffeur de la rue Orbe tond le crâne des « filles à Boches ». La foule les hue. Quelques énergumènes, qui n'ont sans doute rien à voir avec la Résistance, vocifèrent des injures. Certains, imbibés d'alcool, tentent de leur arracher leurs vêtements. L'une d'elles a les siens en lambeaux.

Je contemple avec consternation ce spectacle dégradant. Un tatoueur lui marque le crâne du plus infamant des signes, une croix gammée indélébile, signe de leur forfait. Puis on la promène, à moitié nue, à califourchon à l'envers sur un âne boiteux qui a échappé aux réquisitions allemandes.

Soudain, on m'interpelle :

— Celle-là aussi en était !

Je reconnais une fille de salle de l'Hospice général. De mœurs légères, elle ne m'aimait pas, je ne sais pourquoi, jalouse sans doute de l'amitié que me témoignait le docteur Flambert. De toute évidence, elle a peur. Côté mœurs, elle n'a pas la conscience tranquille et tente de se dédouaner. Les yeux exorbités, elle crie en me montrant du doigt :

— Oui, c'est elle, Joana, la fille du carillonneur ! C'était la maîtresse de Jörg Schmidt, un officier allemand de la kommandantur. Je l'ai vu entrer chez Joana, la nuit, dans le poste de secours de la rue Saint-André, où j'étais allée porter des boîtes de pansements.

Je reste muette de stupeur. On m'entoure, on me bouscule. Un homme au visage chafouin arborant une grosse cocarde tricolore et un brassard à croix de Lorraine, sans doute l'un de ces résistants de la dernière heure, me saisit le bras.

— Ne niez pas, ma petite. Vous êtes allée à la kommandantur le 11 juin. J'appartiens au personnel de la mairie, et je vous ai vue entrer dans le bureau du chef de l'Abwehr, le service de renseignement des Allemands !

Je suis tellement abasourdie que je n'arrive pas à trouver les mots pour me défendre. C'est d'autant plus difficile dans ce brouhaha hostile que tout ce que disent ces deux délateurs est exact, quant à la démarche extérieure.

D'ailleurs, il est trop tard. La foule me serre et m'étouffe. Des mégères excitées et des hommes à moitié saouls m'empoignent. On me jette, brebis galeuse, dans le périmètre de la tonte. On me plaque sur un tabouret. Déjà le coiffeur me coupe les cheveux, à grands coups de ciseaux rageurs. Mes belles mèches blondes tombent à terre et sont piétinées. Puis il me rase le crâne. La foule excitée hurle et profère des injures. On me crache dessus.

— La croix gammée !

Alors, le tatoueur s'avance. Il tient à la main une aiguille et dans l'autre main une petite bouteille d'encre de Chine. Je me débats. Non, pas cela ! On me roue de coups.

— Garce ! Poule à Boches ! Collaboratrice horizontale !

Résignée, je tends ma tête nue au bourreau. Ainsi a dû faire Marie-Antoinette, à l'échafaud.

Dans la foule, un homme crie :

— Pas sur la tête !

Avec un regard lubrique dans les yeux, le coiffeur m'arrache mon chemisier et mon soutien-gorge. Je suis à moitié nue devant la foule, soudain silencieuse. Le tatoueur s'approche et me pique le sein droit. Je perds connaissance. Avant de sombrer, j'entends, comme dans un rêve, le carillon ressuscité de la cathédrale, qui chante la Libération.

Que s'est-il passé, ensuite ? Tout se brouille dans ma tête comme dans un cauchemar. Le défilé grotesque et pathétique des femmes tondues sur la place de l'Hôtel-de-Ville, sous les huées de la foule, les invectives, les crachats. Puis on nous rejette et j'erre, solitaire et désespérée, dans les rues du vieux quartier Saint-Vivien, soumise aux ricanements et aux injures des passants, qui changent de trottoir à ma vue.

Prise de pitié, une vieille femme retire son fichu noir et me le tend, je peux ainsi cacher ma honte.

Partout, je me heurte à la liesse de la ville libérée. Des drapeaux tricolores, et aussi anglais, américains et canadiens, flottent aux fenêtres, les femmes ont des cocardes dans leurs longues chevelures dénouées et des rires dans la voix. Et sur la flèche de la cathédrale flotte un immense drapeau tricolore, tandis que le carillon égrène *La Marseillaise*. Ici et là, on entend encore des coups de feu, on pourchasse des gens dans les caves, et jusque sur les toits. Règlements de comptes, exécutions sommaires, c'est la Libération !

Impossible pour moi de retourner à l'hôpital. J'y mourrais de honte. D'ailleurs, je suis brisée, frappée à mort. La nuit tombe. Où aller ? D'un pas incertain, trébuchant sur les pavés gras, je me dirige vers la rue Eau-de-Robec. Je connais la Douce-Amère, un petit bouge de prostituées ; j'ai soigné l'une d'elles à l'Hospice général. Elle s'appelle Madeleine.

Le bouge est fermé, mais un peu de lumière brille à une fenêtre. J'appelle doucement :

— Madeleine, ouvre-moi !

Le silence. Je n'ose renouveler mon appel, et je demeure là, dans la nuit, recroquevillée de froid et de peur. Si j'en avais la force, j'irais me jeter dans la Seine. Mais j'ai peur de la mort, comme les enfants du noir.

Enfin, la porte s'ouvre. C'est elle, Madeleine. Elle aussi a le crâne rasé, et sur le crâne le signe infamant des nazis.

— Entre, ma petite Joana. Ici, on ne te fera pas de mal.

Et la vie, lentement, se remet en marche dans la cité écrasée, encore étonnée d'être libre.

Un nouveau quotidien succède au *Journal de Rouen*. Baptisé *Normandie*, il ne tire qu'à mille cinq cents exemplaires sur une double feuille. Faute d'électricité, on l'imprime à bras d'homme. On se l'arrache aussitôt en ville. Il publie un bilan des destructions de la guerre. Douze mille maisons sont détruites dans l'agglomération rouennaise, qui compte soixante mille sinistrés et quelque deux mille morts.

On régularise les FFI, qui seront intégrés dans la nouvelle armée française au 5e bataillon de marche et casernés à Richepanse. Le port d'armes est aussi réglementé. Le général de Gaulle, qui préside le gouvernement provisoire, casse ainsi toute tentative de prise du pouvoir par les armes, venant des cellules communistes et des francs-tireurs et partisans.

Les timbres à l'effigie du Maréchal sont surchargés d'un *RF* ou d'un *V*, en attendant les nouvelles vignettes imprimées aux Etats-Unis, représentant l'Arc de triomphe de l'Etoile.

Le ravitaillement est toujours précaire, mais il s'améliore. La ration journalière de pain passe de cent soixante-quinze à trois cents grammes par jour, avec deux cents grammes de viande par semaine, du lait et un peu de sucre.

L'électricité revient le 3 septembre, avec nos bons vieux tramways jaunes, de plus en plus brinquebalants. On rend les postes de radio confisqués. Les bulldozers militaires canadiens nivellent les ruines, déblaient les rues où défilent d'innombrables blindés, des camions, des jeeps, des motos, que les Rouennais acclament au passage.

Les Américains travaillent à rétablir le pont Boieldieu, en jetant un tablier préfabriqué sur les piles. Sur les quais, une batterie mobile de DCA rappelle qu'on est toujours en guerre.

La place de l'Hôtel-de-Ville devient place du Général-de-Gaulle, dont on annonce la visite. Un tribunal d'exception se met en place pour juger les collaborateurs. L'inspecteur Alie, reconnu responsable de la mort de cent trois résistants et de la déportation de quarante-sept autres, a été fusillé au champ de tir du Madrillet.

Je vis tout cela comme dans un rêve.

Une première liste de déportés est arrivée, par l'intermédiaire de la Croix-Rouge suisse. Le quotidien *Normandie* l'a publiée. Il s'agit de déportés français, juifs et résistants, morts. Le nom de Patrice Blanmesnil y est inscrit, noir sur blanc.

Ainsi tombe mon dernier espoir de vivre. Dans l'étroit logement où je me suis réfugiée, rue Abbé-de-l'Epée, où je survis grâce à un petit emploi de couturière, je contemple les ruines de ma vie.

Plus rien ne me retient en ce monde. Le docteur Flambert, que j'avais tenté de contacter, est parti, mobilisé comme médecin militaire dans l'armée du général de Lattre, qui poursuit les Allemands en retraite. Je perds ainsi tout espoir d'être réhabilitée grâce à son témoignage. Les autres personnes qui me connaissent, à la Maîtrise de la cathédrale comme à l'hôpital, ne me regardent même plus. « Elle a bien caché son jeu, celle-là ! » Mère Marie de la Passion, la seule parmi les religieuses hospitalières qui connaissait mon engagement dans la Résistance, est morte d'épuisement et de privations volontaires, quelques jours avant la Libération, victime de son inlassable dévouement.

Par la fenêtre, j'entends une rengaine à la mode : « Je suis seule, ce soir / J'ai perdu l'espoir de ton retour. »

J'ouvre un tiroir et je saisis le tube d'aspirine. La Mort est là, la douce Mort libératrice, sous forme d'une petite boule noire de strychnine. Je la pose sur la table et je la contemple, fascinée. De la rue monte à nouveau le refrain : « Je suis seule, ce soir… »

Je me lève pour remplir un verre d'eau à la cuisine. Je reviens à la table, je saisis la petite boule, qui me brûle les doigts. Je la porte à mes lèvres…

Je suspends mon geste. On a frappé à la porte. Je n'ai pas l'intention d'ouvrir, mais je vais voir à la fenêtre. C'est le facteur. Il m'a vue derrière la vitre et me tend une lettre.

Le tampon postal de l'enveloppe est du Puy-en-Velay. Je l'ouvre. C'est la mère de Patrice ! Elle ne sait pas que son fils est mort.

Ma petite Joana, donnez-moi de vos nouvelles. Et donnez-moi des siennes, car il ne m'écrit plus. J'ai su qu'il avait été déporté en Pologne, comme résistant, mais je garde l'espoir. Ah, l'espoir !

(Fin du récit de Joana)

Epilogue

> « Qui sait ce que le cachot le plus effrayant peut refléter, ou libérer, de l'éclat du monde. »
>
> Patrice CHAMOISEAU,
> *Un dimanche au cachot*

Octobre 1944 ; j'ai oublié le jour. Je m'appelle Patrice Blanmesnil, matricule 103205, rescapé du camp de concentration d'Auschwitz, block 11.

Bien que je ne pèse que trente-six kilos, on m'a jugé capable de rentrer chez moi par mes propres moyens ; enfin, c'est une façon de parler. On m'a embarqué à Strasbourg dans un vieux train à vapeur, tout délabré, à destination de Paris. Là, j'ai été accueilli en gare de l'Est par une association caritative. J'ai dit seulement : « Je suis de Rouen ; mettez-moi dans le train, gare Saint-Lazare. »

Le trajet est lent, environ trois heures. On laisse passer des trains militaires. Juste avant d'arriver à Rouen, comme je somnolais, quelqu'un dans le compartiment a dit :

— Nous ralentissons. C'est le fameux pont-viaduc d'Eauplet, le plus bombardé du monde.

J'ai sursauté. Le train avance à pas d'homme. On distingue des poutrelles métalliques tordues. En arrière-plan coulent les eaux grises de la Seine.

Puis brusquement, c'est la nuit, le train entre dans le tunnel de la colline Sainte-Catherine.

Mon cœur bat à tout rompre. Quand reviendra la lumière, je serai dans ma ville natale. Rouen, la Ville aux cent clochers carillonnant dans l'air, la Florence du Nord ! Mais qu'en reste-t-il ?

La lumière. Le train ralentit, il s'immobilise dans d'affreux grincements. Enfin voilà la gare, ma gare, avec sa tour campanile et son horloge.

Personne ne m'attend. Je n'ai pas pu écrire. Pas osé. Pas eu la force. Pas de papier, d'enveloppe, pas même un crayon, un timbre. Pas eu le temps, aussi, puisque les Américains nous ont libérés sans préavis. J'ai seulement eu la force d'aller vers l'ouest. Comment ? Je l'ai oublié. Une carriole de paysan ici, là un camion militaire. Retrouver mes racines et surtout mon amour : Joana, la fille du carillonneur.

Maman aussi, bien sûr, mais plus tard, et ma sœur. Je n'oserai jamais me montrer à elles dans cet état physique, elles qui me trouvaient déjà trop maigre quand je pesais soixante-cinq kilos ! Comment oserais-je me présenter à elles, squelettique, tout en angles, tête longue et osseuse, presque chauve, visage livide, regard fixe, les yeux enfoncés dans les orbites ! Je leur écrirai, dès que j'en aurai la force.

Je sors de la gare. Les gens me regardent d'un drôle d'œil et détournent la tête, mais je n'y fais pas attention. Je marche sur la place. Je respire avec volupté cette atmosphère inimitable des villes maritimes normandes, faite de petit crachin et des odeurs du port ; celles, aussi, de la mer toute proche et de la campagne si riche, avec ses pâturages sous les pommiers.

Je descends maintenant la rue Jeanne-d'Arc, à petits pas, comme une vieille personne qui sort de l'hôpital et fait attention à ne pas tomber. J'espère que j'aurai la force d'aller jusqu'à l'archevêché. J'espère que Joana y occupe encore le logement de son père ; sinon, on saura bien me renseigner.

Au-delà de la rue Thiers, le centre de la ville n'est qu'un immense champ de ruines, que je contemple, effaré. La rue des Bons-Enfants, la rue Ganterie, le palais de justice, la rue Saint-Lô ! Qu'ont-ils fait de notre ville ? Est-ce cela, la Libération ?

Je le savais, j'avais laissé la ville en ruine, tout le périmètre entre la cathédrale et la Seine ; et maintenant, tout l'ouest de la vieille ville, de la rue Grand-Pont à la Préfecture.

Les rues sont propres et bien tracées, certaines sont encore pavées, mais il n'y a plus rien entre elles, les immeubles ont été rasés. A la place, des monticules de pierres et les trous béants des caves témoignent de cette réalité omniprésente : la guerre.

Les gens circulent, affairés, au milieu de ce désastre. Ils ont l'air heureux. Ne sont-ils pas enfin libérés ? Aux sinistrés, un habitant sur deux, le gouvernement du général de Gaulle a promis des « dommages de guerre » pour reconstruire. Mais qui reconstruira les êtres brisés ? Et qui ressuscitera les morts ?

Beaucoup de piétons et des vélos, souvent avec une remorque, se faufilent entre les voitures militaires frappées de l'étoile américaine.

Je tourne à gauche, rue du Gros-Horloge. Dieu merci, le vieux beffroi est intact. Le son grave du bourdon qui donne l'heure depuis 1389 me frappe au cœur. La vie ! La vie continue, c'est vrai, et c'est là l'essentiel. Qui n'a pas vécu ce que j'ai vécu, le train de la mort Drancy-Auschwitz, le camp de l'enfer, ne connaît pas le prix de la vie et de la liberté.

Car je suis libre, nom de Dieu !

Vraiment ?

Ah, voilà la cathédrale, dont la flèche se dresse dans le ciel gris. Je respire. J'avais craint de ne pas la revoir, cette flèche altière dont la lanterne se cache parfois dans le brouillard. Je la contemple avec ferveur, je murmure une prière à Notre-Dame de Rouen, puis j'avance vers la place.

La grande tour Saint-Romain est là, brûlée jusqu'au cœur, vide. Vide comme l'était mon âme lorsqu'elle se consumait au cœur de la déportation. Je crois sentir encore l'odeur âcre des vieux bois brûlés, et celle, fade et entêtante, des cadavres qui pourrissaient sous les ruines pendant la Semaine rouge.

La façade de la cathédrale, criblée de mille blessures, s'élance vers le ciel. Saints décapités, rosaces béantes, clochetons bancals. Mais ils sont là, avec ou sans tête, les anges adorateurs, les archanges rêveurs, les prophètes rugissants, les sibylles des imagiers de la Renaissance. Des camions militaires américains en tenue camouflée stationnent sur la place, où l'on voit encore le cercle de l'entonnoir comblé, creusé par la bombe qui a explosé en mai 1944.

Au-delà de la cathédrale, vers la Seine, il ne reste rien. Par la rue Grand-Pont, des véhicules militaires roulent vers le fleuve, où je distingue un énorme pont métallique préfabriqué qui le franchit.

Je m'engage dans ce qui a été la rue du Change. A gauche se dresse la nef latérale béante de la cathédrale mutilée, où s'affairent des ouvriers. Place de la Calende, je contemple le célèbre portail gothique, intact. Mais où est le marché aux fleurs qui animait tout le quartier ?

Sur le pilier d'angle du portail de la cathédrale, je reconnais le petit médaillon qui me troublait, adolescent : « le lai d'Aristote », montrant le philosophe chevauché par une courtisane.

Puis je m'engage dans la rue des Bonnetiers. A ma droite, le désert, l'immense quartier des Halles, rasé jusqu'au sous-sol, désert de pierres au-dessus duquel se dresse, comme un fantôme éploré, la Haute-Vieille-Tour, la Fierte de saint Romain.

A ma gauche, le mur de l'archevêché, intact.

Le cœur battant, je sonne au grand portail.

Un jeune portier, que je ne connais pas, vient m'ouvrir.

— Mademoiselle Leclair, s'il vous plaît.

— Ce nom ne me dit rien.

— La fille du carillonneur.

— Mais le carillonneur est M. Lenfant. Si vous voulez le voir, repassez la semaine prochaine. Il est absent.

Puis il se ravise :

— Ah, vous faites allusion à l'ancien carillonneur, tué pendant la guerre ?

— C'est cela. Maître Leclair.

— Sa fille est partie peu avant la Libération. Je crois qu'elle travaillait à l'Hospice général, comme aide-soignante.

— Je vous remercie, monsieur.

Je marche maintenant vers l'Hospice général, mon dernier espoir.

Tout le côté sud de la rue Alsace-Lorraine est en ruine, le quartier a été rasé, jusqu'à la Seine. Je traverse la place Saint-Marc. La tête me tourne. Je n'aurai pas la force d'aller jusqu'au bout. Je vais m'effondrer, là, dans la rue. Je m'avise alors que je suis vêtu comme un pauvre, vieux pantalon délavé, chandail reprisé, chaussures usées. Personne ne fera attention à moi, et c'est mieux ainsi. On me conduira à l'Hospice, je reprendrai connaissance dans une salle encombrée d'indigents. Le visage de Joana, en blouse blanche d'infirmière, se penchera sur moi. Ses lèvres fraîches se poseront sur mes lèvres sèches comme une écorce, et la vie renaîtra en moi.

Je poursuis mon chemin. Rue Martainville, rue d'Amiens. L'Hospice général, enfin. Une intense activité règne là. Maîtrisant les battements de mon cœur, je gagne la réception des visiteurs. L'employée, une dame plutôt aimable, me regarde avec stupeur. Effrayée par ma maigreur, par ma pâleur, par mon regard halluciné, elle me dit précipitamment :

— Les urgences, c'est dans le bâtiment B.

— Je ne vais pas aux urgences, madame. Je viens retrouver ma fiancée, Mlle Joana Leclair, une aide-soignante.

Elle cherche fébrilement sur son registre, ne trouve pas le nom, secoue la tête, sincèrement navrée.

— Elle n'est pas dans cet hôpital. Voulez-vous voir quelqu'un d'autre ?

— Oui, le docteur Flambert.

— Oh, il n'est plus à l'hôpital depuis la Libération.

Mobilisé, il doit servir quelque part sur le front de l'Est, dans l'armée de Lattre.

Elle se détourne en s'excusant pour s'occuper d'autres visiteurs. Je m'éloigne. Je sors. Je marche comme un fantôme à travers les rues de la ville. Je traverse la place Saint-Vivien. Je m'arrête, épuisé, rue des Faulx, et j'entre dans le vaste jardin de l'hôtel de ville, l'ancien parc des Bénédictins.

Il y fait frais, je respire mieux. Il doit être midi, les gens se hâtent pour rentrer chez eux. Dans le jardin, il n'y a que moi et un vieux clochard, qui partage son pain avec un chien. Son maigre visage brûlé par des soleils qui ne peuvent être normands ressemble à celui d'un marin rescapé d'un naufrage. Il me fait signe de m'asseoir à côté de lui sur son banc, rompt la moitié de son pain et me le donne.

Je mange en silence. Il me tend sa bouteille de vin, et je bois au goulot. C'est bon.

Enfin, il me demande :

— Prisonnier de guerre ?

— Non. Déporté.

— Ah !

On sent que des images affluent dans sa tête. Un déporté survivant, c'est donc un homme plus maigre et plus malheureux qu'un clochard ordinaire. Ce qui l'inquiète et le rassure. Il me demande :

— Où habites-tu ?

— Nulle part.

— Moi, j'occupe une mansarde rue Eau-de-Robec, dans une maison abandonnée, qui abritait jadis un bar.

— Le Pou-qui-glousse ?

— Oui. Le bar a été démoli par la Gestapo. C'était un repaire de patriotes.

Un silence. Puis il ajoute :

— Si tu ne sais où aller ce soir, tu peux venir dormir chez moi.

— Merci. Mais il faut que je retrouve ma fiancée.

Il approuve avec gravité.

— Comment s'appelle-t-elle ?

— Joana.

— Comme Jeanne la Pucelle ?

— Oui, c'est cela. C'est elle.

Il rit tristement, dit :

— Jeanne d'Arc habitait rue du Donjon.

— Oui, je connais. J'ai habité moi aussi rue du Donjon. C'était au temps de la Gestapo.

Il crache sur le sol poussiéreux, reprend son litron, le vide. Son regard me lance comme une sorte d'appel de détresse, une lueur inquiète chargée d'attente. Puis il se lève, me salue gravement et s'en va d'un pas mal assuré, suivi par son chien.

A nouveau, je suis seul.

Mais non, quelque chose se soulève en moi et me guide. Joana ! Le vieux clochard a dit : « Elle habite rue du Donjon. »

Je marche à nouveau à travers les rues de ma ville. Ah, voilà mon vieux lycée Corneille, et sa chapelle, où j'ai fait ma première communion. « Ce petit est indiscipliné et imprévisible, disait l'aumônier, l'abbé Séry, à ma mère. Mais vous pouvez lui faire confiance. Le Seigneur l'aime et ne l'abandonnera pas. »

Je tourne à gauche. Soudain, je me sens mieux. Place de la Rougemare, rue du Cordier. Je hâte le pas. Tout au bout de la rue, se dresse, massive, la tour ronde du vieux Donjon, avec son toit en poivrière et ses hourds de défense en bois formant encorbellement.

Et là, au pied de la tour, rue Bouvreuil, Joana !

Je cours vers elle, je me jette dans ses bras. Elle pleure doucement de bonheur. Je contemple longuement son beau visage, encadré par un grand foulard bleu. Je l'écarte pour retrouver ses mèches blondes, leur toucher soyeux.

Il n'y a plus de mèches blondes. Je ris de la voir ainsi, comme un petit agneau tondu. Elle est adorable.

— Que s'est-il passé ?

— Oh, rien. Rien qui mérite la peine d'en parler pour l'instant.

Elle me contemple à son tour avec ferveur. Ses beaux yeux lavande ont des reflets violets.

— Que tu es maigre, mon Patrice ! Toi aussi, tu as perdu tes cheveux ! Mais je vais te remonter !

Je ne quitte pas des yeux le Donjon, où tout a commencé, le 15 avril 1944. La porte ogivale, le pont-levis, la tour ronde et vieille comme le monde, couverte d'ardoises, recueillent les rayons du soleil qui vient de se glisser entre deux nuages.

— Pourquoi es-tu venue là, Joana ?

— Je savais que tu y reviendrais. J'y viens tous les jours à cette heure. Je t'attendais depuis si longtemps !

Dans le ciel passe un merle, qui lâche un long trille joyeux.

Je serre Joana dans mes bras, de toutes mes forces revenues. Puis je contemple à nouveau son visage nu. Elle n'a jamais été si belle !

Alors, bras dessus, bras dessous, riant de bonheur comme des amoureux retrouvés, nous nous mettons en marche vers l'avenir.

Photocomposition Facompo

Achevé d'imprimer
en octobre 2009
par Printer Industria Gráfica
pour le compte de France Loisirs, Paris

Numéro d'éditeur : 57005
Dépôt légal : novembre 2009
Imprimé en Espagne